中國古典文學基本叢書

杜詩詳注

第五册

〔唐〕杜　甫撰
〔清〕仇兆鰲注

中華書局

杜詩詳注卷之十四

寄董卿嘉榮十韻

黄鶴注：當是廣德二年秋作。

聞道去聲君牙帳㈠，防秋近去聲赤霄。下臨千仞雪一作千雪嶺㈡，却背音佩五繩橋㈢。首記董卿防秋之地。近赤霄，言其高。千仞雪，言其寒。五繩橋，言其險。

㈠君牙帳，謂董君之牙帳。吴注引邢君牙，謬矣。王洙曰：兵家書：牙旗，將軍之旗，立於元帥帳前，故謂之牙旗，曹植詩：高牙乃建。《南部新書》：近代通謂府庭爲公衙，即古之公朝也。字本作牙。《詩》曰：「祈父，予王之爪牙。」祈父，司馬，掌武備，象獸以爪牙爲衛，故軍前大旗謂之牙旗。出師而有建牙禡牙之事。軍中聽號令，必至牙旗之下，與府朝無異。近俗尚武，是以通呼公府門爲牙門，字訛變轉爲衙。《東京賦》注：竿上以象牙飾之，後人遂以牙爲衙。鶴曰：《唐志》：佛堂一百八十里，至勃令驛鴻臚館，至贊普牙帳。

㈡高適謂三城邈在窮山之顛，其高可知。雪山，注見前。謝靈運詩：連峰競千仞。

㊂《元和郡縣志》：繩橋，在茂州西北，架大江上。今按：繩橋以篾索五條，布板其上，架空而度。山在橋外，故却轉與橋相背。

海内久戎服㊀，**京師今晏朝**音潮㊁。**犬羊曾**音層**爛漫**㊂，**宫闕尚蕭條**㊃。**猛將**去聲**宜嘗膽**㊄，**龍泉**本作淵**必在腰**㊅。**黄圖遭污**去聲**辱**㊆，**月窟可焚燒**㊇。**會取干戈利**，**無令**平聲**斥候驕**㊈。**居然雙捕虜**㊉，**自是一嫖姚**⑪。中叙吐蕃之亂，勉其敵愾也。亂後事冗，故日晏退朝。嘗膽腰劍，欲報污辱。月窟在西，吐蕃巢穴也。兵利寇退，則斥候不驕。捕虜、嫖姚，以古名將望之。

㊀《家語》：子路戎服見孔子。

㊁《漢明帝論》：日晏坐朝，幽枉必達。

㊂應劭曰：犬羊爲群。

㊃班婕妤賦：登薄軀於宫闕兮。　孫子荆書：蕭條非復漢有。

㊄李陵書：猛將如雲。　《吴越春秋》：采葛婦歌：嘗膽不苦甘如飴。

㊅《越絶書》：取鐵英作鐵劍三枚，一曰龍淵。風胡子曰：「欲知龍淵，觀其狀如登高山、臨深淵。」詩避唐諱，改稱龍泉。

㊆《哀江南賦》：擁狼望於黄圖。駱賓王詩：紫塞流沙北，黄圖灞水東。《唐·藝文志》有《三輔黄圖》一卷。張溍注：黄圖，猶今之黄册。　後漢魯恭疏：污辱善人。

㊇《長楊賦》：西壓月窟。

㈨《西域傳》：斥候百人，五分之，擊刁斗自衛。

㈩張翰詩：能否居然别。　《後漢·馬武傳》：建武四年，武與虎牙將軍蓋延等討劉永，拜捕虜將軍。

㈡嫖姚，注别見。

落日思輕騎去聲**，高**一作秋**天憶射**義從石音，讀從謝音**鵰**㈠**。雲臺畫**户化切**形像，皆爲**去聲**掃氛妖。**　末結寄懷之意，重爲激勵也。　落日、高天，秋時景。　輕騎、射鵰，軍中事。　雲臺諸將，以掃寇著名，董卿當自勉矣。　此章，首尾各四句，中間十二句。

㈠《北齊書》：斛律光嘗射一大鳥，正中其頭，形如車輪，旋轉而下，乃鵰也。邢子高歎曰：「此射鵰手。」時號爲落鵰都督。

立秋雨院中有作

廣德二年秋在嚴武幕中作。　院中，節度使府署。

山雲行絶塞，大火復扶又切**西流**㈠**。飛雨動華屋，蕭蕭梁棟秋**㈡**。窮途愧知己，暮齒借前籌**㈢**。已費清晨謁，那成長**子兩切**者謀**㈣**。**　叙立秋逢雨，在院有感也。　借籌，時爲參軍。　長者，指嚴公，言不能成就其謀也。　此及下段，皆一景一情疊叙，上下相應。

㊀《詩》：七月流火。　注：大火，心星也，七月則此星西流。《左傳》：火猶西流，司曆過也。

㊁謝靈運詩：華屋非蓬居。　謝朓詩：朔風吹飛雨，蕭條江上來。《詩》：風雨蕭蕭。

㊂《留侯世家》：臣請借前箸爲大王籌之。

㊃好謀而成，子爲長者慮，句中兩用《語》、《孟》。

解衣開北户，高枕對南樓。樹濕風涼進，江喧水氣浮。禮寬心有適，節爽病微瘳。主將去聲歸調鼎㊀，吾還訪舊丘㊁。　撫院中雨景，思及草堂也。　北户、南樓，幕府宫室。樹濕、江喧，雨時景象。　訪舊丘，復尋花溪也。　此章，上下各八句。

㊀《漢官儀》：三台助鼎調味。　牛弘《食舉歌》：鹽梅既濟鼎鉉調。

㊁還舊丘，黄生謂隨武回京。　按：《破船》詩云「緬邈懷舊丘」，本指草堂，此可相證。

奉和去聲嚴鄭公軍城早秋

鶴注：當是廣德二年秋七月在幕府作。

秋風嫋嫋動高旌㊀，玉帳分弓射音石虜營㊁。已收滴博雲間戍㊂，欲奪胡三省作次取蓬婆雪外城㈣。此詩稱嚴公將略。上二早秋軍城，下二頌其戰功。

㈠《九歌》：嫋嫋兮秋風。

㈡趙曰：玉帳，謂大將軍之帳。詳十一卷。

㈢《困學紀聞》：的博嶺在維州。《韋皋傳》：出西山靈關，破峨和通鶴定廉城，踰的博嶺，遂圍維州，搏雞棲，攻下羊溪等三城，取劍山屯，焚之。

㈣鶴曰：蓬婆，乃吐蕃城名。《元和郡縣志》：柘州城，四面險阻，易於固守，有安戎江、蓬婆水，在州南三十里。大雪山，一名蓬婆山，在柘縣西北一百里。胡夏客曰：《唐書·吐蕃傳》：開元二十六年，劍南節度使王昱攻安戎城，於城左右築兩城，以爲攻拒之所，頓兵蓬婆嶺下，運資糧守之。吐蕃來攻安成，官軍大敗，兩城並陷，將士數萬及軍糧甲仗俱没。此云「欲奪蓬婆雪外城」，望其爲中夏雪恥也。

黄生曰：詩中用地名，必取其佳者，方能助色。如鳳林、魚海、烏蠻、白帝、魚龍、烏鼠是也。滴博、蓬婆，地名本粗硬，用雲間、雪外字以調適之，讀來便覺風秀，運用之妙如此。

軍城早秋 附嚴武詩

昨夜秋風入漢關㈠，朔雲邊雪一作月滿西山。更催飛將去聲追驕虜㈡，莫遣一作放沙場匹馬還㊂。此詩見嚴武雄心。上二邊秋之景，下二軍城之事。催飛將，謂風雪促行。張溍曰：嚴詩豪健無匹，宜其以風雅重公，可謂同調矣。

㊀唐民謡：將士長歌入漢關。《漢書》：匈奴號李廣爲飛將。

㊁沈佺期詩：薄命由驕虜。

㊂《公羊傳》：匹馬隻輪無返者。《嚴武傳》：廣德二年九月，破吐蕃七萬餘衆，拔當狗城，遂收鹽川城。《通鑑》：武以崔旰爲漢州刺史，使將兵擊吐蕃於西山，連拔其城，攘地數百里。

院中晚晴懷西郭茅舍 即浣花草堂

鶴注：當是廣德二年秋作。

幕府秋風日夜清，澹雲疏雨過高城。葉心朱實看平聲。一作堪時落㊀，階面青苔老更從《英華》，他本作先自，黄生作元自生㊁。復扶又切有樓臺銜暮景同影㊂，不勞鐘鼓報新晴㊃。浣花溪裏花饒笑㊄，肯信吾兼一作今吏隱名㊅。此不樂居幕府而作也。上四雨後秋色，五六院中晚晴，七八西郭茅舍。朱實落，承秋風。青苔生，承疏雨。晚影西照，鐘鼓聲高，皆晴占也。溪菊正開，若笑人勞攘者，彼亦肯信我吏隱之志否耶。《杜臆》：玩末二句，直欲乞休，而其詞含蓄近謔，温柔敦厚之意可見。

㊀劉琨詩：朱實損勁風。　朱瀚曰：落其實，見《左傳》。

㊁江淹詩：青苔日夜黄。

㊂蕭慤詩：樓臺自相隱。

㊃舊注：俗以鐘鼓聲亮爲晴之占，故曰報新晴。　徐悱妻劉氏《百舌》詩：庭樹且新晴。

㊄唐太宗詩：笑樹花分色。　舊以饒笑爲多笑，或解作免笑，引公詩「日月不相饒」爲證。

㊅《汝南先賢傳》：鄭欽吏隱於蟻陂之陽。　楊德周曰：晉山濤，吏非吏，隱非隱。　公在幕府爲吏，歸草堂爲隱，兼有其名也。

盧世㴶曰：此詩舉束縛蹉跎，無可奈何意，一痕不露，只輕輕結語云：「浣花溪裏花饒笑，肯信吾兼吏隱名。」既悲老趨幕府，爲溪花所笑，將欲駕言吏隱，又恐爲溪花所疑。　幾多心事，俱聽命於花，深乎深乎！

宿府

鶴注：此廣德二年在幕府作。

清秋幕府井梧一作桐**寒**㊀，**獨宿江城蠟炬**一作燭**殘**㊁。　**永夜角聲悲自語**㊂，**中天月色好誰**

看平聲㊃。風塵荏苒音書絶㊄，關塞蕭條行路難㊅。已忍伶俜十年事㊆，强區兩切移棲息一枝安㊇。此秋夜宿府而有感也。上四叙景，下四言情。首句點府，次句點宿。角聲慘慄，悲哉自語，月色分明，好與誰看，此獨宿淒涼之况也。鄉書闊絶，歸路艱難，流落多年，借棲幕府，此獨宿傷感之意也。玩「强移」二字，蓋不得已而暫依幕下耳。按《杜臆》，悲自語，好誰看，下三字連讀。悲字、好字，作活字用。測旨將角聲悲、月色好連讀於下兩字，未妥。朱瀚曰：一枝應井梧，棲息應獨宿，格意精妍。

㊀殷仲文詩：獨有清秋日。《漢書》：李廣幕府省文書。庾肩吾詩：井梧生未合。

㊁《詩》：敦彼獨宿。

㊂王延詩：霏雲承永夜。胡夏客曰：角本列宿，故借角聲對月色，殊巧。庾信詩：地迴角聲長。

㊃梁武帝詩：秋月出中天。何遜詩：月色臨窗樹。

㊄《詩》：荏苒柔木。邵注：荏苒，侵尋也。張華詩：荏苒日月。庾信詩：音書兩俱絶。

㊅關塞，注別見。曹植詩：中野何蕭條。蔡琰《笳曲》：關山修阻兮行路難。

㊆古《猛虎行》：伶俜到他鄉。《易》：十年乃字。邵寶云：自禄山初反，至此爲十年。顧注謂自乾元初棄官至廣德二年爲七年，其云十年者，舉成數言耳。兩説不同，今從前説。

㊇宋武帝教：棲息閭閻，懷寶待耀。左思詩：巢林棲一枝。

到村

此乞假而暫到村也。舊注謂是廣德二年秋作，明年正月遂辭幕歸村矣。

碧澗雖多雨㈠，**秋沙先**去聲。陳作亦**少泥**。**蛟龍引子過**㈡，**荷芰逐花低**。此到村秋景。澗經雨洗，則泥去沙存矣。雨多水寬，故蛟龍引子而過。泥少根脱，故荷芰逐花而低。下二分承。《杜臆》謂荷芰低垂，如蛟龍經過所致。以上句形容下句，此另一説。

㈠謝靈運詩：銅陵映碧澗。

㈡《西京雜記》：瓠子河决，有蛟龍從九子，自决中逆上入河，噴沫流波數十里。

老去參戎幕㈠，**歸來散馬蹄**㈡。**稻粱須就列**㈢，**榛草即相迷**。**蓄積思江漢**㈣，**疏頑**吴作頑疏**惑**一作感**町**一作娗**畦**㈤。**暫**一作稍，吴作蹔**酬知己分**音問㈥，**還入故林棲**㈦。此到村叙懷。老參戎幕，苦於拘束。歸散馬蹄，喜得游行也。下文皆商度歸來之事。欲謀稻粱，須身就農列，惜田間榛草日已荒迷耳。思出江漢，則蜀難久留，但舊畦仍在，未免惑志耳。所以願辭戎幕而歸棲故園也。末聯仍應上二句。　此章，上四句，下八句。

㈠沈佺期詩：戎幕生光輝。

㈡曹植詩：俯身散馬蹄。
㈢《東征賦》：且從衆而就列兮。
㈣蓄積思江漢，即所謂「江漢思歸客」。《司馬遷傳》：其素所蓄積也。
㈤王濬《自理表》：而以頑疏，舉措失宜。嵇康詩：匪降自天，實由疏頑。謝靈運詩：去子惑故蹊。《莊子》：彼且爲無町畦，亦與之爲無町畦。町畦，田畔之界也。
㈥分，謂分誼。《魏志》：臧洪書：分爲篤友。又：杖策攜背，虧交友之分。
㈦王融詩：人情舊鄉客，鳥棲思故林。

村雨

鶴注：當是廣德二年在草堂作。

雨聲傳兩夜㈠，寒事颯高秋㈡。攬一作挈帶看平聲朱紱㈢，開箱覩黑裘㈣。世情只益睡㈤，盜賊敢忘憂。松菊新霑洗㈥，茅齋慰遠遊㈦。首聯記村雨，次聯承寒事，下乃感懷自遣。　御寒則思衣，看朱紱，君恩未報；覩黑裘，失意未歸。今幕僚不合，世情付之一睡。而軍謀既豫，盜賊每以分憂。唯此松菊茅齋，差慰客遊耳，仍照村雨作結。

㊀何遜詩：蕭蕭江雨聲。
㊁陸倕詩：江關寒事早。
㊂員外服緋，故云朱紱。
㊃黑裘，用蘇秦事。
㊄《纏子》：不識世情。
㊅《歸去來辭》：松菊猶存。
㊆遠遊，指在蜀。

獨坐

詩云「朱紱負平生」，當是廣德二年秋爲參軍時所作，即所謂「白頭趨幕府，深覺負平生」意。黃鶴編在江陵詩内，非是。李陵書：獨坐愁苦。

悲秋一作愁**迴白首，倚杖背**音佩**孤城。江斂洲渚出**㊀**，天虚風物清**㊁**。滄溟恨**一作服，非**衰謝**㊂**，朱紱負平生。仰羡黄昏鳥，投林羽翮輕**㊃**。**上四獨坐秋景，下四獨坐感懷。《楚辭》「收潦而水清」，此「江斂洲渚出」所自來。「天高而氣清」，此「天虚風物清」所自出。投林羽翮輕，即「還入故林棲」意。

㊀謝靈運詩：蕭條洲渚際。

㊁《國語》：風物以聽之。

㊂滄溟，指江村。《文選》：浩浩滄溟。

㊃何遜詩：相顧無羽翮，何由總奮飛。

倦夜

顧陶《類編》作《倦秋夜》。　張遠注：竟夕不寐，故曰倦夜。　趙次公曰：此詩無情無緒，是比興，非專詠夜景也。　黄生曰：七八句是作詩本意，亦是作者本色。　《杜臆》：此詩亦必到村後作。

竹涼侵卧内㊀，野月滿一作遍**庭隅。重露成涓滴㊁，稀星乍有無。暗飛螢自照㊂，水宿鳥相呼㊃。**　顧陶《類編》作：飛螢自照水，宿鳥競相呼。　**萬事干戈裏，空悲清夜徂㊄。**　上四夜中景，下四景中情。　竹迎風，故涼。　月當空，故滿。　此初夜之景。　露凝竹而成涓滴，星近月而乍有無，此深夜之景。　月落以後，暗螢自照，竹林之外，宿鳥相呼，此夜盡之景。　萬事干戈，此終宵所思者。　初秋夜短，故歎其易徂。　暗飛螢，水宿鳥，上三字連讀。　自照，有感孤棲。　相呼，心傷無侣。　黄注：前幅刻晝夜景，無字不工。結處點明，章法緊峭。

㈠《史記·信陵君傳》：出入卧内。

㈡《孫綽子》：時雨霑乎地中，涓滴可潤。

㈢王符《潛夫論》：螢飛耀自照。傅咸《螢火賦》：期自照於陋形。

㈣謝靈運詩：水宿淹晨暮。杜修可曰：陸鳥曰棲，水鳥曰宿。又曰：凡鳥朝鳴曰嘲，夜鳴曰啖。

林鳥以朝嘲，水鳥以夜啖。《春秋繁露》：水鳥，夜半水生，感其生氣，益相呼而鳴。

㈤《長門賦》：徂清夜於洞房。

《王直方詩話》：東坡云：司空表聖自論其詩，以爲得味外味。「緑樹連村暗，黄花入麥稀」，此句最善。又云：「棋聲花院閉，幡影石幢高。」吾嘗獨遊五老峰，入白鶴觀，松陰滿地，不見一人，惟聞棋聲，然後知此句之工。但恨其寒儉有僧態。若子美「暗飛螢自照，水宿鳥相呼」，「四更山吐月，殘夜水明樓」，才力富健，去表聖之流遠矣。

慈水姜氏曰：朱文公謂「暗飛螢自照」，語自是巧，不如韋蘇州「寒雨暗深更，流螢度高閣」。此景爲可想，却説得自在了。據此，可見詩家身分，當作三層看，蘇與司空尚是就詩論詩，晦翁則於詩外別有見解矣。

陪鄭公秋晚北池臨眺

鶴注編在廣德二年秋成都作。公在幕中，故云「參軍乏」。

北池雲水闊，華館闢秋風㈠。獨鶴元一作先**依渚㈡，衰荷且映空㈢。**首叙秋池景物。

㈠劉楨詩：華館寄流波，豁達來風涼。

㈡謝靈運詩：獨鶴方朝唳。

㈢蕭慤詩：池清似映空。

采菱寒刺上，踏藕野泥中。素檝分曹往㈠，金盤小徑通。萋萋露草碧㈡，片片晚旗紅㈢。杯酒霑津吏㈣，衣裳與釣翁。此記臨眺景事。素檝、金盤，採取菱藕以獻也。分杯、授衣，席前頒惠於人也。《杜臆》：素檝、杯酒兩聯，寫出大官遊宴氣象。

㈠《招魂》：分曹並進。

㈡謝靈運詩：萋萋春草生。

㈢庾信詩：片片紅顔落。

㈣《列女傳》：趙簡子擊楚與津吏期，津吏醉卧不能度。

異方初艷菊，故里亦高桐。搖落關山思去聲，淹留戰伐功。嚴城殊未掩一作啟㊀，清宴已知終。何補參軍一作卿乏一作事㊁，歡娛到薄躬㊂。末敘陪燕情景。異方淹留，身在成都。故里關山，心想長安。嚴城以下，記陪宴也。戰功稱嚴。末聯自謙。《杜臆》：菊開花而吐艷，桐脱葉而枝高，艷高二字，死字活用。嚴城未掩，清宴知終，樂而有節，非縱逸遊而忘敵愾者。此章四句起，下二段各八句。

㊀徐悱詩：嚴城不可越。

㊁參軍，用孫子荆爲石苞參軍事。

㊂徐勉《戒子書》：薄躬遭逢，遂至今日。

黄鶴曰：公在嚴武幕中，自《遣悶有作奉呈》後，如《詠竹》、《泛舟》、《觀岷山畫圖》至《北池臨眺》，皆分韻賦詩，其情分稠密如此，而史謂嚴武中頗銜之，不知何所本而云。

遣悶奉呈嚴吴本有鄭字公二十韻

鶴注：此廣德二年秋作。

白水魚一作漁竿客，清秋鶴髮翁㊀。胡爲來一作居幕下，祇合在舟中㊁。首段敘情，言致悶之由，蓋不樂居幕府而欲遂其幽閒也。幕下、舟中，領下二段。申涵光曰：胡爲二句，語似太率。

㈠《後漢·趙典傳贊》：大儀鶴髮。注：白髮也。庾信賦：予老矣，鶴髮雞皮。

㈡在舟，與漁樵爲侣也。

黄卷真如律㈠，**青袍也**去聲**自公**㈡。**老妻憂坐痺**卑利切㈢，**幼女問頭風**。**平地專欹倒**，**分曹失異同**㈣。**禮甘衰力就**，**義忝上官通**。**疇昔論**平聲**詩早**，**光輝仗鉞雄**㈤。**寬容存性拙**㈥，**剪拂念途窮**㈦。**露裛思藤架**，**烟霏想桂叢**㈧。**信然龜觸網**㈨，**直作鳥窺籠**㈩。此述幕中勞瘁之態。露藤、烟桂，欲息草堂而不得也。　如律、自公，言爲官守所拘。坐痺、頭風，恐致多病。欹倒，頹僊已甚。異同，意見不侔。衰力如此，而甘就列者，以義與嚴公通好也。論詩四句，俱就武言。寬容剪拂，厚故交也。觸網、窺籠，言不得遂己優游之性。

㈠《唐會要》：天寶四年十一月，勅御史依舊置黄卷，書闕失，每歲委知雜御史長官比類能否，送中書門下，改轉日襃貶。　光武詔：敢拘執論如律。《儒林傳》：他如律。

㈡《唐志》：尚書員外郎，從六品上。上元元年制，五品服淺緋，六品服深緑。朱注：公時已賜緋，而云青袍者，以在幕府故耳。舊注謂青袍九品服，誤矣。　昔在朝班，則自公退食。今青袍從事，亦自公而退矣。

㈢漢安帝贊：即位痿痺。痺，脚冷濕病也。

㈣《漢·食貨志》：迺分遣御史廷尉正監分曹。　《世説》：桓玄北伐。人間頗有異同之論。

㊄《吴志》：孫堅曰：「古之名將，仗鉞臨衆。」

㊅《世説》：謝之寬容，愈表於貌。

㊆《廣絶交論》：剪拂使其長鳴。

㊇淮南小山：桂樹叢生兮山之幽。

㊈《史·龜策傳》：龜使抵網，而遭漁者得之。

㊉《齊書》：劉善明謂沈攸之曰：「此已籠之鳥耳。」《秋興賦》：池魚籠鳥，有江湖山藪之思。　吴注：《鶡冠子》：籠中之鳥，空窺不出。

西嶺紆村北，南江繞舍東㊀。竹皮寒舊翠，椒實雨新紅㊁。浪簸船應平聲坼，杯乾音干甕即空。藩籬生野徑，斤斧任樵童。束縛酬知己㊂，蹉跎效小忠㊃。周防期稍稍㊄，太簡遂怱怱㊅。曉入朱扉啓㊆，昏歸畫角終㊇。不成尋別業㊈，未敢息微躬㊉。此述草堂景物之勝。曉入昏歸，趨走幕府之不暇也。　西嶺、南江，此遠景。竹翠、椒紅，此近景。船應坼，不暇修。甕即空，不暇釀。生野徑，聽人行。任樵童，憑人採矣。今束縛而酬知己者，亦以蹉跎日久，欲效小忠耳。雖涉世亦念周防，而生性終傷太簡。晨夕之間，往來幕下，安能偃息茅堂乎。　申涵光曰：束縛二句，感恩語，説得悲酸。

㊀錢箋：南江，即二江也。《舊書》云：結廬枕江。《元和郡縣志》：大江，一名汶江，一名流江，經成都縣南七里，李冰穿二江，成都中皆可行舟於浣花里。

㈡《詩》：椒聊之實。

㈢《説苑》：鮑叔奉酒而起曰：「祝在君無忘其出而在莒也，使管仲無忘其束縛而從魯也。」

㈣《世説》：周處曰：「年以蹉跎，終無所成。」《楚辭》：陳誠兮效忠。《京房傳》：可謂小忠，未可謂大忠也。

㈤杜預《左傳序》云：包周身之防。

㈥太簡，出《論語》。

㈦徐伯陽詩：丹城壁日啟朱扉。

㈧張正見詩：風前噴畫角。

㈨石崇《思歸引》：肥遯於河陽別業。

㈩沈約詩：遇可淹留處，便欲息微躬。

烏鵲愁銀漢，鴛鵰怕錦幪㈠。會希全物色㈡，時放倚梧桐㈢。末結呈嚴本意，見出幕可以遣悶矣。　愁銀漢，無填河之力。怕錦幪，乏致遠之才。惟望全其物色，庶得逍遥自適耳。《杜臆》：物色，謂幸全體面。　此章，首尾各四句，中二段各十六句。

㈠《七諫》：却騏驥而不乘兮，策鴛鵰以取路。

㈡何遜詩：華池物色新。

㈢《莊子》：倚樹而吟，據槁梧而瞑。

周必大《益公詩話》：韓退之上張僕射書云：「使院故事，晨入夜歸，非有疾病事故，輒不許出，抑而行之，必發狂疾。」乃知唐藩鎮之屬，皆晨入昏歸，亦自少暇。如牛僧孺待杜牧，固不以常禮也。

王嗣奭曰：觀公此詩，知非縱情傲誕矣。即幕僚不合，止云「分曹失異同」，而平地傾欹，且又自分其過，可以覘公所養矣。

黄生曰：公與嚴武始終暌合之故，具見此一詩。蓋公在蜀，兩依嚴武，其於公故舊之情，不可謂不厚。及居幕中，未免以禮數相拘，又爲同輩所譖，此公所以不堪其束縛，往往寄之篇詠也。

送舍弟潁一作頻，一作穎赴齊州三首

鶴曰：此廣德二年秋成都作。

岷嶺南蠻北，徐關東海西㈠。此行何日到，送汝萬行音杭啼。絶域惟高枕，清風獨杖藜。時危暫相見，衰白意都迷㈡。

首章，叙惜别之情。上四送弟赴齊，下四自歎寥落。岷嶺、徐關，言道里悠長，高枕、杖藜，言形影相弔。《杜臆》：岷嶺在南蠻之北，徐關在東海之西，行非計日可到，故淚亦無時不流。又云：時則危，見則暫，身則衰白，恐再晤難期也。結語極悲。

㈠南蠻，南詔蠻。徐關，在齊地。《左傳》：鞍之戰，齊侯自徐關入。

㈡《列子》：穆王意迷心荒。

其二

風塵暗不開，汝去幾時來。兄弟分離苦，形容老病催。江通一柱觀去聲，日落望鄉臺㈠。客意長東北，齊州安在哉。次章，兼叙别後之思。此亦四句分截。風塵二句，承上時危。兄弟二句，承上衰白。一柱觀，經過之路。望鄉臺，遥想齊州。安在二字，寫潁意中旁皇奔赴之情，從上句連讀。

㈠一柱觀、望鄉臺，注見成都詩内。

其三

諸姑今海畔㈠，兩弟亦山東㈡。去傍去聲干戈覓，來看平聲道路通。短衣防戰地㈢，匹馬逐秋風。莫作俱流落，長瞻碣石鴻㈣。末章，冀其去而復來。潁赴齊州，故并想諸姑兩弟。去傍干戈，冒險可慮。來看道路，後會難期。五六承去，七八承來。碣石在山東，鴻雁比兄弟。

㈠公《范陽盧氏墓誌》：審言之女，薛氏所出者，適魏上瑜、裴榮期、盧正均，皆前卒。盧氏所出者，一適京兆王佑，一適會稽賀撝。

㈡兩弟，謂豐與觀。

㈢《國策》：趙武靈王，好戎服，士皆短衣。《前漢·黥布傳》：自戰其地。

㊃《淮南子》：遇歸雁於碣石。

嚴鄭公階下新松 得霑字

鶴注：此廣德二年秋作。

弱質豈自負，移根方爾瞻。細聲侵一作聞玉帳㊀，疏翠近珠簾。未見紫烟集㊁，虛蒙清露霑。何當一百丈，欹蓋擁高簷㊂。全首詠松，俱屬寓意。一二新松，三四階下，五六新松，七八階下。《杜臆》：松、竹二首，各於結語微露本意，自負不淺。

㊀玉帳，本兵家壓勝方位，此言松聲侵於卧榻耳。因在軍中，故云玉帳。詳見前。

㊁梁武帝詩：瑤臺含碧霧，羅幕生紫烟。紫烟，蓋指紫禁而言。

㊂梁簡文帝《相宮寺碑銘》：高簷三丈，連閣四周。

嚴鄭公宅同詠竹 得香字

鶴注：此廣德二年秋作。

緑竹半含籜㊀，新梢纔出牆。色侵書帙晚，陰過酒樽涼。雨洗娟娟浄，風吹細細香。但令無剪伐㊁，會見拂雲長。新梢二字，全詩之眼。色侵陰過，静時景也。雨洗風吹，動時景也。末則欲加保護，言外託諷。

㊀沈約詩：「弱草半抽黄。」首句意本此。謝靈運詩：初篁包緑籜。

㊁《詩》：勿剪勿伐。

楊慎曰：竹亦有香，人罕知之。杜詩「雨洗涓涓浄，風吹細細香」，李賀詩「竹香滿幽寂，粉節塗生翠」，皆善於體物。

晚秋陪嚴鄭公摩訶池泛舟得溪字

鶴注：此廣德二年秋作。《元和郡縣志》：摩訶池在州城西。《通鑑注》：《成都記》云：摩訶池在張儀子城内，隋蜀王秀取土築廣子城，因爲池。有一僧見之曰：「摩訶宮毗羅。」蓋胡僧謂摩訶爲大宮，毗羅爲龍，謂此池廣大有龍，因名摩訶池。或曰蕭摩訶所開，非也。池今在成都縣東南十二里。

湍駛一作駃風醒酒㊀，船回一作行霧起隄。高城秋自落，雜樹晚相迷㊁。坐觸鴛鴦起，巢傾翡翠低㊂。莫須驚白鷺，爲伴宿青一作清溪。首聯泛舟，次聯晚秋，五六池上所見，七八池上所感。

湍，急流也。駛，迅疾貌。秋自落，承風。晚相迷，承霧。船行近島，故見或起或低。鷺伴青溪，不欲久居幕府矣。《杜臆》：「湍駛風醒酒」、「高城秋自落」，出語皆奇。

㊀謝靈運詩：浩浩夕流駛。吴注：《風賦》：清清泠泠，愈病析酲。

㊁謝朓詩：芊眠起雜樹。

㊂巢傾，謂樹巢下垂。

《隨筆》云：杜詩用自字、相字、共字、獨字、誰字，皆以實字爲對。如「逕石相縈帶，川雲自去留」，「山花相映發，水鳥自孤飛」，「高城秋自落，雜樹晚相迷」，「百鳥各相命，孤雲無自心」，「勝地初相引，徐行得自娛」，「雲裏相呼疾，沙邊自宿稀」，「暗飛螢自照，水宿鳥相呼」，「猿掛時相學，鷗行炯自如」，「自吟詩送老，相勸酒開顔」，「俱飛蛺蝶元相逐，並蔕芙蓉本自雙」，「自去自來堂上燕，相親相近水中鷗」，「此時對雪遥相憶，送客逢春可自由」，「梅花欲開不自覺，棣蕚一别永相望」，此以自字對相字也。「自須開竹徑，誰道避雲蘿」，「自笑燈前舞，誰憐醉後歌」，「死去憑誰報，歸來始自憐」，「哀歌時自惜，醉舞爲誰醒」，「離别人誰在，經過老自休」，「永夜角聲悲自語，中天月色好誰看」，此以自字對誰字也。「野人時獨往，雲木曉相參」，「正月鶯相見，非時鳥共聞」，「江上形容吾獨老，天涯風俗自相親」，「縱飲久判人共棄，懶朝真與世相違」，「此日此時人共得，一談一笑俗相看」，此以共字、獨字對相字也。

奉觀嚴鄭公廳事岷山沲江畫圖十韻得忘字

鶴注：此廣德二年作。《杜臆》：題加奉觀，致敬嚴公至此，安得有登牀笑傲之失乎。

沱水臨一作流**中座**㈠，**岷山到**一作對，俗本作赴**北**一作此**堂**㈡。**白波吹**一作侵**粉壁**㈢，**青嶂插雕梁**㈣。**直訝松杉冷，兼疑菱荇香**㈤。**雪雲虚點綴**㈥，**沙草得微茫**㈦。此並提江山，叙出廳事畫圖。　白波、青嶂、松杉、菱荇、雪雲、沙草，句句山水對言，下節亦然。

㈠《寰宇記》：沱水在成都府新繁縣。　《蜀都賦》：金罍中坐。
㈡《書》：岷山導江，東別爲沱。《唐・地志》：茂州汶山縣，有岷山。　鮑照詩：忽過北堂陲。
㈢《莊子》：白波若山。　張正見詩：粉壁麗椒塗。
㈣沈約詩：崚嶒起青嶂。　陰鏗詩：雕梁畫早梅。
㈤劉歆《甘泉賦》：芙蓉菡萏，菱荇蘋蘩。
㈥《西京雜記》：雪雲曰同雲。　《晉書・謝韶傳》：夜月明凈，王道子嘆以爲佳，謝重曰：「不如微雲點綴。」
㈦孔稚圭詩：沙草不常青。　陳子昂詩：高丘正微茫。

嶺雁隨毫末㈠，**川蜺飲練光**㈡。**霏紅洲蕊亂**㈢，**拂黛石蘿長**㈣。**谷暗**一作暗谷**非關雨**㈤，**楓丹**一作丹楓**不爲**去聲**霜**㈥。**秋城**一作成**玄圃外**㈦，**景物洞庭旁**㈧。此分頂山水，曲盡畫中景物。寫出或遠或近，或高或下，或虚或實，或大或小，無不形容刻畫。毫末，謂畫筆。練光，謂畫絹。非關雨，墨氣也。不爲霜，朱色也。

㈠晉江逌詩：鳴雁薄雲嶺。《道德經》：合抱之木，生於毫末。

㈡隋王胄詩：殘虹低飲澗。

㈢謝朓詩：發蕚初攢紫，餘采尚霏紅。

㈣沈佺期詩：拂黛隨時廣。江淹詩：石蘿日上尋。

㈤宋之問詩：谷暗千旗出。沈佺期詩：暗谷疑風雨。

㈥謝靈運詩：晚霜楓葉丹。

㈦江總詩：秋城韻晚笛。《淮南子》：崑崙玄圃，唯絶通天。《楚辭》：朝發於蒼梧兮，夕余至乎玄圃。

㈧王臺卿詩：景物共依遲。《楚辭》：洞庭波兮木葉落。

繪事功殊絶㈠，**幽襟興**去聲**激昂**㈡。**從來謝太傅，丘壑道難忘**㈢。末乃觀畫而頌嚴公。因畫圖中江山，而想見謝公丘壑，比意貼切。此章，前二段各八句，後段四句收。

㈠繪事，出《論語》。《考工記》：凡繢畫之事後素功。楊修書：聖賢卓犖，固所以殊絶凡庸也。

㈡王勃詩：桂宇幽襟積。　揚雄《解嘲》：激昂萬乘之主。

㈢《晉書》：謝安放情丘壑，雖受朝寄，東山之志，始末不渝。

楊萬里曰：杜集排律多矣，獨此瓊枝寸寸是玉，栴檀片片皆香。然排律僅可止此，至五十韻百韻，則非古矣。

王嗣奭曰：此詩是唐人詠畫格調，而遣詞工緻，娓娓不窮，他人無復措手處。末拈限韻，亦自穩稱。

胡夏客曰：起聯莊重，接聯精警，收語穩足，此最入格之篇。

按：昔人論此詩，爲宋人詠畫之祖。但其分寫山水，亦有所本。謝靈運《過始寧墅》詩，中十句云：「剖竹守滄海，枉帆過舊山。山行窮登頓，水涉盡洄沿。巖峭嶺稠疊，洲縈渚連綿。白雲抱幽石，綠篠媚清漣。葺宇臨迴江，築觀基層巔。」此亦一山一水對言，然杜用以詠畫，更較詳細精工耳。

楊廷秀曰：老杜「沱水臨中座，岷山赴北堂」，此以畫爲真也。曾吉父云「斷崖韋偃樹，小雨郭熙山」，此以真爲畫也。

過故斛斯校書莊二首原注：老儒艱難，病於庸蜀，歎其歿後，方授一官。

《英華》注：斛斯名融。　鶴注：斛斯，即斛斯六，乃草堂之鄰，公所謂酒伴者。此當是廣德二年作。

此老已云歿，鄰人嗟一作嘆未一作亦休。竟無宣室召㊀，徒有茂陵求㊁。妻子寄他食㊂，園林非昔遊㊃。空餘錢作堂繐帷在㊄，淅淅野風秋㊅。首章痛校書身亡，而慨山莊之闃寂。在四句分截。鄰人尚嗟，則平日爲人可知。宣室召，生前不遇。茂陵求，歿後授官。黄注：玩妻子寄食句，知此莊特空舍。鄰人，蓋代守園林者。

㊀《漢書》：賈誼自長沙徵見，文帝方受釐宣室，問以鬼神之本。蘇林曰：宣室，未央前正室。

㊁《司馬相如傳》：家居茂陵，病甚，武帝使所忠往求其書，至則相如已死，問其妻，得遺札，書言封禪事。

㊂《左傳》：民食於他。

㊃陶潛詩：静念園林好。

㊄繐，細布而疏者，以繐爲靈帳也。陸機《弔魏武文》：悼繐帳之冥漠。

㊅謝惠連詩：淅淅振條風。江淹詩：寥戾野風急。

其二

燕入非傍舍㊀，鷗歸祇故池㊁。斷橋無復扶又切板，卧柳自生枝㊂。遂有山陽作㊃，多慚鮑叔知㊄。素交零落盡㊅，白首淚雙垂。次章對舊莊荒涼，而傷故交之凋謝。亦四句分截。上半觸景傷人，步步咨嗟，處處悲感。山陽作，應前園林。慚鮑叔，應前妻子。素交盡而老淚垂，哀人亦復自哀矣。

㈠《漢書·高帝紀》：上從旁舍來。

㈡謝靈運詩：故池不更穿。

㈢《漢·五行志》：上林苑中大柳樹仆地，一朝起立，生枝葉。庾信詩：春柳卧生枝。

㈣黄注：遂字有意，見相去一年而斛斯遂亡也。《晉書》：向秀經嵇康山陽舊居，作《思舊賦》。

㈤《史記》：管仲曰：「生我者父母，知我者鮑子也。」

㈥劉孝標《絶交論》：斯賢達之素交，歷萬古而一遇。謝朓詩：零落悲友朋。

黄生曰：二詩借古叙事處，見筆之老；寫景寓情處，見筆之靈。二種筆法俱難到，況兼之乎。

懷舊

蘇源明卒於廣德二年，此詩追憶舊交也。黄鶴編在永泰元年。源明舊爲司業，後爲秘書少監。《新史》云：雅善杜甫。故詩言情親也。原注：公前名預，避御諱，改名源明。

地下蘇司業㈠，情親獨有君㈡。那因喪去聲。亂後，一作哀。便有一云更作死生分。老罷知明鏡，歸來望白雲。自從失辭伯，不復扶又切更論平聲文㈢。上四悼蘇之亡，下四自傷失侶。

對鏡而知身老，望雲而想故人，説得身世悽然。　杜詩有用字犯重者，「漢使徒空到」，徒下不當用空字，「不復更論文」，復下不當用更字。

㈠傅玄《挽歌》：地下無滿期。

㈡鮑照詩：惆悵憶情親。

㈢顧注：望白雲，用淵明《停雲》思友意。鍾子期死，伯牙不復鼓琴，末句之意亦然。《論衡》：文詞之伯。

哭台州鄭司户蘇少去聲監

鶴注：蘇鄭同是廣德二年卒，詳見《八哀詩》注。

故舊誰憐我，平生鄭與蘇。存亡不重平聲見，喪平聲亂獨前途。　總叙生死交情。　次句點鄭蘇，語似稍率。　故人不復見者，因遭亂而分離也。

豪俊何人一作人誰在，文章掃地無㈠。羈遊萬里闊，凶問一年俱㈡。白首一作口中原上，清秋大海隅。夜臺當北斗㈢，泉路窅海鹽劉氏本作窅，一作著東吴㈣。得罪台州去，時危棄碩儒㈤。移官蓬閣後，穀貴殁潛夫㈥。流慟嗟何及㈦，銜冤有是夫音扶㈧。　此傷其死後，承「存亡不重見」一句。「凶問一年俱」，謂鄭蘇先後繼亡。遠注：北斗、蓬閣，承中原，指蘇。東吳、台州，承海隅，指鄭。胡夏客曰：此云「移官蓬閣後，穀貴歿潛夫」，《八哀詩》詠蘇源明云「長安米萬錢，凋喪盡餘喘」，則蘇死果以飢歟？

㊀任昉策文：衣冠禮樂，掃地無餘。

㊁《魏志》：蜀黄權軍敗降魏，蜀先主凶問至，群臣咸賀，唯權獨否。《陸雲傳》：凶問卒至，痛心摧剥。

㊂阮瑀詩：冥冥九泉室，漫漫長夜臺。

㊃釋智愷詩：泉路方幽噎，寒隴向凄清。　左思詩：志若無東吳。

㊄《抱朴子》：洽聞之碩儒。

㊅鶴注：廣德二年，斗米千錢。故云穀貴。　王符著《潛夫論》。

㊆《傷心賦》：對玄經而流慟。　《詩》：何嗟及矣。

㊇唐韋嗣立論刑法：四海銜冤。　有是夫，用經語作對。

道消詩發興去聲㊀，**心息酒爲徒**㊁。**許與才雖薄，追隨跡未拘。班揚名甚盛，嵇阮逸相須**㊂。**會取君臣合，寧詮品命殊。賢良不必展，廊廟偶然趨**㊃。**勝決風塵際**㊄，**功安造化爐**㊅。**從**七容切**容詢**一作拘**舊學**㊆，**慘澹閟《陰符》**㊇。此憶其生前，承「故舊誰憐我」二句。許與承詩，追隨承酒，二句自謂。班揚承詩，嵇阮承酒，二句鄭蘇。會取四句，言天寶之際，鄭蘇俱仕而未久。勝決四句，言肅宗復國，蘇爲少監，鄭遭貶斥也。　詮，論也。品命殊，位卑也。詢舊學，蘇昔爲太子諭德，後又除秘書少監也。閟《陰符》，鄭常著《天寶軍防録》，坐私撰國史謫官。其談兵之書，秘不能出也。　《杜臆》：公前詩云：「痛飲聊自遣，放歌破愁絶。」此云：「道消詩發興，心息酒爲徒。」皆道本色，高人所益於詩酒如此。

㊀《易》言君子道憂。《劉向傳》言君子道消。

㊁《酈食其傳》：吾高陽酒徒也。

㊂班固、揚雄作賦擅名，嵇康、阮籍嗜酒彈琴。

㊃潘岳詩：器非廊廟姿。

㊄《漢書》：決勝千里之外。

㊅《莊子》：以天地爲大爐，造化爲大冶。

㊆《説命》：台小子，舊學於甘盤。

㊇《戰國策》：蘇秦遊説六國，不遇而返，乃夜發書得《太公陰符》之謀而頌之。《唐書》兵書類有《周書陰符》九卷。

擺落嫌疑久㊀，哀傷志力輸㊁。俗依綿谷異，客對雪山孤。童稚思諸子，交朋列友于。情乖清酒送㊂，望絶撫墳呼㊃。瘧病一作痢餐巴水，瘡痍老蜀都。飄零迷哭處，天地日榛蕪㊄。　此身經喪亂，而遥哭鄭蘇也。　上四，謂棄官以來，漂流異地。中四，歎知交别久，歿失哀奠。

下四，見身衰友故，人世荒涼也。　擺落、哀傷，舊注仍指鄭蘇。按：此皆自述之詞。公向遭貶斥，本涉嫌疑，今則擺落已久，特志力日虧，爲可傷耳。　昔在童稚時，便思諸子才名，鄭蘇年蓋少長也。列友于，即異姓篤天倫意。綿雪巴蜀，遍歷東西二川。哭處榛蕪，仍應存亡喪亂。　此章四句起，中二段各十四句，末段十二句收。

㊀陶潛詩：擺落悠悠談。　《記》：禮所以決嫌疑、定猶豫。

㊁阮籍詩：揮涕懷哀傷。

㊂清酒送，謂生前闕於餞送。清酒二字，見《毛詩》。邇可欲改作漬酒，但平仄未諧。張注引《徐稚傳》：人家有喪以綿絮漬酒暴乾，以裹炙雞，用水漬綿使有酒氣，白茅爲藉，以雞置前，酹酒畢而去。

㊃謝靈運詩：撫墳徒自傷。

㊄榛蕪，言道路梗塞。

盧世潅曰：此詩泣下最多，緣兩公與子美莫逆故也。「豪俊人誰在，文章掃地無。羈遊萬里闊，凶問一年俱。」二十字，抵一篇大祭文。結云：「飄零迷哭處，天地日榛蕪。」蒼蒼茫茫，有何地置老夫之意。想詩成時，熱淚一湧而出，不復論行點矣，是以謂之哭也。

《苕溪漁隱叢話》：律詩有扇對格，第一與第三句對，第二與第四句對。此詩「得罪台州去」四句是也。東坡《和鬱孤臺》詩「邂逅陪車馬，尋芳謝朓洲。淒涼望鄉國，得句仲宣樓」，亦用此格。

别唐十五誡因寄禮部賈侍郎

鶴曰：此廣德二年作。《舊書·賈至傳》：寶應二年爲尚書右丞，廣德二年轉禮部侍郎。又云：廣德二年九月，尚書左丞楊綰知東京選，禮部侍郎賈至知東京舉，兩都分舉選，自至始。張遠注：時唐十五必往東都赴舉，公故寄詩爲之先容也。

九載上聲**一相見**一作逢㈠**，百年能幾何**㈡**。復**扶又切**爲萬里别**㈢**，送子山之阿**㈣**。白鶴久同林**㈤**，潛魚本同河**㈥**。未知棲集期**㈦**，衰老强**區兩切**高歌**㈧**。歌罷兩悽惻**㈨**，六龍忽蹉跎**㈩**。相視髮皓白**⑪**，况難駐羲和**⑫**。**首叙惜别之情。上四另提，感聚散不常。中四承萬里復别，傷之也。下四承百年幾何，勉之也。

㈠九載一見，自乾元二年至廣德二年也。潘岳《懷舊賦》：今九載而来歸。

㈡古詩：百年能幾何，會少别離多。

㈢梁元帝詩：寧爲萬里别。

㈣李陵《録别》詩：送子淇水陽。《楚辭》：若有人兮山之阿。《爾雅》：大陵曰阿。

㈤《相鶴經》：鶴千六百年，形定而色白。《詩》：有鶴在林。陸機詩：出自幽谷，及爾同林。

㊅曹植詩：潛魚躍清波。

㊆謝靈運詩：棲集建薄質。

㊇鮑照詩：零落就衰老。　宋玉《舞賦》：抗音高歌。

㊈張正見詩：歌罷咏新詩。　潘岳《寡婦賦》：心摧傷以悽惻。

⑩《楚辭》：維六龍於扶桑。　阮籍詩：白日忽蹉跎。

⑪《左傳》：公子宋與子家相視而笑。　《留侯世家》：四人鬚眉皓白。

⑫阮籍詩：願攬羲和轡。

胡星墜燕平聲**地**㊀**，漢將**去聲**仍橫戈**㊁**。蕭條四海内，人少豺虎多**㊂**。少人慎莫投，多虎信所過**平聲㊃**。飢有易子食**㊄**，獸猶畏虞羅**㊅**。子負經濟才，天門鬱嵯峨**㊆**。飄飄**一作飄颻**適東周**㊇**，來往若**一作亦**崩波**㊈**。**

次記行路之難。唐往東都，故叙亂後荒涼。胡星，指史朝義。漢將，指僕固懷恩。人少，死於兵賦。虎多，餘寇未平。畏虞羅，民飢捕獸也。天門，謂君門。東周，謂洛陽。　唐孟莊曰：子負經濟四語，叙其淪落，爲賈先容地。

㊀《史記·天官書》：昴曰旄頭，胡星也。　江淹書：飛霜擊於燕地。　《唐書》：廣德元年正月，史朝義縊死於幽州醫巫閭祠下，傳首京師。　又云：廣德元年九月，懷恩拒命於汾州，其子瑒進攻榆次，未幾爲帳下所殺。懷恩遂渡河，北走靈武。　張正見詩：胡兵屯薊北，漢將起山西。

㊁《吕氏春秋》：行人燭免胄橫戈而進。

㊂張載詩：盜賊如豺虎。

㊃信所過，謂經過方信。

㊄《左傳》：易子而食，析骸而爨。

㊅《禮記》：有虞人、有大羅氏，掌田獵之事者。

㊆趙曰：《漢官儀》：泰山東上七十里，至天門。　潘岳詩：崇芒鬱嵯峨。《楚辭注》：嵯峨，高貌。

㊇孔融詩：飄飄安所依。　《戰國策注》：西周王城，今河南。東周成周，今洛陽。《史記索隱》：西周，河南也。東周，鞏也。

㊈鮑照詩：客行惜日月，崩波不可留。

南宮吾故人㊀**，白馬金盤陀**㊁**。雄筆映千古，見賢心靡**一作匪**他**㊂**。念子善師事**㊃**，歲寒守舊柯**㊄**。爲**去聲**我謝賈公**㊅**，病肺卧江沱**㊆**。**　末結寄賈之意。　惟賈能好賢，故唐宜善事。歲寒守柯，勉其始終勿變。　此章，前二段各十二句，末段八句收。

㊀杜田《正謬》：漢建尚書百官府曰南宮，蓋取象《天官書》南宮朱鳥，猶唐以中書省爲紫微，尚書省爲文昌之類。《後漢書》：鄭弘爲尚書令，前後所陳，補益王政者，著之南宮以爲故事。　考禮部之名，起於江左，而南官自漢有之。　蓋南官猶言南省，舊注專謂禮部，非也。　鶴曰：《唐職林》云：舊說禮部郎中掌省中文翰，謂之南宮舍人，故定功謂南宮猶南省。　《史·項羽紀》：若非吾故人乎？

㈡夢弼注：賈逵爲禮部侍郎，常乘白馬，故於賈至亦云。　金盤陀，馬鞍也。注見三卷。

㈢《詩》：之子死靡他。

㈣《史記》：韓信得廣武君，師事之。又《南史》：孔休源人倫儀表，當師事之。

㈤潘岳詩：不見山下松，隆冬不易故。不見澗底柏，歲寒守一度。

㈥《史記》：伍子胥曰：「爲我謝申包胥。」

㈦卧江沱，公自謂。《詩》：江有沱。毛萇曰：沱，江之別者。

初冬

鶴注：此廣德二年冬在幕府時作。

垂老戎衣窄㈠，歸休寒色一作氣深㈡。漁舟上上聲急水，獵火著涉略切高林㈢。日有習池醉，愁來《梁父音甫吟》㈣。干戈未偃息，出處上聲遂何心㈤。此暫歸草堂而作也。首聯雙提。三四承次句，言歸溪冬景。五六承首句，言在幕情事。末句出處二字，總綰。　黄注：白首老人，戎衣趨府，寫出堪發人笑，亦見自慚之意。漁獵亦常事，拈急字、高字，便有意致。　干戈未息，是年十月，武攻吐蕃鹽川城。遂何心，出處兩未遂也。

㈠蔡邕《房楨碑》：享年垂老。　黄注：幕官以戎服從事，當用兵之際也。又云朝士兼戎服，知在朝亦間用之。　隋蘇子卿詩：鋒劍但須利，戎衣不畏窄。
㈡張溍注：歸休，謂歸溪休沐。
㈢《杜臆》：著，火炎起也，猶俗云火著。　鮑照詩：長霧高林。
㈣習池醉、《梁父吟》，注見十三卷。
㈤陸機詩：出處鮮爲諧。

觀李固請司馬弟一作題山水圖三首

李固當是蜀人，其弟曾爲司馬，能寫山水圖。公至固家，固掛其圖於壁，而請公題之也。　黄鶴編在廣德二年。

簡易去聲。一作易簡高人意一作體㈠，匡牀竹火爐㈡。寒天留遠客，碧海掛新圖。雖對連山好，貪看平聲絶島孤。群仙不愁思去聲㈢，冉冉下去聲蓬壺。首章，觀李氏山水圖。上四叙事，下四咏畫。　高人指李，遠客自謂。掛碧海之新圖，此倒裝句。連山中有絶島，即蓬壺也。　《杜臆》：自己有愁，忽想到群仙之不愁，真得味外之味。

㈠《劉向傳》：向爲人簡易，無威儀，廉静樂道，不交接世俗。

㈡《莊子》：麗姬與晉公同匡牀而食芻豢。匡牀，安牀也。張衡《同聲歌》：思爲莞蒻席，在下蔽匡牀。

㈢徐陵詩：紺席下群仙。

其二

方丈渾平聲連水，天台總映雲㈠。人間長見畫，老去一云身老恨空聞㈡。范蠡舟偏一作偏舟小㈢，王喬鶴不群㈣。此生隨萬物㈤，何處出塵氛。次章，概言山水人物。見山水恨不能親至其地，見人物又歎不能離俗而去。上下兩段，各用一景一情，謂之虚實相間格。趙次公曰：圖必兼畫舟鶴，故引范蠡、王喬爲證。《杜臆》：隨物與出塵，此仙凡之别也。

㈠《天台賦》：涉海則有方丈、蓬萊，登陸則有四明、天台。

㈡陸機《董逃行》：但爲老去年遒。

㈢范蠡乘扁舟，泛五湖。

㈣《天台賦》：王喬控鶴以冲天。

㈤王洙曰：隨萬物，即莊子所謂與物轉徙也。

其三

高浪垂翻屋㈠，崩崖欲壓牀。野橋一作樓分子細㈡，沙岸繞微茫。紅浸珊瑚短，青懸薜荔長。浮查並坐得一作相並坐㊂，仙老暫相將㊃。末章，詳叙山水景物。高浪、崩崖，言山水絶險。橋在水上，岸在山下。珊瑚浸水而紅，薜荔懸山而青，俱分配山水。《杜臆》：起勢突兀雄偉。中四，皆就細微處形容畫家妙品。末覩仙查而望其接引，與前二章結語相同，而出之變幻不拘。

㊀郭璞詩：高浪駕蓬萊。

㊁子細，出《源思禮傳》，見六卷。

㊂《拾遺記》：堯時有巨查浮於西海，其上有光若星月，常繞四海，十二年一周，名貫月查，又名掛星查。羽人棲息其上。謝惠連詩：並坐相招邀。

㊃梁簡文帝詩：相將渡江口。潛注：相將，相攜也。

至後

鶴注：此當是廣德二年冬在嚴武幕中作。

冬至至後日初長㊀，遠在劍南思洛陽。青袍白馬有何意㊁，金谷銅駝非故鄉㊂。梅花欲開不自覺，棣萼一別永相望平聲㊃。愁極本憑詩遣興去聲，詩成吟咏轉淒涼㊄。在劍思洛，領起三四，下乃至後景情。青袍白馬，劍南幕府也。金谷銅駝，洛陽遭亂矣。因梅花而念棣萼，總是觸物傷懷。　此詩青袍白馬，與《洗兵行》所引《侯景傳》不同。朱注以公詩「青袍也自公」、「歸來散馬蹄」爲證，皆指幕府言。曰「有何意」，言志不得自展也。舊注以青袍白馬比安史，則「有何意」三字，却説不去矣。

㈠《周禮》：冬至日在牽牛，影長一丈三尺。

㈡庾信《哀江南賦》：青袍如草，白馬如練。《東漢·張湛傳》：帝見湛，輒言白馬生且又諫矣。

㈢邵注：金谷園、銅駝陌，皆洛陽勝地。石崇《金谷詩序》：余別廬在河南縣界金谷澗。《水經注》：金谷水，出河南太白原，東南流，歷金谷，謂之金谷水，經石崇故居。　陸機《洛陽記》：漢鑄銅駝二枚，在宮南四會道頭，夾路相對。　華延儁《洛陽記》：兩銅駝在宮之南街，東西相向，高九尺，洛陽謂之銅駝陌。　蔡琰《笳曲》：故鄉隔兮音塵絕。

㈣《詩》：棠棣之華，萼不韡韡。　棣萼，以比兄弟也。

㈤嵇康《琴賦》：吟咏以適志。

朱瀚曰：此詩疑贋作。複點至字，累墜。日初長，剩語。有何意，可發一笑。金谷銅駝，正是故鄉，但可云風景非昔耳。不自覺，冗率。竟以棣萼爲兄弟，亦是俚習。七八如村務火酒，薄劣異常。

寄賀蘭銛

前有詩贈別，此別後再寄也。當是廣德二年冬末所作。

朝音潮野歡娱後㊀，乾坤震蕩中㊁。相隨萬里日，總作白頭翁㊂。歲晚仍分袂㊃，江邊更轉蓬。勿云俱異域㊄，飲啄幾回同㊅。上四，亂後相逢之感。下四，遠方惜别之情。從歡娱説至震蕩，公與銛初交於盛時，而再逢於亂日也。萬里白頭，暫遇途中，分袂轉蓬，又忽散去矣。《杜臆》：今且勿以俱在異域爲悲，只此飲啄之緣，尚能幾回同事乎。語極悽慘。

㊀張協詩：昔在西京時，朝野多歡娱。

㊁張華詩：天地相震蕩，回薄不知窮。

㊂曹丕書：已成老翁，但未白頭耳。

㊃謝惠連詩：分袂澄湖陰。

㊄朱穆詩：與子異域。

㊅何承天樂府：飲啄雖勤苦。

送王侍御往東川放生池祖席

朱注：此詩見王原叔本。蔡氏編在夔州詩内。今按：成都詩有王侍御郁及王侍御契，此或即其人歟。詩云衰疾江邊卧，應指草堂言。放生池亦當在成都。邵注謂在蓬溪縣龍多山，誤矣。　蔡曰：梓州爲東川。　唐肅宗詔：天下臨池帶郭處，置放生池，凡八十一所。　顔真卿爲碑。　行者有祖道之祭，祭畢飲於其側，謂之祖席。

東川詩友合，此贈怯輕爲。況復扶又切**傳宗匠**舊作近㊀**，空然惜别離。梅花交近野，草色向平池。儻憶江邊卧，歸期願早知。**上四送王侍御，五六池邊春景，末乃預訂歸期。　東川乃詩友會合之地，故欲贈詩而怯於輕爲。　況侍御能詩，共傳宗匠，徒然作惜别常語，亦何爲乎。　當兹冬盡春來之際，惟願早歸，以慰衰疾，此今日送行之意也。

㊀諸本皆作傳宗近，意不可解。　張遠指放生池，以佛家有南北宗也。　此説牽强。　邵注作傳踪，謂音信相通，此亦無據。　按近字犯重，恐是匠字，乃字形相似而訛耳。　公《八哀詩》云：「宗匠集精選。」宗匠二字，本袁宏書。　初欲改近爲匠，尚無確據，偶閲《詩紀》載晉時仙讖「匠不足慮憂遠危」，馮惟訥云：「匠疑作近。」今按：彼是誤近爲匠，此則誤匠爲近，可以互證。

正月三日歸溪上有作簡院内諸公

鶴曰：當是永泰元年春自幕府歸浣花溪作。　公詩題凡記日者皆涉節候，此指立春日也，故云臘味、春聲。

野外堂依竹，籬邊水向城。蟻浮仍臘味㊀，鷗泛已春聲。藥許鄰人斸，書從稚子擎。白頭趨幕府，深覺負平生。首聯溪前景趣，次聯新正物候，三聯歸溪之事，末聯簡院之懷。顧注：臘味，酒造於臘月也。春聲，鷗泛春水而有聲也。鶴注：種藥本以濟世，故許人斸。藏書本以教兒，故任子擎。老趙幕府，不得遂其立朝素志，故云深負。

㊀庾信詩：浮蟻對春開。

王嗣奭曰：公有「分曹失異同」之句，似與諸公不合而歸。此詩毫無芥蒂，足占所養。其言溪上之樂，如鳥脱籠中，自是衷語也。

敝廬遺興去聲奉寄嚴公

當是永泰元年春自幕府回草堂時作，故云幕府贍暇日。

野水平橋路，春沙映竹村。風輕粉蝶喜，花暖蜜蜂喧。把酒宜一作且深酌，題詩好細論平聲。此敝廬遺興。《杜臆》：開首寫景，有逌然自得之趣。下文「宜」字「好」字，正蒙此。府中贍暇日，江上憶詞源。跡忝一作寄朝廷舊，情依節制尊。還思長子兩切者輙，恐避席爲門㊀。此奉寄嚴公。暇日、詞源，想及嚴公。朝舊、情依，自叙故交。末望重過草廬，仍致繾綣之意。賓應元年，嚴至浣花溪也。　此章，上下各六句。

㊀《陳平傳》：家貧以席爲門，然門外多長者車轍。

營屋

鶴注：當是永泰元年正月，歸溪上時營屋而作也。自上元元年營草堂，始植竹，至是已六載矣。

我有陰江竹，能令平聲朱夏寒㊀。陰通積水內，高入浮雲端。首叙屋前之竹，陰森高大。

㊀傅毅賦：踐朱夏之炎赫，搖輕箑而致涼。

甚一作如疑鬼物憑，不顧剪伐殘。東偏若面勢㊀，户牖永可安。愛惜已六載上聲，兹晨去千竿。蕭蕭見白日，洶洶開奔湍㊁。次言伐竹除翳，將以營屋。竹蔽日疑憑鬼物，施剪伐，則通户牖矣。見日、開湍，此面勢所覩者。

㊀鮮于注：若，順也。

㊁曹植詩，巖析苦崩缺，湖水何洶洶。

度徒各切堂匪華麗㊀，養拙異考槃㊁。草茅雖薙葺，衰疾方少寬。洗音洒然順所適㊂，此足代加餐。寂無斤斧響，庶遂憩息歡。此記營屋可以棲身也。堂在近郭，故異於考槃。洗然四句，仲明寬病之故。薙，刈草也。葺，覆茅也。代，猶當也。此章，四句起，下兩段各八句。

㊀《考工記》：室中度以几，堂上度以筵。

㊁《詩》：考槃在澗，碩人之寬。考，成也。槃，樂也。

㊂《潘岳傳》：吾子洗然，恬澹自逸。

除草

原注：去蕁草也。蕁音潛，山韭。

詩云藩籬、松竹，當是草堂詩。依朱氏編在永泰元年成都詩内。《益部方物贊》：㷚麻，自劍以南，處處有之，或觸其葉，如蜂螫人，以溺灌之即解。莖有刺，葉或青或紫，善治風腫。考杜詩，當作蕁。李實曰：蕁葉如苧麻，川人名曰蕁麻，毛刺螫人，亦曰螫麻。螫音謔，又音釋，毒螫也。

草有害於人，曾音層何生阻修㊀。其毒甚蜂蠆㊁，其多彌道周㊂。清晨步前林㊃，江色未散憂。芒刺在我眼㊄，焉於虔切能待高秋。此言毒草之害。綖注：此草遍於道周，比惡人充滿當路也。

㈠《詩》：道阻且修。

㈡《左傳》：臧文仲曰：「蜂蠆有毒，而況國乎。」

㈢《詩》：生於道周。

㈣張載詩：蕭瑟掃前林。

㈤《霍光傳》：光驂乘，上内嚴憚之，若有芒刺在背。

霜露一作雪**一霑凝**一作衣，**蕙葉亦難留**㈠。**荷**去聲**鋤先**去聲**童稚**㈡，**日入仍討求。轉致水中央**㈢，**豈無雙釣舟**㈣。**頑根易**音異**滋蔓**㈤，**敢使依舊丘。**此欲亟除其根。趙曰：待霜至而後除，則蕙葉與薉草美惡無辨矣。故去之不可不早。先童稚，身率先也。綖注：此喻屏去小人，有不與同中國意。

㈠陰鏗詩：蕙葉斂欲暝。

㈡陶潛詩：荷鋤稚子倦。

㈢《詩》：宛在水中央。

㈣晏殊曰：《周禮》：薙人，掌殺草。有水火之化，以釣舟載而置之，此水化也。

㈤《左傳》：無使滋蔓。

自茲一作移**藩籬曠，更覺松竹幽**㈠。**芟夷不可闕**㈡，**疾惡信如讎**㈢。末點寓言本意。師氏曰：小人既去，則君子道長，如惡草芟而松竹清也。張綖注：柳子厚作《捕蛇者説》，至篇末方説出苛政猛於虎一句，襲用此格也。　此章，前兩段各八句，後段四句收。

㊀庾信詩：松竹且悲吟。

㊁《左傳》：爲國家者，見惡如農夫之務去草焉。芟夷蘊崇之，絶其本根，勿使能植，則善者信矣。

㊂《後漢書》：疾惡如風朱伯厚。

申涵光曰：「芒刺在我眼，焉能待高秋」，丰裁凜然，除姦當如鷙鳥擊物，少遲則生變矣。調停之説，誤身誤國，所云「霜雪一霑凝，蕙草亦難留」也。「頑根易滋蔓，敢使依舊丘」，去惡務盡，三致意焉。少陵一生，目覩小人之害，故痛恨如此，末只一語點破，正意多則反淺。

春日江村五首

鶴注：此當是永泰元年春歸溪後作。公自乾元二年冬入蜀，至此已經六年矣。　江村，即浣花溪，前有「長夏江村事事幽」之句。

農務村村急㊀，**春流岸岸深**㊁。**乾坤萬里眼，時序百年心**㊂。**茅屋還堪賦**㊃，**桃源自可尋。艱難昧**陳作味，一作賤，一作淺**生理，飄泊到如今。**　首章，叙春日江村，有躬耕自給之意。　《杜臆》：公《贈王侍御》詩，談及農月田家，蓋欲耕田以爲生理，故見農務春流而起興。　萬里眼，蜀江所見。百年心，春事又逢。賦茅屋，草堂託居。尋桃源，花溪覽勝。漂泊到今，故願爲老農以資生計也。

㈠陶潛詩：農務各自歸。

㈡江奂詩：春流豈難越。　岸岸深，可以漑田也。　明人莊定山詩：「千家小聚村村暝，萬里河流岸岸同。」句本於杜，但同字較深字覺少遜耳。

㈢鮑照詩：争先萬里途，各事百年身。

㈣陶詩：茅屋八九間。

其二

迢遞來三蜀㈠，蹉跎有一作又**六年。客**黄作容**身逢故舊，發興**去聲**自林泉㈡。過懶從衣結㈢，頻遊任履穿㈣。藩籬頗無限**一作無限景**，恣意向**一作買**江天㈤。**次章，歸蜀而依嚴武。　上四承飄泊來，下截仍抱江村。　故交復鎮，便堪發興，且未講到幕府事。　下兩章，方層次叙出。

《杜臆》：衣結履穿，茅堂自適。恣意江天，不異桃源矣。

㈠左思《蜀都賦》：三蜀之豪，時來時往。注：三蜀，謂蜀郡、廣漢郡、犍爲郡也。

㈡鮑照詩：發興誰與歡。

㈢王隱《晉書》：董威輦，不知何許人，忽見洛陽，止宿白社中，拾得殘碎繒，輒結爲衣，號曰百結衣。

㈣《莊子》：原憲衣弊履穿。《滑稽傳》：齊人東郭先生，貧困飢寒，履有上無下，行雪中，着地處皆足跡。

㊄謝莊詩：霧罷江天分。　一本作買江天，句意未穩，黃生主向字。

其三

種竹交加翠㊀，栽桃爛熳紅。經心石鏡月㊁，到面雪山風。赤管隨王命㊂，銀章付老翁㊃。豈知牙齒落㊄，名玷薦賢中㊅。　三章，言薦授郎官之事。　上四，承江天，寫村前近遠之景。下四，承發興，敘老年錫命之緣。

㊀《高唐賦》：交加累積，重疊增益。　劉孝綽詩：堂皇更隱暎，松灌雜兼加。

㊁《世説》：爲是塵務經心。

㊂《漢官儀》：尚書令僕丞郎，月給赤管大筆一雙，椽題曰北宫著作。

㊃《漢·百官表》：凡吏秩比二千石以上，皆銀印青綬。　師氏曰：《漢舊儀》云：銀印，背龜紐，其文曰章，刻曰某官之章。　顧注：唐時無賜印者，公時已賜緋，因其有隨身魚袋而言耳。

㊄東方朔《答客難》：脣腐齒落，服膺而不釋。　《陳平傳》：吾聞薦賢蒙上賞，非魏無知無以至此。

㊅甫本傳：嚴武表爲參謀，檢較工部員外郎。

其四

扶病垂朱紱㊀，歸休步紫苔㊁。郊扉存一作在晚計㊂，幕府愧群材。燕外晴絲卷，鷗邊水葉開㊃。鄰家送魚鼈㊄，問我數音朔能來㊅。　四章，言辭還幕僚之故。　上四承薦賢來，下四又應江村。　郊扉頂歸休，幕府頂扶病。燕外以下，言景物堪娛而人情相習，所謂歸休晚計也。　公不耐拘束而辭幕職，曰扶病，託詞也。曰愧群材，謙詞也。

㊀《前漢·韋賢傳》：黼衣朱紱。洙曰：紱，古蔽膝也，象冕服，以韋爲之。

㊁漢武帝詔：思得歸休。　沈約詩：客位紫苔生。

㊂顏延之詩：側同幽人居，郊扉晝常掩。　《杜臆》：存晚計，言將終老於此。

㊃阮籍詩：浴鷗開水葉，戲蝶避風絲。

㊄《新序》：出訟鄰家。　《記》：水潦降，不獻魚鼈。

㊅問而數來，不特饋物，又致殷勤也。

其五

群盜哀王粲㊀，**中年召賈生**㊁。**登樓初有作，前席竟爲榮。宅入先賢傳**去聲㊂，**才高處**上聲**士名**㊃。**異時懷二子**㊄，**春日復**扶又切**含情**㊅。　末章，借古人以自況，是江村感懷。　三四分頂王賈，乃生前事。五六合承王賈，乃身後事。末句有竊比前人意。　公避亂蜀中，作詩言志，甚有類於王粲；而老授郎官，未蒙見召，歎不得爲賈生。至於卜宅花溪，留名後世，則自信古今同調矣。　王賈各有舊宅，各負才名，故兩句當合承。曰處士名者，謂才名高出於處士，非指二子爲處士。　結點春日仍與首章遥應。

㊀哀王粲，動王粲之哀也。首句倒裝。王粲《七哀詩》：西京亂無象，豺虎方遘患。注：豺虎，喻群

盜也。　王粲避亂客荆州，思歸，作《登樓賦》。

㊁潘岳《夏侯湛誄》：中年隕卒。　《前漢書》：賈誼，洛陽人，文帝召爲博士，時年二十餘，後爲長沙王太傅。歲餘，帝思誼，徵之，坐宣室，問鬼神之事，至夜半，文帝前席。

㊂錢箋：郡國志：長沙寺南有賈誼宅。殷芸《小説》：湘州南寺東有賈誼宅，井小而深，上斂下大，狀似壺，即誼所穿。《沔襄記》：王粲宅在襄陽，井臺尚存。　古書有《汝南先賢傳》、《楚國先賢傳》。

㊃朱注：《西征賦》：賈誼洛陽之才子。《魏志》：蔡邕見王粲，謂坐客曰：「此王公孫，有異才。」《史記》：孫叔敖，楚之處士也。

㊄《漢·食貨志》：異時算軺車。《司馬相如傳》：異時嘗通爲郡縣矣。　顔注：異時，猶言往時。

㊅王粲詩：含情欲待誰。

趙汸曰：此五詩，首尾開闔，始終相承，皆有意義，所謂憂中有樂，而樂中有憂者也。

王嗣奭曰：五首如一篇文字，前四首一氣連環不斷，至末章總發心事作結。

長吟

朱注：此係逸詩，收在卞圜本者，亦見吴若、黄鶴本。　按：杜旆云：此詩「已撥形骸累，真爲爛熳深」，乃初辭幕府之作。樓鑰謂「束縛酬知己」，形骸之累已極，到此始得爛熳長吟耳。今編在永泰元年之春。　應瑒詩：永思長吟。

江渚翻鷗戲，官橋帶柳陰。花飛競渡日㊀，**草見**音現**踏青**一作春**心**㊁。**已撥形骸累，真爲爛漫深。賦詩新**一作歌**句穩，不覺**一作免**自長吟。**上四春郊佳景，下乃對景怡情。「翻」字「帶」字，句中着眼。競渡在江渚，踏青在柳陰，皆一水一岸對言。撥形骸，謂身世兩忘。爛漫深，謂恣情游玩。　顧注：公詩云「晚節漸於詩律細」，非細不能穩也。可見「語不驚人死不休」尚帶少年意氣。　胡夏客曰：詩句已穩，猶自長吟，比他人草草成篇，輒高歌鳴得意者，相去懸絶。

㊀《抱朴子》：屈原没汨羅之日，人並命舟楫以迎之，至今以爲競渡。或以水車，謂之飛鳧，亦曰水馬，一州士庶，悉觀臨之。《荆楚歲時記》：屈原以五日死於汨羅，人以舟拯之，競渡是其遺俗。唐人以中和節爲戲。

㊁踏青心，有兩説，一云足踏青草之心，一云人有踏青之心。前説爲近。竇氏《壺中贅録》：蜀中風俗，舊以二月二日爲踏青節。踏青，又見《舊唐書·代宗紀》。隋煬帝《望江南》曲：踏青鬬草事青春。

春遠

鶴注：此是永泰元年春在浣花溪作。　顧注：春遠，猶言春深也。

肅肅花絮晚㈠，菲菲紅素輕。日長惟鳥雀，春遠獨柴荆。數音朔有關中亂，何曾音層劍外清㈡。故鄉一作園歸不得，地入亞夫營㈢。上四暮春之景，下四春日感懷。吴論：肅肅，落聲。菲菲，落貌。黄注：紅素乃地下花絮。顧注：惟鳥雀，見過客之稀。獨柴扉，見村居之僻。關中數亂，謂吐蕃、党項入寇。劍外未清，謂吐蕃近在西山。故鄉尚有軍營，則欲歸不得矣。

㈠花絮，指桃柳。

㈡《唐書》：廣德二年十月，僕固懷恩誘吐蕃、回紇入寇。十一月，吐蕃遁去。永泰元年二月，党項寇富平。鶴注：富平，屬京兆府。

㈢顧注：周亞夫營，在昆明池南，今桃市是也。時郭子儀屯兵涇原，爲吐蕃請盟之故。

黄生曰：寫有景之景，詩人類能之。寫無景之景，惟杜獨擅場。此詩上半，當想其虛中取意之妙。

絶句三首

單氏編在永泰元年成都詩内。鮑氏曰：謝克莊任伯云：此詩得于慎文肅家故書中，猶是吴越錢氏時人所傳，格律高妙，其爲少陵無疑。《詩説雋永》謂晁氏得吴越人寫本杜詩，如「日出東籬水」六首，乃九章。其一云「漫道春來好」云云。今按：前六首當另爲一處，不必併合。

聞道去聲**巴山裏，春船正好行**趙作還。**都將百年興**去聲**，一望九江城**趙作山㊀。首章，欲往荊楚而作。

㊀《杜臆》：九江在洞庭。詳見九江落日注。

其二

水檻温江口㊀**，茅堂石筍西**㊁。**移船先主廟，洗藥浣花**一作沙**溪**。次章，見成都形勝，而仍事遊覽也。

㊀地志：温江，在成都西五十里。

㊁石筍街，在成都西門外。

其三

謾一作設**道**去聲**春來好，狂風太放顛。吹**一作飛**花隨水去，翻却釣魚船**。末章，見春江風急，歎不得遠行也。《杜臆》：三首一氣轉下。

三韻三篇

鶴注：此當是永泰元年作。時代宗信任元載、魚朝恩，而士之變節者，争出其門。二人在廣德、永泰間，其權特盛。詳玩末章，其意顯然矣。

高馬勿捶一作唾面，長魚無損鱗。辱馬馬毛焦㊀，困魚魚有神㊁。君看平聲磊落士，不肯易其身。此見士有不可奪之志，比而兼賦。申涵光曰：三韻三篇，甚古悍。

㊀毛焦，猶《詩》言「我馬玄黃」。《正義》曰：馬病變色也。

㊁雷雨大作，鯉魚空中飛去，是其神也。

其二

蕩蕩萬斛船㊀，影若揚一作搖白虹。起檣必椎牛㊁，掛席集衆功㊂。自非風動天㊃，莫置大水中。此見大才不可以小用，全屬比體。

㊀《顔氏家訓》：昔在江南，不信有千人氈帳；及來河北，不信有二萬斛船。

㊁趙曰：椎牛所以享衆。古歌：椎牛烹猪羊。

㊂謝靈運詩：掛席拾海月。

㊃鮑照《舞鶴賦》：箕風動天。

其三

烈一作列士惡烏故切多門㊀，小人自同調去聲㊁。名利苟可取，殺身傍去聲權要㊂。何當官曹清，爾輩堪一笑。此爲當時趨炎附勢者發，語多諷刺。

㊀《左傳》：晉政多門。

㊁謝靈運詩：異代可同調。

㊂《世説》云：王緒、王國寶相爲脣齒，上下權要。

天邊行

詩成後，拈首二字爲題。　鶴注：此是永泰元年成都作。自天寶十四載至此，已恰十載。《唐·五行志》：永泰元年三月辛亥，大風拔木。

天邊老人歸未得叶都木切㊀，**日暮東臨大江哭**。**隴右河源不種田，胡騎**去聲**羌兵入巴蜀**㊁。**洪濤滔天風拔木，前飛禿鶖後鴻**一作黄**鵠**㊂。**九度附書向洛陽，十年骨肉無消息**叶蘇六切㊃。此詩爲久客思鄉而作也。　隴右二句，天邊憂亂。洪濤四句，欲歸未得。皆申明臨江哭泣之故。

㊀何遜詩：天邊看遠樹。

㊁趙曰：廣德元年，吐蕃陷隴右，而河源不種矣。十二月陷松、維、保三州，則入於巴蜀矣。班固《兩京賦》：西盪河源。　鶴曰：胡騎，指吐蕃。羌兵，指党項羌、渾、奴剌之類。

㊂王洙曰：洪濤滔天，言民罹昏墊。秃鵚鴻鵠，欲與偕飛而不能也。《書》：浩浩滔天。《史記》：項羽圍漢王，大風拔木。

㊃鶴注：骨肉，指弟在東都。

莫相疑行

詩成後，拈末三字爲題。　黄氏編在永泰元年。　舊説指嚴武，鶴斥其非，謂公與郭英乂不合，去成都而作，英乂帥蜀時，年方三十餘也。　單注云：此與後詩，必有爲而作，今不知其所指。

男兒生無所樊作一生無**成頭皓白**㊀，**牙齒欲落真可惜。憶獻三賦蓬萊宫，自怪一日聲烜**荆作烜，一作輝，一作燀**赫。集賢學士如堵牆**㊁，**觀我落筆中書堂。往時文采動人主，此**《文粹》作今**日飢寒趨路旁。晚將末契託年少**去聲，《文粹》作末節契年少㊂，**當面輸**一作論**心背面笑**㊃。**寄謝悠悠世上兒，不**一作莫**爭好惡**並去聲**莫相疑。**　此詩爲少年輕薄而作也。　上六，暮景而追往事。下六，途窮而慨世情。　申涵光曰：起句，説得突兀悲愴。自怪句，從失意中忽作驚人語。「當面輸心背面笑」，視天下朋友皆膠漆，人情風俗可想見矣。　盧注：輸心文采，竊笑飢寒，此輩好惡無常，老翁漠然不與之争，彼亦何用相疑哉。末二句，蓋開誠以示之也。

㈠李陵書：男兒無所成名。

㈡王洙曰：開元十三年，改集仙殿爲集賢殿，麗正殿書院爲集賢殿書院，院内五品以上爲學士，六品以上爲直學士。《記》：孔子射於矍相之圃，觀者如堵牆。　李華《中書政事堂記》：武德以來於門下省議事，謂之政事堂。高宗光宅元年，裴炎自侍中除中書令，執宰相筆，乃遷政事堂於中書省。　本傳：甫獻《三大禮賦》，帝奇之，使待制集賢院，命宰相試文章。

㈢陸機《歎逝賦》：託末契於後生。

㈣《抱朴子》：不面從而背憎。

黄生曰：公以白頭趨幕，不免爲同列少年所侮，故一則云：「晚將末契託年少，當面輸心背面笑。」一則云：「老翁慎莫怪少年，葛亮貴和書有篇。」合二作觀之，顯是幕中所賦，從未經人拈出。

胡夏客云：「往時文采動人主，此日飢寒趨路旁」，雖懷抱如斯，亦品地有失。凡詩，必説憂君憂國，太迂；但言愁飢愁寒，太卑。杜公不免有此二病。今按：公之憂君國根於至性，愁飢寒出於真情，若欲避此而泛言景物，反非本來面目。宣子之説，未爲少陵知音。

赤霄行

詩成後，拈中間赤霄爲題。　鶴曰：此與《莫相疑行》同是永泰元年作。

孔雀未知牛有角蔡叶音谷，《杜臆》音六，**渴飲寒泉逢觝觸。赤霄玄圃須往來，翠尾金花不辭辱**㊀。**江中淘河嚇**音罅，又音赫**飛燕**㊁，**銜泥却落羞華屋**㊂。**皇孫猶曾**音層**蓮**音輦**勺困**㊃，**衛**朱云當作鮑**莊見貶傷其足**㊄。**老翁慎莫怪少**去聲**年，葛亮《貴和》書有篇**㊅。**丈夫垂名動萬年，記憶細故非高賢**㊆。此詩，亦慨歎世情之意。　孔雀、飛燕，借鳥自喻。皇孫、鮑莊，引古自方。末見自負者大，故犯而不校。　依兩韻分兩段。孔雀被觸，一事四句。飛燕見嚇，一事兩句。皇孫、鮑莊，一事一句。文法錯綜入古。　《杜臆》：名垂萬年，寧記細故，此申明不爭好惡之意。　申涵光曰：《赤霄行》胸中有一段説不出之苦，故篇中皆作借形語。

㊀《博物志》：孔雀尾多變色，或紅或黃，如雲霞無定，人採其尾，有金翠，始生三年尚小，五年而後成，初春乃生，四月後凋，與花蕊俱榮衰。《嶺南異物志》：交趾郡人網捕孔雀，採其金翠尾，裝爲扇拂，或全株生截其尾爲方物，云生取則金翠之色不滅。晉左九嬪《孔雀賦》：擢翠尾之修莖。　金花，尾上之色。　《易》：寒泉之食。　《文子》：兕牛之動以牴觸。　《楚辭》：載赤霄而凌太清。　玄圃，在崑崙山上。

㊁《爾雅》：鶂、鴮鸅。注：今之鵜鶘也。好群飛，入水食魚，故名鴮鸅，俗呼爲淘河。　《莊子》：鴟得腐鼠，鵷雛過之，仰而視之曰：「嚇！」注：嚇，怒而拒物聲。趙曰：燕從江上來，淘河疑其銜魚，故嚇之。

㊂古詩：生存華屋處。

㈣《漢·宣帝紀》：帝初爲皇曾孫，喜游俠，常困於蓮勺鹵中。如淳曰：爲人所困辱也。蓮勺縣，有鹽池，縱廣十餘里，鄉人名爲鹵中。蓮音輦。錢箋：《元和郡縣志》：下邽縣東二十三里，有蓮勺故城。

㈤《左傳》：齊國子相靈公以會，高鮑處守。及還，孟子愬之曰：「高鮑將不納君。」秋刖鮑牽而逐高無咎。仲尼曰：「鮑莊子之智不如葵，葵猶能衛其足。」注：葵傾葉向日，以蔽其根。

㈥《諸葛亮傳》：陳壽所上《諸葛亮集》目録，凡二十四篇，《貴和》第十一。

㈦《漢·文帝紀》：捐細故。注：小事也。阮籍《咏懷》：細故何足慮，高度跨一世。

聞高常侍亡

《唐書》：廣德元年，適召還爲刑部侍郎，轉左散騎常侍。永泰元年正月卒，贈禮部尚書。鶴注：詩云「蜀使忽傳亡」，當是永泰元年成都作。原注謂忠州所作，非。不應正月已卒，六月始聞也。

歸朝音潮**不相見，蜀使**去聲**忽傳亡**㈠**。虛歷金華省**㈡**，何殊地下郎**㈢**。致君丹檻折，哭友白雲長**㈣**。獨步詩名在**㈤**，祇令**平聲**故舊傷。**此詩將生前死後，逐句配説。其歸朝、歷省，乃爲常侍時事，若折檻、詩名，則概論生平才節也。上下界限，仍見分明。不相見，不得面別也。虚歷二句，言生雖未展，死實不亡。唐史稱適負氣敢言，權貴側目，當至德時，陳江東利害，繼又抗疏陳西山三城戍，故云「致君丹檻折」。

㈠庾信詩：蜀使何時迴。

㈡王洙曰：《後漢·班固傳》：王鳳薦班伯，召見宴暱，誦説有法，拜爲中常侍。時上方嚮學，鄭寬中、張禹朝夕入説《尚書》、《論語》於金華殿中，詔伯受焉。《漢宫闕記》：金華殿，在未央宫白虎殿右，秘府圖書皆在焉。故王思遠《遜侍中表》云：奏事金華之上，進議玉臺之下。

㈢王隱《晉書》：蘇韶仕中牟令卒，韶伯父承第九子節，夜夢見韶，言顏回、卜商，今現在爲修文郎，修文郎，凡八人，鬼之聖者項梁成，賢者吴季子。

㈣丹檻，用朱雲上書事。白雲，用陶潛《停雲》思友意。

㈤曹植詩：仲宣獨步於漢南。

去蜀

題曰去蜀，是臨去成都而作也。公自乾元二年季冬來蜀，至永泰元年，首尾凡七年，其實止六年耳。所謂五載客蜀者，上元元年、上元二年、寶應元年、廣德二年、永泰元年也。二年居梓者，專指廣德元年也。此詩作於永泰元年夏，將往戎渝之時。黄鶴編在廣德二年閬州詩内，恐未然。今從蔡氏編次。

五載上聲**客蜀郡，一年居梓州。如何關塞阻，轉作瀟湘遊**㈠。**萬**一作世**事已黄髮**㈡，**殘生隨白鷗**㈢。**安危大臣在**㈣，**不**一作何**必淚長流**。上四去蜀之故，下四去蜀有感。關塞阻，難返長安。瀟湘遊，將往荆楚也。萬事，憶從前。殘生，思後日。大臣，指郭子儀。黄注：國家安危，自有大臣負荷，杞憂徒抱，何補於事，唯有拭淚長辭，扁舟下峽而已。此反言以自釋之辭也。

㈠古詩：瀟湘逢故人。

㈡《書》：尚猷詢兹黄髮。

㈢鮑照詩：翻波揚白鷗。

㈣《吕氏春秋》：先王之所以治亂安危也。注：亂者治之，危者安之。

喜雨

鶴注：史：永泰元年，自春不雨，四月己巳乃雨，詩云巢燕、林花，皆四月間事。鮑照有《喜雨》詩題。

南國旱一作早無雨㊀，今朝江出雲㊁。入空纔漠漠，灑迥已紛紛。巢燕高飛盡，林花潤色分。晚來聲不絶一作更急，應平聲得夜深聞。上四初雨之景，下四雨後之景。漠漠，雲密貌。紛紛，雨多貌。燕啄泥，故飛。花經雨，故潤。入夜仍聞，喜其汪濊也。

㊀趙次公曰：南國，荆楚也。

㊁《禮記》：天降時雨，山川出雲。

北齊劉逖《對雨》詩云：「重輪宵犯畢，行雨旦浮空。細落疑含霧，斜飛覺帶風。濕槐仍足緑，沾桃更上紅。無由似玄豹，縱意坐山中。」此摹寫雨景入細，杜詩工力，正相敵也。

宿青溪驛奉懷張員外十五兄之緒

鶴注：當是永泰元年，去成都經嘉州下忠渝時所作。《輿地紀勝》：青溪驛，在嘉州犍爲縣。《高力士外傳》：李輔國弄權，但經推按，不死則流，黔中道尤多。員外則張謂、張之緒、李宣。朱注：輔國死於寶應元年十月，之緒復官當在輔國敗後。

漾舟千山内㊀，日入泊枉一作荒渚㊁。我生本飄飄，今復扶又切在何許。石根青楓林，猿鳥聚儔侶㊂。月明遊子静，畏虎不得語。此宿溪情景。漾舟千山，自蜀赴嘉也。日入泊渚，宿於驛前矣。猿鳥有群，而遊子獨宿，此屬興體。《杜臆》：「月明遊子静」，五字淒絶。

㈠謝靈運詩：漾舟陶嘉月。

㈡《莊子》：日入而息。《楚辭》：朝發枉渚兮夕宿辰陽。

㈢王融詩：猿鳥時斷續。陸厥詩：鳧鵠嘯儔侶。

中夜懷友朋，乾坤此深阻。浩蕩前後間，佳期赴一作付**荆楚**㈠。此懷張員外。時張在荆楚，公將往與相會，故云前後間。黄生曰：此詩在杜集，已爲輕秀之作，較諸唐賢，猶見氣骨。此章，上八句，下四句。

㈠《楚辭》：志浩蕩而傷懷。又：與佳期兮夕張。

狂一作短歌行贈四兄

此當是永泰夏去成都之嘉戎時作，觀詩言嘉州可見。喜兄弟相見，故興至而狂歌。胡夏客曰：公之諸弟，見於詩者不一。此所贈四兄，又其諸從也。

與兄行年校一歲㈠，**賢者是兄愚者**一作是**弟**叶去聲。**兄將富貴等浮雲**㈡，**弟竊**一作切**功名好**去聲**權勢**。首叙兩人性情之異。等浮雲，見其賢。好權勢，見己愚。

㊀《莊子》：蘧伯玉行年六十而化。
㊁富貴等浮雲，用《論語》。

長安秋雨十日泥，我曹鞴音備馬聽晨雞㊀。公卿朱門未開鎖，我曹已到肩相齊。吾兄睡穩方舒膝㊁，不襪不巾踏曉日。男啼女哭莫我知，身上須繒腹中實㊂。此追叙長安往事。上四，承好權勢。下四，承等浮雲。

㊀《説文》：鞴，車鞁也。一曰：駕於馬曰鞴。
㊁《魏志·臧洪傳》：年爲吾兄，分爲篤友。
㊂《老子》：實其腹。

今年思我來嘉州，嘉州酒重一作香花繞一作滿樓。樓頭喫酒樓下卧，長歌短咏一作歌迭一作還，一作遠相酬。四時八節還拘禮㊀，女拜弟妻男拜弟。幅巾鞶帶不掛身㊁，頭脂足垢何曾洗㊂。此又記嘉州近事。詩酒唱酬，見其豪放。男女禮拜，喜其殷勤。脱巾蒙垢，摹其狂態。

㊀庾信詩：三春冠蓋聚，八節管絃遊。
㊁《後漢·鮑永傳》：但幅巾詣河内。注：不著冠，但幅巾束首也。《通典》：漢末王公名士，以幅巾爲雅，是以袁紹、崔豹之徒，雖爲將帥，皆著幅巾。《易》：或錫之鞶帶。《説文》：鞶，大帶也。
㊂《内則》：足垢，燂湯請洗。《南史》：陰子春身脂垢污，脚數年一洗，言每洗則失財敗事。

吾兄吾兄巢許倫，一生喜怒長任真㈠。日斜枕去聲肘寢已熟，啾啾唧唧爲何一作何爲人㈡。率性任真，此可追比巢許處。枕肘熟睡，則付人事於罔聞矣。此章首尾各四句，中二段各八句。

㈠《晉書》：王導能任真推分，澹如也。

㈡《廣韻》：啾唧，小聲也。枚乘賦：鎗鍠啾唧，蕭條寂寥。《楚辭》：鳴玉鸞之啾啾。古《捉搦歌》：窗中女子。

王嗣奭曰：此詩所謂不繩削而自合者。狀四兄，真有王民皥皥，不識不知氣象。奔走風塵者，對之汗顔，雖脂垢不洗，自然清凈過人。

黄生曰：杜五古力追漢魏，可謂毫髮無憾，波瀾老成矣。至七古間有頽然自放，工拙互陳者。宋人自以其才力所及，專取此種爲詩派，如《偪仄行》及此篇，入眼頗覺塵氣，總爲前人嚼爛耳。

宴戎州楊使去聲君東樓

鶴注：《唐志》：戎州，本犍爲郡，與嘉州皆犍爲地。公以永泰元年五月去成都之嘉戎。詩云「輕紅擘荔枝」，當是其年六月作。黄山谷在戎州有食荔枝詩云「六月連山柘枝紅」，可知荔枝熟於六月也。《元和郡縣志》：戎州，古僰國。《全蜀總志》：東樓在叙州府治東北，唐建。

勝絶驚身老，情忘發興去聲奇。座從歌妓密㊀，樂音洛任主人爲。重碧拈歐陽公作拈，舊作酟，一作擎，一作拓春一作筒酒，輕紅擘荔枝㊁。樓高欲愁思去聲，横笛未休吹。突説驚奇，見喜出望外。中四，宴中景事，承發興奇。末二，樓上有感，應驚身老。勝宴而自驚身老，惜非少壯也。忘老而發興特奇，忽逢樂事也。兩句輾轉説來，意思沉著。坐從妓密，寫出年少癡心。樂任主爲，曲盡妖姬媚態。山谷云：拈酒擘枝，此主人使歌妓爲樂也。笛聲無解於愁思，蓋衰年漂泊之感，終有不能忘情者矣。

㊀潘尼《琉璃碗賦》：榮密坐之曲宴。

㊁重碧，酒色。輕紅，荔色。《杜臆》引《藝海洞酌》云：叙州官醞名重碧。戎州，即叙州。曹植《七啟》：蒼梧縹清。注：縹，深碧色。趙曰：二千石設筵，豈有酟酒者，當從歐公作拈爲正。元微之《元日》詩：羞看稚子先拈酒。白樂天《歲假》詩：歲酒先拈辭不得。則拈酒乃唐人語也。蕭子顯詩：濃黛輕紅點在色。《寰宇記》：戎州僰道縣有荔枝園。郡國志：僰僮之富，多以荔枝爲業。《唐書》：戎州土貢荔枝煎。白居易《荔枝圖序》：殼如紅繒，膜如紫綃，瓤肉瑩白如冰雪。《蜀都賦》：傍挺龍眼，側生荔枝。趙曰：荔枝雖有數種，而膜皆帶粉紅。黄山谷《在戎州》詩：試傾一杯重碧色，快剥千顆輕紅肌。皆用此詩語。

盧元昌曰：公詩中慣用爲字作韻脚。如《贈畢曜》曰「顔狀老翁爲」，此爲字下得苦。《孟冬》詩曰「方冬變所爲」，此爲字下得微。《送王侍御》曰「此贈怯輕爲」，此爲字下得逸。《偶題》曰「餘波綺麗爲」，此爲字下得雅。《復至東屯》曰「一學楚人爲」，此爲字下得傲。《和少府書齋》曰「書齋聞爾爲」，此爲字下得蘊藉。此曰「樂任主人爲」，此爲字下得跌宕。

渝州候嚴六侍御不到先下先下並去聲峽

鶴曰：永泰元年，公去成都，經嘉戎，至此作。《元和郡縣志》：渝州，古之巴國也。開皇元年改爲渝州，以渝水爲名。峽，明月峽也，在巴縣東八十里。《杜臆》：渝州，即今重慶府。《寰宇記》：渝州其地東至魚復，西連僰道，北接漢中，南極牂牁。

聞道去聲**乘驄發，沙邊待至今。不知雲雨散㈠，虛費短長吟㈡。山帶烏蠻闊㈢，江連白帝深㈣。船經一柱觀**去聲㈤**，留眼**一作滯**共登臨。**上四，候嚴未到。五六，渝州之勝。七八，下峽以待也。　本言泊船相待耳，却云「留眼共登臨」，句法婉而多風。　顧注：杜詩一字一句皆有來歷，如「盡室畏途邊」，「盡室」出《左傳》，「畏途」出《莊子》。此詩雲雨散、長短吟，俱本古詩。

㈠王粲詩：風流雲散，一別如雨。　江總《別袁昌》詩：不言雲雨散，更似東西流。

㈡古詩有《長短吟》。

㈢《唐書·南蠻傳》：南詔，本哀牢夷後，烏蠻別種也，居永昌姚州之間。《梁益記》：嶲州嶲山，其地接諸蠻部，有烏蠻白蠻。

㊃《全蜀總志》：白帝城，在夔州府治東五里，下即西陵峽口，大江澥騰澎湃，楚蜀咽喉。

㊄一柱觀，在荆州。劉孝綽詩：經過一柱觀，出入三休臺。

撥悶

黄鶴云：永泰元年在忠州作。邵注：是年五月，離成都，下戎渝，六月至忠州。《杜臆》：題曰《撥悶》，因心有所悶，爲此謔浪以自寬。《演義》謂欲飲酒撥悶，非也。別本作《贈嚴二別駕》者，誤。

聞道去聲**雲安麴米春**㊀**，纔傾一盞即醺人。乘舟取醉非難事，下**去聲**峽銷愁定幾巡**㊁**。長年三老遥憐汝，捩**音列**舵開頭**一作鳴鐃**捷有神**㊂**。已辦青錢防雇直**㊃**，當令**平聲**美味入吾脣**㊄**。**上四欲往雲安，五六頂乘舟下峽，七八承取醉銷愁。顧注：一盞即醺，故取醉非難，但欲銷愁定須酌幾巡也。蔡注：峽中以篙師爲長年，舵工爲三老。邵注：三老，捩舵者。長年，開頭者。《杜臆》：汝指麴米春，言舟子亦憐酒而捷往也。

㊀《舊唐書》：雲安縣，屬夔州，本漢巴郡朐䏰縣地。邵注：雲安，即今雲陽縣。《東坡志林》：退之

詩：「百年未滿不得死，且可勤買抛青春。」《國史補》：酒有滎陽之土窟春，富平之石凍春，劍南之燒春，子美亦云「聞道雲安麴米春」，裴鉶《傳奇》記裴航事亦有松醪春，乃知唐人名酒多以春也。白樂天詩：青旗沽酒趁梨花。自注：杭俗梨花開時酒熟，號梨花春。

㈡《東方朔傳》：銷愁者莫若酒。

㈢庾信詩：五兩開船頭。

㈣黄生注：趙氏以不準折一色見錢爲青錢，此倒訓矣。青銅質美，故一色行使，其鎈惡者用必準折，故價直以青錢爲率也。《杜臆》：雇，謂舟費。直，謂酒資。

㈤《史記·秦紀》：酒未及濡脣。

申涵光曰：雲安麴米與《七月三日》并《乞胡孫》等篇皆戲筆耳，拘儒執爲指摘之端，偏嗜者又附會而巧護之，皆非也。

黄生曰：全篇只説一事，略無景語襯綴，殊少開闔之致。

宴忠州使去聲君姪宅

鶴注：永泰元年至忠州，逢杜使君而作。　顧注：忠州，古巴地，貞觀八年改臨州爲忠州。地志以巴蔓子及嚴顔皆忠烈，故名。

出守去聲吾家姪㈠，殊方此日歡㈡。自須遊阮舍一作巷㈢，不是怕湖一作溪灘㈣。樂助長歌逸一作送㈤，杯一作林饒旅思去聲寬。昔曾音層如意舞㈥，牽率强區兩切爲看㈦。上四過使君宅，下四歡宴之情。出守，爲刺史。阮舍，比姪居。湖灘，近忠州。顧注：長歌、旅思，皆公自言。宴時作樂，適助長歌逸興。而酒杯饒足，故覺旅思稍寬。王戎，王導之姪，常以鐵如意起舞，言使君昔爲如意之舞，故今日仍牽引而相看也。

㈠顔延之詩：一麾乃出守。

㈡《吴越春秋》：分州殊方。

㈢《晉書》：阮咸與叔父籍，爲竹林之遊。咸與籍居道南，諸阮居道北，北阮富而南阮貧。

㈣《峽程記》：四百五十灘、有清水、重峰、湖灘、漢灘。《一統志》：湖灘，在夔州府萬縣西六十里，其水甚險，春夏水泛，江面如湖。

㈤陸機詩：長歌赴促節，哀響逐高徽。

㈥庾信詩：山簡接羅倒，王戎如意舞。周王褒詩：未能扶畢卓，猶足舞王戎。

㈦《左傳》：牽率老夫。謝瞻《答靈運》詩：牽率酬嘉藻。

禹廟

錢箋：《方輿勝覽》：禹祠在忠州臨江縣，南過岷江二里。鶴注：夔州，本巴東郡，而忠乃析巴東之臨江置。又渝州有巴縣。此詩當是永泰元年秋在渝忠間作。

禹廟空山裏㈠，秋風落日斜㈡。荒庭垂橘柚㈢，古屋畫胡化切龍蛇㈣。雲氣噓青從《英華》，一作生虛壁㈤，江聲走白沙㈥。早知乘四載㈦，疏鑿控三巴㈧。首二秋至禹廟，三四廟中之景，五六廟外之景，末乃因禹廟而遡禹功。孫莘老曰：貢橘柚，放龍蛇，皆禹事，公見此而有感也。黄注：壁間噓雲氣，沙上走江聲，二句倒裝，能寫出山水之險峻，故下接以疏鑿三巴之語。禹乘四載以治水，向時早已知之，今親至三巴，而見其疏鑿遺蹟也。疏主江言，鑿主山言，控則引水而往。黄注：秋風記時，三巴記地。胡夏客曰：只一水涯古廟耳，寫得如許雄壯。

㈠陶弘景詩：空山霜滿高烟平。

㈡古詩：秋風蕭蕭愁殺人。

㈢張協詩：荒庭寂以閑。

㈣《招魂》：仰觀刻桷，畫龍蛇些。

㈤《莊子》：乘雲氣，御飛龍。陸倕詩：網户圖雲氣。《宋書》：馬岌銘詩於石壁曰：「丹崖百丈，青壁千尋。」

㈥《子虛賦》：鉅石白沙。

㈦庾信詩：早知覓不見。《書傳》：四載，水乘舟，陸乘車，泥乘輴，山乘樏。庾信詩：玉山乘四載。

㈧《江賦》：巴東之峽，夏后疏鑿。班固《兩都賦》：控引淮湖。譙周《巴記》：劉璋分巴，以永寧爲巴東郡，墊江爲巴郡，閬中爲巴西郡，是爲三巴。

此賦忠州禹廟也，移動他處不得，只此四十字中，風景形勝，廟貌功德，無所不包。其局法謹嚴，而氣象弘壯，讀之意味無窮。宋延清《禹廟》詩用五排揚厲，而語帶寬浮。秦少游《禹廟》詩用七律鋪張，而詞少精警。故曰：他詩雖大而小，杜詩雖小而大。

題忠州龍興寺所居院壁

鶴注：公永泰元年至忠州，寓居於寺，故作此詩。《杜臆》：忠州使君，乃公之姪，其薄情至此，詩題不著其名，而止題院壁，猶見忠厚之意。

忠州三峽內㈠，**井邑聚雲根**㈡。**小市常争米，孤城早閉門**㈢。**空**一作豈**看**平聲**過客淚，莫覓主人恩**一作言㈣。**淹泊**一作薄**仍愁虎，深居賴獨園**㈤。上四忠州之景，下四有感而歎。峽內、雲根，言其僻隘。争米、閉門，則極荒凉矣。使君必失於周旋，故有客淚主恩之慨。邑近山，故愁虎。居獨園，在寺院也。

㈠《蜀都賦》：經三峽之峥嶸。注：巴東永安縣，有高山對峙，相去可二十丈左右，崖甚高，人謂之峽江。趙曰：三峽，以明月峽爲首，巴峽、巫峽之類爲中，東突峽爲盡，忠州在渝州之上，所謂三峽内也。

㈡黄希曰：《唐志》：忠州，本臨州，州有五縣，而户止六千七百，則井邑蕭條可知。陸雲詩：井邑自相循。張協詩：雲根臨八極。注：五岳之雲觸石出者，雲之根也。

㈢庾信詩：山城早掩扉。

㈣鮑照詩：既荷人主恩。

㈤《金剛經》有祇樹給孤獨園。

黄生曰：舊嫌五六語意太露，今覺不然，從三四讀下，則此州之荒涼已極，安能爲客壯行色乎？故知二語乃苦詞，非怨詞也。

哭嚴僕射歸櫬

鶴注：當在渝忠時作。《通典》：唐左右僕射，本副尚書令，自尚書令廢，僕射爲宰相。開元元年改爲左右丞相，天寶元年復舊。《嚴武傳》：永泰元年四月薨，年四十，贈尚書左僕射。

素幔隨流水，歸舟返舊京㈠。老親如一作知宿昔㈡，部曲異平生㈢。風送一作逆蛟龍匣一作雨㈣，天長驃騎去聲營㈤。一哀三峽暮㈥，遺後見君情㈦。上四叙歸櫬，下四哀僕射。武本華陰人，故返於舊京。老親猶在，而部下人稀，此歸路之可哀者。風送舟行，而軍營長寂，此去後之可哀者。至想到平日交情，尤足傷心酸鼻，所以一哀而日暮也。

㊀陶潛詩：平生去舊京。

㊁《國史補》：武卒，母哭且曰：「吾今而後，吾知免爲官婢矣。」

㊂《漢書·李廣傳》：行無部曲行陣。

㊃《褚少孫集》：風雨以送之，流水以行之。　錢箋：《西京雜記》：漢帝及諸王送死，皆珠襦玉匣，匣形如鎧甲，連以金縷，皆鏤爲蛟龍鸞鳳龜麟之象，世謂爲蛟龍玉匣。朱注：《霍光傳》：賜璧珠璣玉衣梓宫。則人臣亦可稱蛟龍匣也。任昉《求立太宰碑表》云：珠襦玉匣，遽飾幽泉。公哀李光弼詩亦云「零落蛟龍匣」，雨字斷爲匣字無疑。

㊄《老子》：天長地久。　驃騎營，朱注引霍去病爲是。舊注引晉齊王攸遷驃騎將軍，當時罷營，兵士數千戀攸恩德不忍去，以比軍士思嚴如天長地久。按：上文有「部曲異生平」句，此説不合。

㊅《曾子問》：盡一哀，反位。

㊆黄生注：凡曰遺音、遺跡、遺風、遺愛，皆留遺之遺，遺後亦猶是也。劉後村《詩話》：故人感知己之遇，季布奏事彭越頭下，臧洪、盧諶皆不以主公成敗而二其心。叔季所謂賓客，方翕翕熱時則趨附恐後，及時異事改，則掉臂而去，至有射羿者。世傳嚴武欲殺子美，殆未必然。觀「老親如宿昔，部曲異平生」之句，極其悽愴，至置武於《八哀詩》中，忠厚藹然，異於「幕府少年

今白髮」之作矣。李義山過舊府有寄諸掾詩云：「莫憑無鬼論，終負託孤心。」猶有門生故吏之情，可以矯薄俗。

旅夜書懷

鶴注：當是永泰元年去成都，舟下渝忠時作。

細草微風岸㈠，危檣獨夜舟㈡。星垂一作隨**平野闊㈢，月湧大江流㈣。名豈文章著㈤，官應**一作因**老病休㈥。飄飄**一作飄零**何所似，天地**一作外**一沙鷗㈦。**上四旅夜，下四書懷。微風岸邊，夜舟獨繫，兩句串說。岸上星垂，舟前月湧，兩句分承。五屬自謙，六乃自解，末則對鷗而自傷飄泊也。顧注：名實因文章而著，官不爲老病而休，故用豈應二字，反言以見意，所云書懷也。一沙鷗，仍應上獨字。

㈠王融詩：翻階没細草。宋玉《舞賦》：順微風。

㈡陰鏗詩：度鳥息危檣。王粲詩：獨夜不能寐。

㈢《易》：天垂象。當作星垂。吴均詩：遠送出平野。

㈣謝朓詩：大江日夜流。

㊄《揚雄傳贊》：雄好古樂道，其意欲求文章成名於後世。
㊅《漢書》：韋賢以老病，乞骸骨罷歸。
㊆按：「天地一沙鷗」，「乾坤一草亭」，一字上加閒字，句義自明。

黄生曰：太白詩「山隨平野盡，江入大荒流」，句法與此略同。然彼止説得江山，此則野闊星垂，江流月湧，自是四事也。又曰：此詩與客亭作，工力悉敵，但意同語異耳。聖朝無棄物，老病已成翁，此不敢怨君，引分自安之語。「名豈文章著，官應老病休」，此無所歸咎，撫躬自怪之語。

史氏曰：詩要健字撑拄，活字斡旋，如「紅入桃花嫩，青歸柳葉新」，「弟子貧原憲，諸生老服虔」，「入」與「歸」字，「貧」與「老」字，乃撑拄也。「生理何顔面，憂端且歲時」，「名豈文章著，官應老病休」，「何」與「且」字，「豈」與「應」字，乃斡旋也。撑拄，如屋之有柱。斡旋，如車之有軸。作文亦然，詩以字，文以句。

放船

鶴注：當是永泰元年自忠渝下雲安時作。

收帆下去聲**急水，卷幔逐回灘**㊀。**江市戎戎暗**㊁，**山雲淰淰**音閃**寒**㊂。**荒林**一作村荒**無徑入，獨鳥怪人看**㊃。**已泊城樓底，何曾**音層**夜色闌**㊄。上四放船暮景，下四泊船暮景。帆以御風，幔以蔽日，曰收曰卷，日將晚矣。市暗、雲寒，行舟所見。荒林、獨鳥，停舟所見。無徑入，林已昏也。怪人看，鳥將宿矣。自放而泊，夜色未闌，正見行舟之速。

㈠庾肩吾詩：離舟卷幔城。

㈡《詩》：何彼穠矣。注：穠，猶戎戎。張衡《冢賦》：乃樹靈木，戎戎繁霜。黄注：戎戎，市中晚烟之盛也。

㈢董斯張曰：《禮運》：龍以爲畜，故魚鮪不淰。注：群隊驚散貌。淰淰者，狀雲物散而不定。孔氏曰：讀淰爲閃者，淰從水，閃從門中人，言水中之形狀忽有忽無，如人在門，或見或不見也。

㈣何遜詩：獨鳥赴行楂。

㈤闌，盡也。

胡應麟曰：詩用疊字最難。疊字中最警語，對屬尤不易工。如「野日荒荒白，江流泯泯清」，下句稍遜。不若「山市戎戎暗，江雲淰淰寒」，銖兩既敵，而駢偶天成。昔人有以「雨荒深院菊，霜倒半池蓮」爲的對者，彼特常格常語耳。

雲安九日鄭十八攜酒陪諸公宴

鶴注：永泰元年八月，僕固懷恩及吐蕃、回紇等入寇，故詩云「萬國皆戎馬」。遠注：鄭十八，名賁，雲安人。

寒花開已盡㊀，菊蕊獨盈枝㊁。舊摘人頻異，輕香酒暫隨。地偏初衣去聲裌袷同㊂，山擁更登危㊃。萬國皆戎馬，酣歌淚欲垂㊄。上四九日，自傷飄蕩。下四雲安，慨世亂離。人指諸公，曰頻異，憶去年也。鄭方攜酒，曰暫隨，念將來也。初衣裌，見地氣之煖。更登危，見山城之高。

㊀張正見詩：霜雁排空斷，寒花映日鮮。

㊁沈佺期詩：魏文頒菊蕊，漢武賜萸囊。

㊂陶潛詩：心遠地自偏。《說文》：裌，無絮衣。《秋興賦》：藉莞蒻，御裌衣。

㊃《風俗通》：九日登高，以禳災厄。《記》：孝子不登危。

㊄《商書》：酣歌於室。

答鄭十七郎一絶

鶴注：鄭十七、鄭十八，兄弟也。

雨後過平聲畦潤，花殘步屧遲。把文驚小陸，好去聲客見當時㊀。此訪鄭後，鄭贈詩而公答之也。上二叙景，下二言情。

㊀小陸，陸雲也，比鄭十八。當時，鄭莊也，比鄭十七。

別常徵君

顧注：永泰元年，自秋徂冬，公在雲安，故云「卧病一秋强」。强，多也。

兒扶猶杖策，卧病一秋强。白髮少新洗，寒衣寬總長。故人憂見及，此別淚相望平聲。黄生作望，舊作忘㊀。**各逐萍流轉，來書細作行**音杭。　上四自叙病態，下四送別常君。　扶而猶杖，病已憊也。髮少矣，新加梳洗。衣寬矣，下垂而長。此備寫老病之狀。　故人憂及己病，彼此傷心，而相對淚下，故曰「淚相望」。張遠謂憂病甚於惜別，故淚可相忘，稍曲。　白髮少，寒衣寬，此上三字下二字句法。

㊀謝靈運詩：此別久無適。　黄注：見及，恐大命之見及也。

長江二首

鶴注：瞿塘峽，在夔州東一里。雲安在州西百三十里。永泰元年，公在雲安。雲安與萬州爲鄰，使君一灘占兩境。時崔旰叛蜀，故有「朝宗人共挹」、「萬國奉君心」之句。

衆水會涪萬㈠，瞿塘爭一門㈡。朝音潮**宗人共挹㈢，盜賊爾誰尊㈣。孤石隱如馬㈤，高蘿垂飲猿㈥。歸心異波浪，何事即飛翻。**首章，覩長江而慨身世也。上四借水以感時事，下四觸景而動歸思。衆水會集而爭赴一門，其迅急可知。自此東流赴海，水有朝宗之義。今盜賊據險爲亂，爾不尊朝廷而將誰尊耶？石如馬，險可畏。猿垂飲，物可憎。寫景中亦含歸意。江水飛翻，阻人歸路，而歸心終不可阻，亦何用飛翻爲哉。黄注：此八句整對格，亦虚實相間格。

㈠《舊書》：涪州涪陵郡，武德元年以渝州之涪陵鎮置。萬州南浦郡，武德二年析信州置。俱屬山南東道。

㈡《寰宇記》：瞿塘在夔州東一里，古西陵峽也。連崖千丈，崩流電激。《方輿勝覽》：瞿塘峽，乃三峽之門，兩崖對峙，中貫一江，望之如門焉。

㈢《詩》：沔彼流水，朝宗於海。《詩》：挹彼注兹。黄注：共挹，猶言共飲其德。

㈣以一門應衆水，以誰尊應朝宗，皆用斜對法。《杜臆》云：朝宗者，人所共取，今盜賊不知此義，誰是尊爾者，見逆理之必亡也。二句解作正對。以下章奉君例之，則誰尊當主君説。

㈤李膺《益州記》：灧澦堆，夏月漲没數十丈，其狀如馬，舟人不敢進。又曰猶豫，言舟子取途，不決水脈，故猶豫也。《水經注》：江中有孤石爲淫豫石，冬出水二十餘丈，夏則没，亦有裁出矣。樂府：淫豫大如馬，瞿唐不可下。《寰宇記》：灧澦堆，周圍二十丈，在州西南二百步，蜀江中心，瞿唐峽口。

㈥《水經注》：瞿唐峽多猿，猿不生北岸，非惟一處，或取之放着北山中，初不聞聲。吴均書：企水之猿，百臂相接。謝靈運《游名山志》：觀掛猿下飲，百丈相連。

其二

浩浩終不息，乃知東極臨一作深㈠。**衆流歸海意**㈡，**萬國奉君心**㈢。**色借瀟湘闊，聲驅灧澦沉**一作深。**未辭添霧雨**㈣，**接上**上聲**過**一作遇**衣襟**㈤。次章，申明上章之意。上四，言朝宗至海，見世當戴君。下四，言歸心阻雨，歎己難出峽。江漲波闊，似預借瀟湘之色。水奔聲急，如欲驅灧澦使沉。此狀水勢之壯悍。一説：瀟湘之濶，其色皆借資於此，以瀟湘乃江水下流也。《杜詩博議》：江流之大，不辭霧雨。雨接江流而上，過人衣襟之間，所謂波浪兼天者如此。

㈠東極，指東海。《史記》：周覽東極。

㈡《西都賦》：衆流之隈。《尚書大傳》：小水大水，東流歸海。

㈢古史：執玉帛者萬國。

㈣《鄒陽傳》：浮雲出遊，霧雨咸集。

㈤《列仙傳》：王子晉遊伊洛間，道士浮丘公接上嵩山。單復疑末句有訛字。今按：接上二字，恐當作接壤，言水浸岸上也。壤與上，蓋聲相近而訛耳。

王嗣奭曰：詩以長江命題，乃寫其朝宗之性，以警盜賊之背主者。兩章同意，但有遠近源流之别。

前章言瞿唐以上之水，後章言瞿唐以下之水。

《通鑑》：永泰元年夏，嚴武卒，行軍司馬杜濟等共請郭英乂爲節度使，漢州刺史崔旰請大將王崇俊爲節度使。會朝廷已除英乂，英乂殺崇俊。召旰還成都，旰不至，英乂將兵攻之，大敗而還。英乂奔簡州，普州刺史韓澄殺英乂，時邛、瀘、劍三州牙將各舉兵討旰，蜀中大亂。

承聞故房相去聲公靈櫬自閬州啟殯歸葬東都有作二首

聞上加承字，尊故相也。鶴注：琯卒於廣德元年，權瘞閬州。二年春，公有詩別其墓。今云「孤魂久客間」，則此詩作於永泰元年，是時公在雲安，故云「遠聞」，又云「風塵終不解」，其年吐蕃、回紇寇邊也。

遠聞房太尉一作守，非㊀，**歸葬陸渾**平聲**山**㊁。**一德興王後**㊂，**孤魂久客間**㊃。**孔明多故事**㊄，**安石竟崇班**㊅。**他日嘉陵淚**一作涕，**仍霑楚水還**㊆。首章，哀思故相，欲候哭於夔江也。一德而多故事，言生前相業。孤魂而竟崇班，言歿後贈典。嘉陵淚，初哭於閬州。楚水還，再逢於夔州。黃生注：孔明、安石，皆身歷兩朝者，比房相獨切。公田園在東都，常有歸志，今哭公於此地，空有淚逐櫬還而已。還字，仍挽歸葬。

㈠趙曰：舊本作太守，非。善本作太尉，蓋琯適漢州刺史，召拜刑部尚書，道病卒，贈太尉，不應呼之爲太守也。

㈡宋之問詩：歸葬出三條。《唐書》：琯，河南人，宰相房融之子，少好學，與東平呂向偕隱陸渾山十年。鄭曰：《十道志》：陸渾山在洛陽。洙曰：昔辛有適伊川，見被髮而祭者，言此地當夷，後爲陸渾之戎所有，山因而得名。

㈢錢箋：房琯建分鎮之議，定興復之功，故以一德興王許之。司空圖《房太尉漢中》詩云：物望傾心久，兇渠破膽頻。注謂祿山初見分鎮詔書，歎曰：「我不得天下矣，非琯無能畫此計者。」《書》：咸有一德。宋之問詩：業重興王際。

㈣孔融詩：孤魂遊窮暮。《後漢書》：溫序爲隗囂所殺，喪到洛陽，賜城旁地爲塚，長子壽夢序曰：「久客思鄉里。」壽即上書，請骸骨歸葬。

㈤《蜀志》：陳壽與荀勗等，定故蜀丞相諸葛亮故事二十四篇以進。

㈥《謝安傳》：安薨時年六十六，帝三日臨於朝堂，賜東園秘器朝服，贈太傅，謚曰文靖。及葬，加殊禮，依大司馬桓溫故事。《王獻之傳》：謝安薨，贈禮有異同之議，獻之與徐邈共明安之忠勛，遂加殊禮。

㈦鶴曰：嘉陵江，在果州。果與梓、閬爲鄰。楚水，夔已下之江也。江淹賦：楚水而吴江。

其二

丹旐飛飛日㊀，初傳發閬州㊁。風塵終不解，江漢忽同流。劍動黄注：一作近親身匣，書歸故國樓㊂。盡哀知有處㊃，爲客恐長休。次章，傷心歸櫬，欲終哭於東都也。閬州起殯，應前嘉陵江。故國歸葬，應前陸渾山。三四，時危而憶老臣。五六，物在而悼人亡。公思盡哀葬所，又恐客死不還，蓋痛房而兼自痛矣。

㊀丹旐，銘旌也。王褒《送葬》詩：丹旐書空位。《寡婦賦》：飛旐翩以啟路。虞世基詩：飛飛未得栖。

㊁閬州有漢水，即嘉陵江。房公之櫬，自西漢而下夔江，故云江漢同流。

㊂吴注：親身匣，舊引《左傳》「不識屬辟」，疏云：屬，次大棺。辟，親身棺也。匣即蛟龍玉匣。未確。按劍動匣中，直指劍匣，非謂棺也。謝惠連詩：「裁爲親身服，着以俱寢興。」親身二字亦可相證，何必引《左傳》疏文乎？黄生注：劍動，言靈爽所憑。書歸，言手澤所存。

㊃《史記·孔子世家》：各復盡哀。《淮南子》：喪者所以盡哀。

劉克莊曰：子美與房琯善，其爲哀挽，方之孔明、謝安。投贈哥舒翰詩，盛有稱許，比之廉頗、魏絳。然《陳濤斜》、《潼關》二詩，直筆不少恕，或疑與素論相反。愚謂翰未敗，非事前所知。琯雖敗，猶不失爲名相。及二人各敗，又直筆不恕，所以爲詩史也，何相反之有。

將曉二首

鶴注：此當是永泰元年冬雲安作。

石城除擊柝㊀，鐵鎖欲開關。鼓角愁荒塞，星河落曙一作曉山。巴人常小梗㊁，蜀使去聲動無還。垂老孤帆色㊂，飄飄一作飄飖犯百一作白蠻㊃。此詩，曉發雲安而作。上四將曉景事，下四將曉心緒。　柝方静而鼓角又鳴，門將啟而星河已没，此曉時聞見者。巴蜀不安，以致孤帆早發，所謂「干戈連解纜」也。

㊀《水經》：江水逕臨江縣南，左逕石城南。《巴漢志》：朐䏰縣山有大小石城，漢朐䏰，唐雲安也。　《易》：重門擊柝。

㊁黄鶴曰：「巴人常小梗」，謂上元間劍南東川節度兵馬使段子璋反，伏誅；寶應初劍南西川兵馬使徐知道反，伏誅；明年劍南西山兵馬使崔旰反，殺成都節度使郭英乂。

㊂黄生注：帆色，即行色。

㊃夔爲楚地，本屬蠻方。《唐書》：諸蠻羈縻州九十二，隸戎州都督府。

其二

軍吏迴官燭㊀，舟人自楚歌㊁。寒沙縈一作蒙薄霧，落月去清波。壯惜身名晚，衰慚應接多。歸朝音潮日簪笏，筋力定如何㊂。此章，叙景言情，亦四句分截。上四，乃發船時所聞見者。下截仍歎垂老意。壯字、衰字，微讀，言追思壯年，惜身名已晚，今當衰老，慚應接徒多。縱使歸朝，正恐筋力難堪耳。前章寫岸上之景，此章寫舟前之景。前章歎留滯南方，此章欲還歸北闕也。

㊀官燭，官府之燭。黄庭堅曰：巴祗爲揚州刺史，與客坐暗中，不燃官燭。

㊁《史記·項羽紀》：聞軍中四面皆楚歌。

㊂沈慶之詩：朽老筋力盡，徒步歸南國。

懷錦水居止二首

鶴注：當是永泰元年在雲安作。陶潛詩：居止次城邑。

軍旅西征僻，風塵戰伐多㊀。猶一作獨聞蜀父老㊁，不忘去聲舜謳歌㊂。天險終難立㊃，柴門豈重義從平聲，讀從去聲過平聲。朝朝巫峽水，遠逗郭作遠遠錦江波。首章，避亂而去錦水也。在四句分截。西征僻，王師未到。戰伐多，共討崔旰。舜謳歌，玄宗曾幸蜀也。兵亂如是，故天險難以立身，而草堂不復經過矣。惟看巫峽之水，遥連錦水而已。逗，引也。《杜臆》：天險，即所謂「西蜀地形天下險」，曰「終難立」，已知蜀亂難平矣。

㊀《唐書》：永泰元年冬十月，劍南節度使郭英乂爲兵馬使崔旰所殺，邛州牙將柏茂琳、瀘州牙將楊子琳、劍州牙將李昌夔等，共起兵討之。

㊁《漢書》：相如著書，假蜀父老爲辭。

㊂舜謳歌，出《孟子》。

㊃天險，劍門也。《易》：天險不可升也。

其二

萬里橋西一作南宅，**百花潭北莊。層軒皆面水**㊀，**老樹飽經霜。雪嶺界天白**㊁，**錦城曛日黃。惜哉形勝地**㊂，**回首一茫茫。**次章，懷思錦水勝境也。亦四句分段。首二居止所在，三四近景，五六遠景，此即形勝也。回首句，應前「豈重過」，仍結到懷字。《杜臆》：萬里橋六句，乃草堂記也。公之神情鍾此，故百世而後，復爲所有。

㊀宋玉《招魂》：高堂邃宇檻層軒。

㊁史萬歲詩：界天自嶺勝金湯。

㊂《劍閣銘》：形勝之地，匪親勿居。

葛常之《韻語陽秋》曰：公作草堂，經營上元之始，斷手寶應之年，有此草堂者始終祇得四載，而其間往梓、閬三年，公詩所謂「三年奔走空皮骨」也。永泰元年四月，嚴武卒。是秋，公寓夔州雲安縣，則居草堂僅閱歲而已。其起居寢處之興，不足以償其經營往來之勞，可謂一世之羈人也。然自唐至今已數百載，而草堂之名，與其山川草木，皆因公詩以爲不朽之傳，蓋公之不幸，而山川草木之幸也。

青絲

朱氏編在永泰元年。　鶴曰：此詩言僕固懷恩之亂也。錢箋：廣德二年二月，懷恩謀取太原，其子瑒進圍榆次。十月，懷恩與回紇、吐蕃進逼奉天。永泰元年九月，又誘回紇、吐蕃、吐谷渾、党項、奴剌俱入寇。是時懷恩承吐蕃入犯之後，阻兵犯順，故曰「粗豪且逐風塵起」也。上初遣裴遵慶諭懷恩，諷令入朝，又下詔稱其勳勞，許以但當詣闕，更勿有疑，而懷恩皆不從，故曰「不如面縛歸金闕，萬一皇恩下玉墀」也。

青絲白馬誰家子㊀，粗豪且逐風塵起。不聞漢主放妃嬪㊁，近静潼關掃蜂蟻㊂。殿前兵馬破汝時㊃，十月即爲蟿粉期㊄。不如一作未知**面縛歸金闕，萬一皇恩下**去聲**玉墀㊅。**　此詩諷僕固懷恩也。　首以侯景之亂，比其犯順。放妃嬪，頌主德也。静潼關，揚國威也。下則料其敗亡，而勸之歸正。　朱注：永泰元年九月，懷恩死於鳴沙，蟿粉之言驗矣。

㊀《南史·侯景傳》：大同中，童謡曰：「青絲白馬壽陽來。」

㊁《前漢書》：文帝十二年，出惠帝後宫美人，令得嫁。又，文帝遺詔，歸夫人以下至少使。又，成、

哀、平帝皆出宮人媵妾。朱注：《舊唐書》：永泰元年二月，内出宮女千人，品官六百人，守洛陽宮，此與肅宗收京即放宮女三千，皆盛德事，故借漢主爲言。不聞，謂豈不聞乎。　錢箋據董逌跋崇徽公主手痕碑，懷恩入回紇，没其家入後宮。大曆四年，以其女爲崇徽公主，嫁吐蕃。不聞放妃嬪，疑指此事。

㊂《唐書》：吐蕃陷長安，涇州刺史高暉爲鄉導。吐蕃遁，帥三百驍騎東走。潼關守將李日越擒而殺之。　蔡琰《胡笳》：聚如蜂蟻。

㊃殿前兵馬，謂神策軍也。兵志云：廣德元年，代宗幸陝，魚朝恩舉神策軍迎扈，後以軍歸禁中，自將之。永泰元年，又以神策軍屯苑中，自是寖盛，分爲左右廂，勢居北軍右，數出征伐有功。

㊄《莊子》：使宋王而寤，子爲虀粉矣。

㊅《史記》：微子造軍門，肉袒面縛。注：面縛者，縛手於背，面向前也。　金闕玉墀，注見五卷。曹植《責躬詩》：皇恩過隆。

三絶句

朱注：此詩梁權道編在廣德二年，魯訔編在上元二年，黄鶴編在大曆三月。按首章渝、開殺刺史，事雖無考，而以後二章證之，此乃永泰元年事也。

前一作去年渝州殺刺史，今年開州殺刺史㊀。群盜相隨劇虎狼，食人更肯留妻子。此三章，雜記蜀中之亂。首章，傷兩州之被寇也。食人留妻子，就虎狼言，以見盜之尤劇。

㊀《唐書》：開州盛山郡，屬山南西道，本萬州郡，天寶元年更名。

錢謙益曰：渝州殺刺史，鮑欽止謂段子璋。子璋反梓州，襲綿陷劍，於渝無與也。開州殺刺史，鮑謂因徐知道之反。知道反成都，去開州又遠甚。師古注：吴璘殺渝州刺史劉卞，杜鴻漸討平之。翟封殺開州刺史蕭崇之，楊子琳討平之。黄鶴云：事在大曆元年與三年。考杜鴻漸傳，無討平吴璘事。大曆三年，楊子琳攻成都，爲崔寧妾任氏所敗，何從討平開州。天寶亂後，蜀中山賊塞路，渝、開之事，史不及書，而杜詩載之。師古妄人，用杜詩而曲爲之説，并吴璘等姓名，皆師古僞譔以欺人耳。注杜者之可恨如此。

其二

二十一家同入蜀，惟殘一人出駱谷㊀。自説二女齧臂時㊁，迴頭却向秦雲哭㊂。次章，記難民之罹禍也。入蜀諸家，蓋當時避羌渾而至蜀者。《杜臆》：殘，餘也。二女齧臂，恐不兩全，故棄之而走。

㊀朱注：《唐書》：興道有駱谷路，南口曰儻谷，北口曰駱谷。《元和郡縣志》：儻谷，一名駱谷。駱谷在興道縣北三十里。按：駱谷在長安西南，駱谷關在京兆府盩厔縣西南一百二十里。武德七年，開駱谷道以通梁州，在今關外九里，貞觀四年移於今所。駱谷道，漢魏舊道也，南通蜀漢。

《寰宇記》：自鄠縣界西南，經盩厔縣，又西南入駱谷，出駱谷，入洋州興勢縣界。

㊁《史記》：吴起出衛國門，與母訣，齧臂而盟。《世説》：趙飛燕妹弟少貧微，及飛燕見召，與女弟齧臂而别。

㊂劉孝威詩：秦雲猶變色。

其三

殿前兵馬雖驍雄，縱暴略與羌渾平聲**同**㊀**。聞道**去聲**殺人漢水上，婦女多在官軍中。**末章，歎禁軍之暴横也。　漢水在巴西，禁兵蓋曾至蜀而肆虐者。

㊀羌渾，党項羌、吐谷渾也。《唐書》：党項，古析支地，東距松州，北鄰吐谷渾。吐谷渾，注見前。

朱鶴齡曰：代宗任用中人，依禁軍以平亂，而不知其縱暴乃如此，詩故深刺之也。師古注：時天子命陸瓘，以三千神策軍，彈壓蜀亂。偏考史鑑俱無此事。凡師氏所引《唐史拾遺》，皆出僞譔，嚴滄浪嘗辯之。如公詩「自平中官吕太一」，事載正史，師乃云《唐史拾遺》有吕寧爲太一宫使，即此推之，他可知矣。　又曰：唐本紀：永泰元年九月，僕固懷恩誘党項羌、渾、奴剌寇同州，及鳳翔盩厔。末章云「縱暴略與羌渾同」，則知其時爲寇者，乃羌渾也。次章云「惟殘一人出駱谷」，駱谷關在盩厔西南，又知二十一家因避羌渾而入蜀也。雖寶應元年党項、奴剌嘗寇梁洋間，然爾時禁軍尚未盛，兵志謂在廣德元年代宗幸陝以後。以詩中殿前兵馬句觀之，是作於寶應之後矣。

遣憤

鶴注：此當是永泰元年作。郭子儀與回紇再盟以破吐蕃，正在此年。

聞道去聲**花門將**去聲，**論**平聲**功未盡歸**㈠。**自從收帝里，誰復**扶又切**總戎**一云兵**機**一云軍**麾**㈡。**蜂蠆終懷毒**㈢，**雷霆可震威**㈣。**莫令**平聲**鞭血地，再濕漢臣衣**㈤。此爲回紇驕横，作詩以遣憤也。回紇方矜功邀賞，而總戎又不得其人，此皆時事之可憤者。今朝廷之上，宜思養毒貽患，急震威以制防之。毋令其再恃軍功辱及廷臣也。

㈠李注：《通鑑》：永泰元年十月，郭子儀使白元帥光精騎與回紇將藥葛羅，追吐蕃於靈臺西原，大破之，又破之於涇州東，於是回紇都禄督等二百餘人入見，前後贈賚繒帛十萬疋，府藏空竭，所謂「論功未盡歸」也。

㈡王猛辭表：總督戎機，出納帝命。李注：吐蕃敗去，京師解嚴。時魚朝恩統神策軍，勢寖盛。「誰復總戎機」，蓋諷中人典兵，而任子儀之不專也。

㈢《左傳》：君無謂邾小，蜂蠆有毒，況國乎？《通俗文》：長尾爲蠆，短尾爲蠍。

㈣《漢・賈山傳》：人主之威，非特雷霆也。

㈤《左傳》：齊侯誅屨於徒人費，弗得，鞭之見血。于慎行曰：初，雍王見回紇可汗於黃河北，責雍王不於帳前舞蹈。車鼻遂引藥子昂、李進、韋少華、魏琚，各榜捶一百，少華、琚一宿而死。漢臣鞭血，正記此事。張注：公追憶回紇助討朝義時，其肆毒如此。今助討吐蕃，毋再濕漢臣衣可也。觀一再字，可見舊注引《漢書》禁中非刑人鞭血之地，於此無涉。

王嗣奭曰：子儀説花門同逐吐蕃，而論功猶未歸去，則其觖望可知。子儀身係天下安危，而有事相之，無事棄置，所以外夷輕視中國，公甚惜之，故云「自從收帝里，誰復總戎機」。回紇毒如蜂蠆，若元戎得人，可震以雷霆之威矣。

黃生曰：題云《遣憤》，憤人主蔽於近倖，不任元戎，而使花門得行其肆橫也。總戎，指郭子儀。蜂蠆，指程元振輩。望代宗一震雷霆，以去讒佞耳。按：此説稍異，不如《杜臆》。

十二月一日三首

鶴注：永泰元年秋，公至雲安，是冬在雲安作。明年春晚，遷居夔州。

今朝臘月春意動，雲安縣前江可憐。一聲何處送書雁㈠，百丈誰家上上聲瀨一作水船㈡。未將梅蕊驚愁眼㈢，要一作更取椒一作楸花媚遠天㈣。明光起草人所羨㈤，肺病幾時朝音潮

日邊㈥。此詩厭居雲安而作。首記時，次記地。三四縣前景，承次句。五六臘後事，承首句。末因春近而念朝正也。聞雁聲，想家書。見瀨船，思出峽。方在臘，故梅蕊未吐。春將至，故椒花欲頌。遠天，指雲安。媚，言其可愛。

㈠張正見詩：終無一雁帶書回。

㈡晉樂府：沿江引百丈，一濡多一艇。《南史·朱超石傳》：宋武北伐，超石前鋒入河，軍人緣河南岸，牽百丈。朱注：《演繁露》云：杜詩多用百丈，問之蜀人，云：水峻，岸石又多廉稜，若用索牽，遇石輒斷，故劈竹爲大辮，用麻繩連貫以爲牽具，是名百丈。陸游《入蜀記》：上峽惟用艣及百丈，不用張帆。百丈，以巨竹四破爲之，大如人臂。《吴都賦》：直衝濤而上瀨。瀨，急灘也。

㈢江總詩：玩竹春前筍，驚花雪後梅。驚眼本此。

㈣晉劉榛妻元日獻《椒花頌》。楊慎謂當作楸花，未然。古樂府：入門各自媚。即此媚字。朱翰引「媚於天子」，太迂。

㈤漢王商借明光殿起草作制誥。趙大綱謂公詩「翰林學士如堵牆，觀我落筆中書堂」，即「明光起草人所羨」也。據《石硯》詩蔡注引《漢官儀》，尚書郎主作文章起草，乃自叙郎官事也。

㈥晉明帝云：「只聞人自長安來，不聞人自日邊來。」故後人遂指長安爲日邊。

其二

寒輕市上山烟碧㈠，日滿樓前江霧黄㈡。負鹽出井此溪女㈢，打鼓發船何郡郎㈣。新亭舉

目風景切㊄，茂陵著書消渴長㊅。春花不愁不爛熳，楚客惟聽棹相將㊆。次章，承雲安。上四雲安景事，下四雲安情緒。烟碧、霧黄，冬暖之色。此溪女，嫌其俗陋。何郡郎，怪其冒險。中原未平，故有新亭風景之傷。肺病留蜀，故有茂陵消渴之慨。春花，應春動。聽棹，思出峽也。

㊀何遜詩：山烟涵樹色。

㊁鮑照詩：濛昧江上霧。

㊂《馬嶺謡》：三牛對馬嶺，不出貴人出鹽井。遠注：雲安人家有鹽井，其俗以女當門户，皆販鹽自給。《唐書》：夔州奉節縣，有永安井鹽官。又，雲安、大昌皆有鹽官。

㊃又云：峽中多曲，江有峭石，兩舟相觸，急不及避，故發船多打鼓，聽前船鼓聲既遠，後船方發，恐相值觸損也。《何氏語林》：王敦嘗坐武昌釣臺，聞行船打鼓，嗟稱其能。

㊄《王導傳》：中州士人避亂江左，每至暇日，邀飲新亭，周顗中坐歎曰：「風景不殊，舉目有江山之異。」《通鑑注》：新亭去江寧縣十里，近臨江渚。切，乃悽切之切。

㊅茂陵著書，用司馬相如事，注別見。顧注：夔爲南楚，故自稱楚客。鮑照詩：楚客心悠哉。

㊆《儀禮注》：相將，彼此相扶助。陶潛詩：相將還舊居。《杜臆》：發必同行，故曰相將，猶俗云船幫。

其三

即看平聲燕子入山扉㊀，豈有黄鸝歷翠微㊁。短短桃花臨水岸㊂，輕輕柳絮點人衣。春來準擬開懷久，老去親知見面稀㊃。他日一杯難强區兩切進㊄，重平聲嗟筋力故山違㊅。末章，承春意。上四擬春日之景，下四寫春日之情。朱注：詩作於十二月一日，而云燕鸝桃柳者，蓋逆道其事，即所謂他日也。親知稀見，欲開懷而不得。故山終違，欲强飲而不能。意有兩層，故曰重嗟。朱瀚謂一嗟筋力，一嗟故山，非是。筋力，即上文老去耳。即看，即可見也。豈有，豈不有也。他日，指來春。故山，指長安。瀚曰：故山、山扉，首尾相應。

㊀陳後主詩：雲色入山扉。

㊁何遜詩：黄鸝隱葉飛。翠微，山腰春色。

㊂黄注：短短，字老而趣。如小小則嫩，矮矮則俗，灼灼則太文，皆替此二字不得。

㊃王羲之《與謝萬書》：欲與親知，時共歡讌。《史記》：趙高曰：「群臣莫得見其面。」

㊄薛道衡詩：陶然寄一杯。

㊅李嶠詩：重嗟歡賞地，翻召别離憂。陶弘景《授陸敬游文》：筋力盡於登築。謝靈運詩：故山日已遠。

杜詩凡數章承接，必有相連章法。首章結出還京，次章結出下峽，三章又恐終老峽中，皆其布置次第也。盧世㴶曰：末章尤空奇變化，其虛實實虛、有無無有之間，妙極歷亂。而懷人歎老，抱映盤紆，此老杜七律之神境。

又雪

鶴注：當是永泰元年冬作。題曰《又雪》，前面應有雪詩一章，疑脱漏矣。

南雪不到地㈠，青崖霑未消㈡。微微向日薄㈢，脈脈去人遥㈣。冬熱鴛鴦病，峽深豺虎驕㈤。愁邊有江水，焉於虔切得北之朝。此公厭居雲安，而託冬雪以寫意也。上四言景，下四感懷。雪不到地，氣煖故也。霑崖之雪，向日旋消，人每不見，故脈脈而遥。《杜臆》：文禽偏病，猛獸偏驕，見地惡不可久居，安得乘此江水而北返長安乎？

㈠《風土記》：南方無雪。

㈡江淹詩：雞鳴丹壁上，猿嘯青崖間。

㈢陶潛詩：閑雨紛微微。

㈣吴均詩：脈脈留南浦。

㈤《杜臆》：峽深有虎負嵎之勢。

陶淵明《詠雪》詩：淒淒歲暮風，翳翳經日雪。傾耳無希聲，在目皓已潔。摹寫最工。上四彷彿似之，皆狀物佳句。

雨

鶴注：《舊史》：大曆元年正月丁巳朔。則初八日爲甲子。史又云：是春旱，至六月庚子始雨。與唐諺合。

冥冥甲子雨，已度立春時㈠。**輕箑煩**一作須**相向，纖絺恐自疑**㈡。**烟添纔有色，風引更如絲**㈢。**直覺巫山暮**㈣，**兼催宋玉悲。**詩爲甲子逢雨而作。首聯記異。三四承立春時，怪其乍暖。五六承雨冥冥，形其細微。巫山暮，雨後昏翳也。宋玉悲，客況淒涼也。

㈠《楚辭》：雷填填兮雨冥冥。《朝野僉載》：春雨甲子，赤地千里。

㈡《秋興賦》：於時乃屏輕箑，釋纖絺。注：箑，扇也。纖絺，細葛。洙曰：扇可相向，則葛疑其可著矣。

㈢張協詩：騰雲似湧烟，密雨如散絲。

㈣《高唐賦》：妾在巫山之陽，暮爲行雨。

王嗣奭曰：先雨而度立春，是冬甲子雨也。諺云：「冬雨甲子，飛雪千里。」南方地煖，故不雪而雨。舊引「春雨甲子」，誤。又諺云：「雨前如毛不肯雨，雨後如毛不肯晴。」冬雨度春，而風引如絲，乃雨之可厭者。白日晦冥，如巫山已暮，疑神女之行雨也。宋玉《悲秋賦》云：憀慄兮若在遠行。又云：坎壈兮貧士失職而志不平。故「兼催宋玉悲」。注謂雨過如秋，與輕箑、纖絺戾矣。

南楚

鶴注：當是大曆元年春在雲安作。顧注：雲安在楚之西南，故曰南楚。宋玉《笛賦》：絶鄭之遺，離南楚兮。《方言》：南楚之人。

南楚青春異，暄寒早早分。無名江上草，隨意嶺頭雲。正月蜂相見，非時鳥共聞。杖藜妨躍馬，不是故離群㊀。上六寫春暄之景，下二叙客楚之情。《杜臆》：他處初春，必有餘寒，惟南楚交春即暄，故云「早早分」。春暄佳勝如此，而不及與人遊賞，正恐杖藜緩行，有妨少年躍馬者耳，非是故意離群也。

㊀黄注：五六見物皆樂群，與七八反照。《記》：子夏離群而索居。「無名江上草，隨意嶺頭雲」，此與「水流心不競，雲在意俱遲」同一閒曠心境，但此處似出之太易耳。

水閣朝霽奉簡雲安嚴明府一作嚴雲安

嚴明府，雲安縣令也。時公居嚴之水閣，故作詩以贈之。鶴注：當是大曆元年春在雲安作。

東城抱春岑，江閣鄰石面。崔嵬晨雲白，朝旭一作日射音石**芳甸**㊀。**雨檻卧花叢**㊁，**風牀展書卷**一作輕幔。**鈎簾宿鷺起，丸藥流鶯囀**㊂。**呼婢取酒壺**㊃，**續兒誦《文選》**去聲㊄。**晚交嚴明府，矧此數**音朔**相見。**首二，水閣形勢。崔嵬四句，朝霽之景。鈎簾四句，朝霽之事。末點簡嚴之意。

城抱山，閣後也。石爲鄰，閣傍也。晨雲朝旭，在閣外。卧花展書，在閣中。鷺起鶯囀，在閣外。呼酒課兒，在閣中。句句切水閣，却句句貼朝霽，此皆現前景事，不煩雕琢者。《杜臆》：水閣即前江樓，情異而其景遂別。

㊀芳甸，春野芳菲也。謝朓詩：雜英滿芳甸。

㊁沈約詩：雨檻雲欄。

㊂《風俗通》：祝恬道得温病，應融躬自御之，手爲丸藥。沈約詩：流鶯復滿枝。

㊃申涵光曰：「呼婢取酒壺」，不似詩語。

㊄子誦《文選》，斷不能接，公爲口續之。

黄生曰：此詩全首風致，蓋即景寫心之作也。

張綖曰：杜詩無所不具，後人各因其姿之所近而祖之，皆足以名家。雨檻、風牀一聯，秦淮海以婉麗得之，而有「雨砌墮危芳，風軒納飛絮」之句。鈎簾、丸藥一聯，王荆公以工刻得之，而有「青山捫虱坐，黄鳥挾書眠」之句。又淮海云：「有情芍藥含春淚，無力薔薇卧曉枝。」亦倣杜句而微涉於纖矣。

葉石林《詩話》：蔡天啟云：荆公每稱老杜「鈎簾宿鷺起，丸藥流鶯囀」，以爲用意高妙，五字模楷。他日公作詩得「青山捫虱坐，黄鳥挾書眠」，自謂不減杜語。求之集中，不見其全篇，或但得此聯，未嘗成章耶。

杜鵑

鶴注：當是大曆元年春在雲安作。故云「雲安有杜鵑」。洙曰：《華陽風俗録》：杜鵑，其大如鵲而羽烏，聲哀而吻有血，人云春至則鳴，聞其初聲者，有離別之苦，惟田家候其鳴則興農事。

西川有杜鵑，東川無杜鵑。涪萬一作南**無杜鵑，雲安有杜鵑**㈠。首記蜀中杜鵑之有無，西川、雲安，起下二段。《杜臆》：起用四杜鵑，或有或無，皆就身之所歷，而自紀所聞。鵑鳴有時，西川雲安，當其鳴，則聞之而謂之有。東川、涪萬，當其不鳴，則不聞而謂之無。故初拜於錦城，而雲安則身病不能拜。通篇起結照應如此。乃拘泥者見其疊用杜鵑，以爲題下注。注應止分有無二項，不應有無參錯。若以比刺史忠逆，則雲安非州，無刺史也，且嚴武亦卒矣。故誼伯、東坡之説皆非也。老杜變體最多，如《三絶句》疊用兩刺史，唐人有此體乎？

㊀黄希曰：《白頭吟》：郭東亦有樵，郭西亦有樵。此詩起法，或本此。吴曾《漫録》：樂府《江南詞》：魚戲蓮葉東，魚戲蓮葉西，魚戲蓮葉南，魚戲蓮葉北。子美正用此格。古韻西與北叶，北音悲。趙曰：連用四杜鵑，正《詩》「有酒湑我，無酒酤我，坎坎鼓我，蹲蹲舞我」之勢，豈是題下注耶？

我昔遊錦城，結廬錦水邊㊀。**有竹一頃餘，喬木上**上聲**參天**㊁。**杜鵑暮春至，哀哀叫其間。我見常再拜，重是古帝魂**叶胡拳切㊂。此承「西川有杜鵑」，自述往時致敬之意。

㊀陶潛詩：結廬在人境。

㊁何胥詩：古木上參天。

㊂鮑照《行路難》：中有一鳥名杜鵑，云是古時蜀帝魂。

生子百鳥巢，百鳥不敢嗔叶稱延切，一作喧。**仍爲餧其子，禮若奉至尊**叶租全切㊀。**鴻雁及羔羊，有禮太古前。行**户郎切**飛與跪乳，識序如**一作又**知恩**叶衣尖切㊁。此言鳥尊杜鵑，乃承上起下之詞。奉若至尊物性所禀，猶羔雁知禮，從古皆然也。行飛識序，雁有兄弟之禮。跪乳知恩，羊有母子之禮。

㊀世説杜鵑養子於百鳥巢，百鳥共養其子而不敢犯。

㈡《春秋繁露》：雁有行列，羔飲其母必跪，類知禮者，故以爲贄。　羊祜《雁賦》：鳴則相和，行則接武，前不絶貫，後不越序。

聖賢古一作吾**法則**㈠，**付與**一作之**後世傳。君看**平聲**禽鳥情，猶解事杜鵑。今忽暮春間，值我病經年。身病不能拜，淚下**去聲**如迸泉**㈡。　此承「雲安有杜鵑」，又叙病中哀憐之意。　君臣之禮，世傳已久，即禽鳥之微，猶知尊事。今病不能拜，惟有泣下悲傷而已，與前段「我見常再拜」相應。　申涵光曰：開首四語，起得奇朴。其云拜杜鵑，奇；不能拜而泣，更奇。　此章四句起，下三段各八句。

㈠《淮南子》：設儀立度，可爲法則。

㈡劉琨詩：據鞍長嘆息，淚下如迸泉。

趙次公曰：此詩譏世之不修臣節者，曾禽鳥之不若耳，大意與《杜鵑行》相表裏。　又曰：世有《杜鵑辯》，乃仙井李新元應之作，纂書者編入《東坡外集》詩話中。其説云：蓋譏當時刺史也。嚴武在蜀，雖横斂刻薄，而實資中原，是西川有杜鵑。其不虔王命，擅軍旅，絶貢賦以自固，如杜克遜在梓州，是東川無杜鵑耳。涪、萬、雲安，刺史微不可考。凡尊君者爲有，懷貳者爲無，不在乎杜鵑真有無也。其説穿鑿。

錢謙益曰：杜克遜事，新舊兩書俱無之。嚴武鎮蜀之後，節制東川者，李奐、張獻誠也。其以梓州反者，段子璋也。梓州刺史見杜集者，有李梓州、楊梓州，未聞有杜也。既曰譏當時之刺史，不應以嚴武並列也。逆節之臣，前有段子璋，後有崔旰、楊子琳，不當舍之而刺涪、萬之刺史微不可考者也。杜克遜既不見史傳，則亦後人僞譔耳。其文義舛錯鄙倍，必非東坡之言。

子規

此亦雲安春作，乃水閣所聞子規也。《杜臆》：一説子規非杜鵑，乃叫不如歸去者。

峽裏雲安縣，江樓翼瓦齊㈠。兩邊山木合㈡，終一作盡**日子規啼。眇眇春風見㈢，蕭蕭夜色淒**一作棲㈣。**客愁那聽此，故作傍**去聲，一作傍旅**人低。**此聽子規而動客愁也。峽中有縣，縣前有江，江上有樓，樓邊擁以山木，而子規終日啼號。當此春風之際，儼如夜色淒涼，客愁何堪聽此，況故作低聲以近人乎。八句一氣滚下。夜色即就日間言，此《杜臆》之説也。眇眇，指子規。蕭蕭，指山木。申涵光曰：「兩邊山木合，終日子規啼」，爽豁如彈丸脱手，此太白雋語也。

㈠夢弼曰：翼瓦謂簷宇飛揚，如鳥之張翼。
㈡庾信詩：清梵兩邊來。
㈢鮑照詩：眇眇負霜鶴。
㈣夏侯湛《秋夕賦》：木蕭蕭以被風。

《西湖志》載：宋孝宗時有蜀士新選縣令，帝問以蜀中風景，令對云：「兩邊山木合，終日子規啼。」帝大稱賞。次日，宰相召問所對之語何從得來，答云：「夢中所記。」宰相云：「子當速去。倘再召，恐無以復應。」數日後，帝果宣召，而令已出國矣。《嘉蓮燕語》載：元時李杲字明之，其祖貧時夜讀書，有一女子從室西地中出，與杲祖坐談，甚美，少頃漸以身親，杲祖屹然不動。將告去，杲祖問曰：「汝是何神何鬼耶？」女子取筆書於几上曰：「許身愧比雙南。」遂復入地中。已而閱子美詩，始悟其爲金也，掘之得金一筩。杲從張元素學醫術，世稱東垣先生。姚江黄梨洲先生文集記其高伯祖少雷，當天順間，其兄久遊不歸，十餘年乏消息，遍尋南方不得。一日禱於南嶽廟中，祈神託夢，嶽帝云：「沉綿盜賊際，狼狽江漢行。」醒而不解其意。翼日，遇一士人，告以夢語，解云：「此杜少陵《和元道州》詩也，汝兄應在道州之地。」訪至州中，果逢於街衢。以此三事觀之，知杜詩流行天地間，非特騷人墨客誦法少陵，即鬼神靈爽亦識杜句矣。

客居

《唐書》：大曆元年二月，以杜鴻漸爲東西川副元帥。詩云「已聞動行軒」，蓋三月初作。《杜臆》謂此詩作於雲安，是也。又謂前江後山，即前所云江樓水閣，印合自確。黄鶴編在夔州，與客堂爲一處，誤矣。

客居所居堂㈠，前江後山根。下塹七艷切萬尋岸，蒼濤鬱飛翻。葱青衆木梢，邪豎雜石痕㈡。子規晝夜啼，壯士斂精魂㈢。峽開四千里㈣，水合數百源㈤。人虎相半居，相傷終兩存㈥。此記客居情景。岸下翻濤，承前江。木梢、石痕，承後山。四句，江山近景。峽開千里、水合百源二句，江山遠景。子規夜啼，已動歸思，況人虎雜居，更難久處矣。《杜臆》：濤翻色白，今云蒼濤，以岸高掩映故也。所處地高，故見木梢雜石之痕，或斜或豎。

㈠客居，旅舍也。下居字，指居處。《後漢·楊震傳》：常客居於湖。沈約詩：林薄杳葱青。

㈡又：傾壁復邪豎。

㈢《恨賦》：拱木斂魂。阮籍《咏懷》詩：精魂自漂淪。

㈣錢箋：《荆州記》云：巫峽首尾一百六十里，舊云自三峽取蜀，數千里恒是一山，此好大之言也。惟三峽七百里中，兩岸連山，略無闕處。梁簡文《蜀道難》詩：峽山七百里，巴水三回曲。公所謂「峽開四千里」，蓋統論江山之大勢，非專指峽山也。

㈤宋肇《三峽堂記》：峽江，綿跨西南諸夷，合牂牁、越嶲、夜郎、烏蠻之水，縈紆曲折，掀騰洶湧，咸歸納於峽口，實衆水之會也。

㈥申涵光曰：人虎兩存，此大道理，他人數語説不出。

蜀麻久不來，吴鹽擁荆門。西南失大將去聲，商旅自星奔㈠。今又降元戎，已聞動行軒。舟子候利涉㈡，亦憑節制尊。此記蜀中時事。大將，謂郭英乂。元戎，謂杜鴻漸。麻鹽不通，商旅避兵也。節制可憑，望其平蜀也。

㈠錢箋：永泰元年閏十月，郭英乂爲崔旰所殺，蜀中大亂。大曆元年二月，以杜鴻漸爲山南西道、劍南東西川副元帥。夢弼曰：蜀出麻，吴出鹽。《廣絶交論》：莫不望影星奔。

㈡《詩》：招招舟子。《易》：利涉大川。

我在路中央㈠，生理不得論平聲。卧愁病脚廢㈡，徐步視小園。短畦帶碧草，悵望思王孫㈢。鳳隨其凰去，籬雀暮喧繁。覽物想故國，十年別荒一作鄉村。日暮歸幾翼，北林空自昏。此感客居而思故鄉。雲安在荆蜀之間，故曰路中央。趙曰：見碧草則思王孫，見雀喧則思鳳舉，皆因小園感興。短畦四句，從小園追想故國也。禄山陷京，屠戮宗室，故曰「悵望思王孫」。楊妃殁後，上皇亦亡，故曰「鳳隨其凰去」。下云「覽物想故國」，傷亂後不能北歸也。又按：《楚詞注》：屈原，楚同姓，故稱王孫。司馬相如有歸鳳求凰之詠。此詩悵望王孫，應指屈原。鳳隨凰去，應指相如。此説不如前。舊注則云：王孫指嚴武。鳳去雀喧，比君子亡而小人競。此説太泛。

㈠《詩》：宛在水中央。

㈡《世説》：陶淵明有脚疾。

㈢劉安《招隱士》：王孫游兮不歸，春草生兮萋萋。江淹《別賦》：春草碧色。

安得覆八溟，爲去聲君洗乾坤。稷契音錫易音異爲力，犬戎何足吞。儒生老無成㈠，臣子憂四藩一作四番，魯直刊作憂思翻㈡。篋中有舊筆，情至時復扶又切援㈢。末歎時事而傷身老。

言安得覆八溟之水，一洗乾坤污雜乎。朝廷苟用稷契，外寇何難掃除。今年老無成，而猶憂及邊境，唯有賦詩寄慨而已。《杜臆》：公嘗自比稷契，此亦自負語。此章，八句兩段，十二句兩段。

㈠趙岐《孟子注》：秦滅經籍，坑戮儒生。

㈡宋樂歌：訏謨定命，辰告四藩。

㈢曹植詩：援筆從此辭。

石硯 原注：平侍御者。

黄鶴依梁氏編在雲安詩内，以詩有奉使三峽句也。

平公今詩伯，秀發吾所羨㈠。奉使去聲**三峽中，長嘯得石硯㈡。**首叙得硯之由。

㈠《蜀都賦》：王褒暐曄而秀發。

㈡《蜀志》：諸葛孔明客荆州，抱膝長嘯。

巨璞禹鑿餘，異狀君獨見。其滑乃波濤，其光或雷電。聯坳於交切**各盡墨，多水遞隱見**音現。**揮灑容數人，十手可對面㈠。**此記石硯之美。其滑澤光潔，能發墨而濡毫。朱注：聯坳，硯穴相並。多水，硯潤出水也。

㈠何遜詩：對面何由即。

比公頭上冠，貞一作正質未爲賤。當公賦佳句，況得終清宴㈠。公含起草姿，不遠明光殿㈡。致于丹青地㈢，知汝隨顧眄。從硯結到平公。以冠比硯，語近率。賦詩染翰，是一事。宴閒臨書，又一事。明光起草，切侍御。《杜臆》：起草之時，汝能隨人顧眄，而盡所欲言。汝，指硯言。

此章，四句起，下二段各八句。

㈠《前漢·諸葛豐傳》：顧賜清宴。謂清閒之時。

㈡朱注：《三秦記》：未央宮漸臺西，有桂宮，内有明光殿，皆金玉珠璣爲簾箔，金戺玉階，晝夜光明。按《黃圖》：漢有兩明光宮，一在長樂宮，後成都侯王商借以避暑之所。一在甘泉宮，武帝以燕趙美人充之。若明光殿，自在桂宮，三者原不相干。杜詩「不遠明光殿」、東坡「先入明光宮」，注家都混爲一，程大昌、王楙皆有辯。　夢弼曰：起草，知制誥也。《漢官儀》：尚書郎，主作文章起草。

㈢丹青地，謂丹墀青瑣之間。

贈鄭十八賁

黃鶴編在大曆元年雲安詩内。　趙曰：鄭蓋雲安縣令，故有「異味煩縣尹」之句。

温温士君子㈠，令平聲我懷抱盡。靈芝冠去聲衆芳，安得闕親近。總領全意。温温句屬賦，靈芝句屬比，下二蒙上。

㈠《詩》：温温恭人。《後漢·李通傳》：光武初以通士君子相慕也。

遭亂意不歸，竄身跡非隱㈠。細人尚姑息㈡，吾子色愈謹。高懷見物理㈢，識者安肯哂。卑飛欲何待㈣，捷徑應去聲未忍㈤。示我百篇文㈥，詩家一標準㈦。此叙鄭才德，申明「温温士君子」。遭亂竄身，直指鄭言。鄭蓋避亂之蜀，曾爲小吏者。尚姑息，人見憐也。色愈謹，能守正也。高懷可服有識位，卑不由捷徑，此其德器過人處。詩篇可法，則才華又復出衆矣。舊説以遭亂二句，屬公自叙。公身雖在蜀，而心實思歸，觀前後諸詩可見，豈可云「遭亂意不歸」乎？

㈠趙曰：山濤吏非吏，隱非隱。

㈡《檀弓》：細人之愛人也，以姑息。

㈢荀濟詩：高懷不可忘。

㈣《孫武子》：鷙鳥將擊，卑飛斂翼。

㈤張衡《應間》：捷徑邪至，吾不忍以投步。

㈥《尚書序》：典謨訓誥之文凡百篇。

㈦孫綽《丞相碑》：道德之標準。

羈離交屈宋，牢落值顔閔㈠。水陸迷畏一作長途㈡，藥餌駐修軫㈢。古人日已遠，青史字

不泥㈣。**步趾咏唐虞**㈤，**追隨飯**音反**葵堇**一作謹㈥。**數杯資好**去聲**事**㈦，**異味煩縣尹**㈧。此記鄭交情，申明「安得闞親近」。屈宋，承詩文二句。顔閔，承高懷二句。公當羈離牢落，以得遇鄭賁爲幸也。身歷畏途，故飲藥停車，因而披史共討，相隨同食，或酌杯酒，或嘗異味，皆往來情誼之密也。

㈠《後漢·李固傳》：通游夏之藝，顔閔之仁。

㈡左思賦：水陸所湊，兼六合而交會焉。

㈢駐修軫，謂暫輟行踪，正對上迷途説，朱氏解作藥餌駐年者非。江逌賦：駐修軫於平原。

㈣趙曰：青史者，殺青竹簡之史也。

㈤《左傳》：今君親步玉趾。劉楨詩：步趾慰吾身。

㈥《圖經本草》：葵，處處有之，苗葉作菜茹甚甘。《爾雅》：齧、苦堇。注：今堇葵也。葉似柳，子如米，汋食之滑。《唐本草》：堇菜，野生，花紫色。鮑照詩：蓼蟲避葵堇。

㈦《揚雄傳贊》：家素貧，嗜酒，人希至其門，時有好事者載酒肴從游學。

㈧《後漢書》：太原閔仲叔，徵博士不到，客居安邑，老病家貧，不能得肉，日買猪肝一片。安邑令聞之，敕吏常給。仲叔曰：「豈可以口腹累安邑令。」遂去。

心雖在朝音潮**謁**㈠，**力與願矛盾**閏上聲㈡。**抱病排金門**㈢，**衰容豈爲敏**㈣。末用自叙作結。欲抱病赴朝，而衰年不敏，所謂力與願違也。此章，首尾各四句，中二段各十句。

㈠吳注：杜佑《通典》：諸給事，日上朝謁。

㊁《尸子》：楚人有鬻矛與盾者曰：「吾盾之堅，莫能陷也。」又曰：「吾矛之利，於物無不陷也。」或曰：「以子之矛，陷子之盾，何如？」其人弗能應。

㊂黄希曰：排字，本《樊噲傳》所謂排闥。《解嘲》：歷金門，上玉堂。

㊃鮑照詩：衰容不還稚。《左傳》：魯人以爲敏。

别蔡十四著作

鶴注：至德二載，公在鳳翔，至大曆元年爲十春。詩云「主人薨城府，扶櫬歸咸秦」，主人謂郭英乂。蔡至成都，值郭已死，遂扶櫬以歸。公與蔡相逢於巴道，當在雲安也。著作郎，官名。

賈生慟哭後，寥落無其人。安知蔡夫子，高義邁等倫。獻書謁皇帝，志已清風塵。流涕灑丹極，萬乘去聲**爲**去聲**酸辛。天地則瘡**一作創**痍，朝廷多**一作當**正臣**㊀**。異才復**扶又切**間**去**聲出，周道日惟新。**叙蔡平時忠義。獻書流涕，同於賈生慟哭。異才間出，見其高義絶倫。

㊀《楚辭》：正臣端其操行兮。

使去聲**蜀見知己，别顔始一伸。主人薨城府**㊀**，扶櫬歸咸秦。巴道此相逢，會我病江濱。憶念鳳翔都，聚散俄十春。**此記雲安重遇之由。公初遇蔡於鳳翔，及其使蜀，再晤於成都，今扶櫬而歸，又逢於夔江，總前後計之，則十春矣。

㊀朱注：《舊史》：英乂奔簡州，普州刺史韓澄斬其首送崔旰，英乂必殯於成都，此云「甍城府」，隱之也。

我衰不足道去聲，但願子意一作章陳。稍令平聲社稷安，自契魚水親㊀。我雖消渴甚，敢忘帝力勤㊁。尚思未朽骨，復扶又切覩耕桑民㊂。此望其入告以恤民。　朱注：蔡以使事之成都，值有崔旰之亂，公欲其以兵食匱乏歸奏天子，計安蜀人，故有「但願子意陳」及「玄甲聚不散」之語。

㊀《蜀志》：先主曰：「孤之有孔明，猶魚之有水也。」北魏節閔帝詩：君臣體魚水，書軌一華戎。

㊁《莊子》：帝力於我何有哉！

㊂《吴越春秋》：一男不耕，有受其飢。一女不桑，有受其寒。

積水駕三峽㊀，浮龍倚長津一云輪囷㊁。揚舲洪濤間㊂，仗子濟物身㊃。鞍馬下去聲秦塞，王城通北辰㊄。玄甲聚不散㊅，兵久食恐貧。窮谷無粟帛，使去聲者來相因㊆。若馮憑同，一作逢南轅吏陳作使㊇，書札到天垠㊈。末叙送别之意。　上六記途次，下六望寄書。　蔡之出峽還京，先從水行，其陸路則由王城而入關也。　玄甲，會討崔旰之兵。　使者，京師索餉之官。　後詩「兵戈猶擁蜀，賦斂强輸秦」可證。　夔在長安之南，故北來者爲南轅。　楊德周曰：玄甲四句，觸目傷心，感悵泫然。　此詩首尾各十二句，中二段各八句。

㈠宋武帝詩：積水溺雲根。

㈡《晉書》：王濬造戰船，時謡曰：「不畏岸上虎，只畏水中龍。」　郭璞詩：高浪駕蓬萊，浮龍倚長津。　吴注：龍即舟也。晉謡語及郭璞詩，皆指舟爲龍。

㈢《楚辭注》：舲，船有窗牖者。隋牛弘詩：揚舲泛急流。

㈣遠注：仗子句，即「若濟巨川，用汝作舟楫」意。

㈤王城，在河南。

㈥《漢書·霍去病傳》：發屬國玄甲軍。洙曰：班固《燕山銘》：玄甲曜日。注：玄甲，鐵甲也。《唐書》：崔旰反，柏茂林等舉兵討之。大曆元年三月，山南西道節度使張獻誠，與旰戰於梓州，大敗。

㈦《漢書》：陳陳相因。

㈧《左傳》：令尹南轅返旆。

㈨古詩：遺我一書札。　窮谷、天垠，俱指夔州。　《爾雅》：九天之際曰九垠。

寄常徵君

首句言春，末句言雲安，知是大曆元年春雲安作。其云入夏，又云熱新，乃當春而預道夏時也。遠注：漢魏以來，起隱士謂之徵君。《後漢·韓康傳》：亭長以韓徵君當至，方修道橋。鶴曰：徵君去秋曾訪公雲安，今在開州，寄以此詩。

白水青山空復扶又切**春，徵君晚節傍**去聲**風塵**㊀。**楚妃堂上色殊衆**㊁，**海鶴階前鳴向人**㊂。**萬事糺**糾**同紛猶絶粒**㊃，**一官羈絆實藏身**㊄。**開州入夏知涼冷**㊅，**不似雲安毒熱新**。此詩，傷徵君之晚出。上四惜詞，五六解詞，七八慰詞。山水空度春光，以其晚節猶逐風塵也。楚妃，比朝貴之得寵。海鶴，比處士之依人。今事叢猶然乏食，知官卑但以藏身耳。黄注：藏身，猶云吏隱。七句，見地見時。

㊀《世説》：顧景怡不就徵，晚節服食，不與世通。

㊁澤州陳冢宰注：楚妃，猶言宋子、齊姜、燕姬、越女，喻仕途中名位相軋，炫才嫉妬者，舊引樊姬以比徵君之德，非也。陸機詩：楚妃且勿嘆，齊娥且莫謳。馬元熙詩：掩抑歌張女，淒清奏楚妃。應瑒《鸚鵡賦》：表衆豔之殊色。

㊂《西京雜記》：海鶴江鷗。湛方生《弔鶴文》：忽聞階前有孤鶴鳴。

㊃《莊子》：通其一，萬事畢。《賈誼傳》：糺錯相紛。《司馬相如傳》：交錯糾紛。《後漢書》：范丹爲萊蕪長，遁居梁沛之間，所止單陋，有時絶粒，窮居自若。

㊄《莊子》：知效一官。《晉載記》：馬能千里，不免羈絆。《宋書》：劉瑀曰：「騏驥羅於羈絆。」遠注：藏身，即東方朔避世金馬門意。《莊子》：夫全其形生之人，藏其身也。

㈥《九域志》：開州，東至夔州雲安縣龍目驛，二百九十里。

盧世㴶曰：此詩字字沉痛，説者類云諷刺，因錯會「晚節傍風塵」一語，遂致通篇皆錯。夫傍風塵，猶奔走道路耳，人少壯蹇躓，猶冀前途，至老年道路，則無復之矣，此最是傷心處。海鶴鳴向人，豈雞鶩流哉。萬事糾紛，猶然絶粒，一官羈絆，實以藏身，此等艱辛，向誰人道，全是自苦自訴，并以憐及徵君，想寄詩時不知淚下幾行矣。

寄岑嘉州 原注：州據蜀江外。

詩云「泊船秋夜經春草」，蓋公自去年秋至雲安，大曆元年春尚在其地也。杜確《岑參集序》：參自庫部正郎出爲嘉州，杜鴻漸表爲職方郎中兼侍御史，列於幕府，無幾，使罷，寓居於蜀。漢武帝通西南夷，立犍爲郡。成帝永初六年，得古磬，改嘉定。後周改爲嘉州。唐初，嘉定郡領縣八。乾元初，仍爲嘉州。嘉州在成都東南，去成都爲近，去夔州爲遠。

不見故人十年餘，不道去聲**故人無素書**㈠。**願逢顏色關塞遠，豈意出守**去聲**江城居**㈡。思遇岑於嘉州也。

㈠張衡詩：長跪讀素書。

㈡江城，指嘉州。

外江三峽且相接㈠，斗酒新詩終自一作日疏㈡。謝朓每篇堪諷誦㈢，馮唐已老聽吹噓。此敘岑之近況也。　謝比岑，馮自方。

㈠邵注：《一統志》：一渠由永康過新安，入成都府，謂之外江。一渠由永康遇郫縣，入成都府，謂之内江。縣西五里自洛口分支，經漢州，謂之中江。三江皆與嘉州岷江相接。

㈡《前漢·楊惲傳》：斗酒自勞。

㈢《南史》：梁昭明太子遍讀五經，通諷誦。

泊船秋夜經春草㈠，伏枕青楓限玉除。眼前所寄選何物，贈子雲安雙鯉魚。此寄詩以達情也。　雙魚，應素書。　此章三段，各四句。

㈠公湖南詩有「青草續爲名」、「輟棹青楓浦」，俱指地名。此處只泛言，如云「春草萋已碧」、「青楓遠自愁」，皆泛言也。

杜詩詳注卷之十五

移居夔州作或爲郭

黄鶴注：此大曆元年春晚作。《唐書》：夔州雲安屬山南東道。《寰宇記》：夔州雲安縣，上水去夔州奉節縣二百四十三里。

伏枕雲安縣，遷居白帝城。春知催柳別，江與一作已**放船清**㈠。**農事聞人說，山光見鳥情**㈡。**禹功饒斷石**㈢，**且就土微平**㈣。

首二記行踪。三四承雲安，言臨去時景。五六承白帝，言遷後景事。末言移居之故。春知別意，江與清波，此從無情處看出有情。農事方興，春已暮矣。鳥悦山光，春氣暖也。多斷石，謂雲安以下。土微平，見夔州可居。《杜臆》：「農事聞人説」，便有爲農意，後果有瀼西督耕之舉。

㈠張溍注：因灞橋贈別故事，遂用春柳催別，但「春知」、「江與」二語，後人用之，易涉於纖。宋之問詩：春遲柳暗催。

〔二〕常建詩：「山光悦鳥性，潭影空人心。」爲殷璠首推，不知出於少陵也。《杜臆》：見鳥情，屬人。悦鳥性，屬鳥。

〔三〕《左傳》：見河洛者，思禹功。《水經注》：廣谿峽，乃三峽之首，蓋自夏禹疏鑿以通江者。

〔四〕王洙注：沿峽皆因開鑿而成，故少平土，惟夔州稍平耳。

黄庭堅曰：好作奇語，自是文章一病。但當以理爲主，理得而辭順，文章自然出群拔萃。觀子美到夔州後詩，退之自潮州還朝後文，皆不煩繩削而自合矣。《朱子語録》：人多説子美夔州詩好，此不可曉。夔州却説得鄭重煩絮，不如前此有一節詩好。今人只見魯直説好，便都説好，矮人看場耳。

陶開虞曰：杜五律有偶然失檢者，如《移居》詩云：「春知催柳別」、「農事聞人説」，別、説同韻。與王摩詰「新豐樹裏行人度」、「聞道甘泉能獻賦」，度、賦同韻，皆犯上尾，學者不可不知。

船下去聲夔州郭宿雨濕不得上上聲岸別王十二郭作二十判官

鶴注：大暦元年春晚，自雲安遷居夔州時作。　郭宿，宿於雲安郭外，王判官蓋在雲安也。

依沙宿舸船〔一〕，石瀨月娟娟〔二〕。風起春燈亂，江鳴夜雨懸〔三〕。晨鐘雲岸晉作岸，一作外，《杜臆》作徑濕〔四〕，勝地石堂烟一作偏〔五〕。柔艣與櫓同輕鷗外〔六〕，含悽一作情覺汝賢〔七〕。上四，宿郭遇雨，夜中之景。五六，岸濕難上，早起之景。末因不得面别，而留詩致王。張遠注：宿船見月，忽而風起雨懸，直至鐘響烟生，從薄暮至平明景象，歷歷清出。晨鐘、勝地，略讀。風起句，下因上。江鳴句，上因下。《杜臆》：柔櫓相送，輕鷗伴行，櫓鷗之外，但覺汝賢，此感判官之厚，亦愴人情之薄。

㊀《方言》：江湖凡大船曰舸。

㊁《爾雅》：水流沙石上曰瀨。《楚辭》：石瀨兮淺淺。鮑照《玩月》詩：娟娟似蛾眉。

㊂雨落江鳴，勢如懸瀑，寫景刻畫。蔡邕《霖雨賦》：懸長雨之霖霖。

㊃庾信詩：山寺響晨鐘。雲外，方弘静定爲雲磴。王嗣奭《杜臆》定爲雲徑。今依晉本作雲岸，與題相合。薛道衡詩：石濕曉雲濃。

㊄江總詩：名山極歷覽，勝地殊流連。趙曰：石堂，夔州佳處。烟是晨景，作偏字者少理會。

㊅古詩：柔櫓鳴深江。

㊆謝朓詩：含悽泛廣川。或以汝賢指鷗鳥，於别王之意不合。

漫成一首

鶴注：此是雲安發船下夔州時作。

江月去人只數尺，風燈照夜欲三更平聲㊀。沙頭宿鷺聯拳静一作起㊁，船尾跳平聲魚撥方割切。一作潑，一作跋**剌**力達切**鳴**㊂。四句，皆舟中夜景，各就一遠一近説。江月，謂江中。月影風燈，謂風檣掛燈。宿鷺静，岸邊所見。跳魚鳴，水中所聞。聯拳，群聚貌。撥刺，跳躍聲。

㊀梁劉瑗詩：月光移數尺，方知夜已深。

㊁謝莊《玩月》詩：水鷺足聯拳。

㊂謝靈運賦：魚水深而撥刺。錢箋：吴曾《漫録》：張衡《思玄賦》：彎飛弧之撥刺。注：撥刺，張弓聲。太白詩：「雙鰓呀呷鰭鬣張，跋刺銀盤欲飛去。」意與杜同，而以撥爲跋。

客堂

《杜臆》謂客堂與客居不同，繫之大曆元年夔州詩内。

憶昨離去聲**少**去聲**城，而今異楚蜀**㊀。**捨舟復**扶又切**深山，窅窕一林麓**。首叙行踪，此客堂所由居也。《杜臆》：客堂非前客居。客居前江後山，此云深山、林麓，見别是一所，當是移夔後作，故云「捨舟復深山」，與《遷居》詩「且就土微平」合。而栖泊雲安，乃追述往事。其云舊疾載來，言舟至夔州也。

㊀成都爲蜀，夔州爲楚。

棲泊雲安縣，消中内相毒。舊疾甘一作廿載一作戴，一作戰，一作再來㊀，衰年得無足一作得弱足，一作弱無足。死爲殊方鬼，頭白免短促。老馬終望雲㊁，南雁意在北。别家長子兩切兒女，欲起慚筋力。此叙客堂旅況。客居老病，縱死亦非夭折，但思鄉念切，無異老馬南雁耳。長兒女，作客已久。慚筋力，欲歸弗能矣。疾而曰甘，衰而曰足，蓋以不死爲幸也。

㊀《風俗通》：司徒祝恬道得温病，友人謝著不通，因載病而去。

㊁古詩：代馬思朔雲。

客堂序節改㊀，具物對羈束㊁。石暄蕨芽紫㊂，渚秀蘆笋緑㊃。巴鶯一作稼紛未稀，徼一作要麥早向熟。悠悠日動江，漠漠春辭木。此感客堂時景。節換物新，領下六句。朱注：鶯未稀而麥向熟，正春去夏來之時。次公云鶯當作稼，未然。

㊀後漢延篤書：昧爽櫛梳，坐於客堂。李義府詩：節序催難駐。

㊁崔融詩：具物昔未改。羈束，旅困也。

㊂陸璣《詩疏》：蕨，山菜，初生似蒜，莖紫墨色，可食如葵。謝靈運詩：野蕨漸紫苞。

㊃《爾雅注》：葭，一名蘆菼，一名亂。亂，或謂之荻。郭云：今江東人呼蘆笋爲虇。

臺郎選去聲才俊㊀，自顧亦已極。前輩聲名人，埋没何所得。居然綰章紱㊁，受性本幽獨。平生憩息地，必種數竿竹㊂。事業只濁醪，營葺但草屋。此憶成都往事。郎官本取才俊，得此爲極榮矣。彼前輩聲名，埋没不少，今何幸身綰章服乎，無如性喜幽獨，不耐供職而謝官耳。平生四句，即幽獨之興。《杜臆》：種竹、葺屋，亦追叙前事，非謂此客堂也。

㊀朱注：《漢官儀》：尚書郎，初從三署郎選，詣尚書臺試。每一郎闕，則試五人，先試牋奏，初入臺稱郎中，滿歲稱侍郎。孔融《薦禰衡表》：路粹、嚴象以異才擢拜臺郎。杜氏《通典》：龍朔二年，改尚書省爲中臺，後復爲尚書省，亦謂之省臺。

㊁章紱，謂所服緋魚。

㊂《晉書》：王子猷所居必種竹，自云不可一日無此君。申涵光曰：公之種竹，出自高人性情，非效子猷也。

上公有記者㊀，**累**上聲**奏資薄禄。主憂豈濟時，身遠彌曠職**㊁。**修**一作循**文廟算正**㊂，**獻可天衢直**㊃。**尚想趨朝廷，毫髮裨社稷。形骸今若是，進退委行色。**末思歸朝以報主也。自嚴公奏授一官，常以主憂爲念，惜乎身遠而職曠耳。今廟堂正直，欲還京以圖裨益，其如形骸衰罷何。進退兩難，徒委之行色而已。修文指君，獻可指臣。《杜臆》：《客居》傷世亂，《客堂》傷己病。「形骸今若是」，與「舊病甘載來」，首尾相應。此章，起四句，中八句，前後三段各十句。

㊀嚴武曾封鄭國公，故曰上公。記，謂記念舊交。

㊁《後漢·許后傳》：曠職尸官。

㊂《杜篤傳》：修文則財衍，行武則士要。《孫武子》：兵未戰而廟算勝者，得算多也。

㊃《左傳》：晏子曰：「君所謂可而有否焉，臣獻其否以成其可。君所謂否而有可焉，臣獻其可以成其否。」　曹植詩：閶闔開天衢。

引水

鶴注：大曆元年至夔州作。　魯訔曰：夔俗無井，以竹引山泉而飲，蟠窟山腹間，有至數百丈者。

月峽瞿唐雲作頂㊀，**亂石崢嶸俗無井**㊁。**雲安沽水奴僕悲，魚復移居心力省**㊂。**白帝城西萬竹蟠，接筒引水喉不乾**音干。**人生流滯生理難，斗水何直百憂寬**㊃。此爲夔俗引水而作也。　夔州取泉，勝於雲安沽水，但旅況艱難，一水未足以解憂耳。上下兩韻分截。

㊀《寰宇記》：三峽謂巫峽、巴峽、明月峽，惟明月峽在利州綿谷縣界。又云：明月峽，在渝州巴縣東八十里。《華陽國志》：巴郡江州縣有明月峽。即此。　《水經注》：江水又東逕廣溪峽，峽中有瞿唐、黃龕二灘，夏水迴復，泝沿所忌。　雲作頂，言地高接雲。

㊁鶴曰：夔與雲安有鹽井，而罕有鑿井汲泉者。　《酉陽雜俎》：雲安井，自大江泝別派凡三十里。近井十五里，澄清如鏡，舟楫無虞。近江十五里，皆灘石險惡，難於沿泝。天師翟乾祐於漢城山

上結壇考召，追命群龍，諭以灘波之險，使皆平之。一夕之間，風雷震擊，十四里盡爲平潭，惟一灘仍舊，龍亦不至。乾祐復嚴勑神吏追之，又三日，一女子至曰：「某所以不來者，欲助天師廣濟物之功耳。雲安之貧民，自江口負財貨至近井潭，以給衣食者衆矣。今若輕舟利涉，平江無虞，即貧民無傭負之所，絶衣食之路。余寧險灘波以贍傭負，不能利舟楫以安富商也。」乾祐善其言，使諸龍皆復其故，風雷頃刻，而長灘如舊。

㊂洙曰：《漢・地理志》：魚復，屬巴郡，古庸國。《左傳》：文十六年，魚人逐楚師。是也。《水經注》：江水又東逕魚復縣故城南，故魚國也。魚復，即唐奉節縣，屬夔州。白帝城，在夔州府治東五里。

㊃《莊子》：期斗升水之活。盧照鄰詩：賴此百憂寬。何直，言當不得寬憂也。

示獠魯皎切奴阿段

鶴注：前有《引水》詩，此亦同時所作。獠奴，公之隸人，以夔州獠種爲家僮耳。《困學紀聞》：《北史》：獠者，南蠻别種，無名字，以長幼次第呼之。丈夫稱阿謩、阿段，婦人稱阿夷、阿等之類，皆語之次第稱謂也。

山木蒼蒼落日曛，竹竿裊裊細泉分㊀。郡人入夜争餘瀝㊁，竪一作稚子尋源獨不聞。病渴三更平聲迴白首，傳聲一注濕青雲㊂。曾音層驚陶侃胡奴異，怪爾常穿虎豹群㊃。此爲獠童引泉而作也。上四引泉之事，下則泉至而喜。生注：争瀝不聞，而尋源則往，視世之狃小利而忽遠圖、避獨勞而諉公事者，其賢遠矣，故詩特表之。滔注：傳聲一注，狀其從高下注也。

㊀《詩》：籊籊竹竿。

㊁淳于髡曰：持酒於前，時賜餘瀝。

㊂温子昇詩：傳聲遞響何凄涼。張九齡《望瀑布》詩：灑流濕行雲。此詩「濕青雲」本之。

㊃西王母吟：虎豹爲群，烏雀與處。

顧炎武曰：子美久客四方，未必盡攜經史，一時用事不免有誤。陶侃胡奴，蓋謂士行有胡奴，可比阿段。胡奴乃侃子範小字，非奴也。或曰：當作陶峴胡奴。事見《甘澤謡》。

澤州陳冢宰廷敬曰：陶侃奴，見僞蘇注及劉敬叔《異苑》，薛夢符已辨其妄謬。然其事卒不知所出。舊有臆解：陶侃或是陶峴。峴，彭澤之孫，浮游江湖，與孟彦深、孟雲卿、焦遂共載，人號水仙。有崑崙奴名摩訶，善泅水，後峴投劍西塞江水，命奴取，久之，奴支體磔裂，浮於水上。峴流涕迴櫂，賦詩自叙，不復游江湖。峴既公同時人，其友又公之友，異事新聞故公用之耳。陶奴入水，卒死蛟龍，公奴入山，宜防虎豹，事相類。侃、峴音相近。但峴事僻，人因改作侃也。公嘗以時人姓名入詩，如李白、雲卿之類，又傳寫訛謬，如周顒作何顒之類。此説或亦可存。

上上聲白帝城

鶴注：此當是大曆元年初至夔州時作。　王彥輔曰：周魚復國，秦置巴郡，漢公孫述僭僞，更曰白帝城，唐改夔州。《十道志》：述稱白帝，以據西方，色尚白也。《荆國圖經》：白帝城，西臨大江，東南高二百丈，西北高一千丈。《水經注》：白帝山城，周迴二百八十步，北緣馬嶺，接赤岬山，其間平處，南北相去八十五丈，東西七十丈。又東傍瀼溪，即以爲隍。西南臨大江，瞰之眩目。唯馬嶺小差逶迤，猶斬山爲路，羊腸數轉，然後得上。《全蜀總志》：白帝城在夔州府治東五里，下即西陵峽口，大江淵騰澎湃，信楚蜀咽喉。　劉禹錫《夔州刺史廳壁記》：夔初城於瀼西，後周大總管龍門王述登白帝，嘆曰：「此奇勢可居。」遂移府於今治所，隋初楊素以越公領大總管，又張大之。

城峻隨天壁㈠，樓高望一作更**女牆㈡。江流思夏后㈢，風至憶襄王㈣。老去聞悲角，人扶報夕陽㈤。公孫初恃險，躍馬意何長㈥。**上四登城懷古，下四登城感時。　隨天壁，依山建城也。臨牆遥望，起下二句。　楊德周曰：提出夏禹、楚襄，便足壓倒公孫子陽，引出公孫躍馬，又足折倒崔旰之徒。妙在不直貶公孫，而譏刺見於言外，尤爲微婉。　黄生曰：老去、人扶，寫題中上字，正見作者登臨憑弔之概。若無五六，則題意不完，而詩人胸次眼光，俱不出矣。詩有悲角句，故知公孫當指崔旰也。《杜臆》：意何長，言雖負雄心而不能久據。

㈠天壁，謂壁高插天。宋之問詩：崖口衆山斷，嶔岑聳天壁。

㈡《釋名》：城上垣謂之女牆，言其卑小比之於城，如女子之於丈夫。《古今注》：女牆，城上小牆，亦名睥睨。

㈢郭璞《江賦》：巴東之峽，夏后疏鑿。《左傳》：見河洛者思禹功。

㈣《風賦》：楚襄王遊於蘭臺之宮，有風颯然而至，王乃披襟當之，曰：「快哉此風！」

㈤《詩》：度其夕陽。

㈥《後漢書》：公孫述，字子陽，更始時起兵討宗成、王岑之亂，破之，遂有蜀土，僭立爲帝，都成都，色尚白，改成都郭外舊倉爲白帝倉，築城於魚復，號曰白帝城。述立十二年，爲光武所滅。《蜀都賦》：臨谷爲塞，因山爲障，一人守隘，萬夫莫向。所謂恃險也。又云：公孫躍馬而稱帝。

上上聲白帝城二首

黄鶴編在大曆元年，蓋再登白帝城而作也，故云「一上一回新」。

江城含變態㈠，一上上聲一回新㈡。天欲今朝雨，山歸萬古春。英雄餘事業，衰邁久風塵。

取醉他鄉客㊂，**相逢故國人**㊃。**兵戈猶擁蜀**㊄，**賦斂强**丘兩切。一作尚**輸秦**㊅。**不是煩形勝**㊆，**深愁**一作慚**畏損神**。首章，咏白帝城。上四叙景，下八感懷。雨意含春，所謂變態一新也。公流落風塵，方與故鄉人飲酒登眺，忽見輸餉赴京者，不覺觸目生愁，因歎云我非厭煩此間形勝，特以愁來之故，怕損神而却步耳。公之關心民瘼如斯。《杜臆》：「英雄餘事業」，謂此世界英雄儘有事業可爲，惜以衰邁久混風塵耳，亦因形勝而作此語。兵戈，蜀有崔旰之亂。賦斂，京師經吐蕃故也。

㊀《楚辭》：觀南人之變態。

㊁何遜詩：一上一惆悵。

㊂唐高瑾詩：相看會取醉，寧知還路賒。

㊃庾信詩：誰言舊國人，到在他鄉別。

㊄《吴越春秋》：欲興兵戈以誅暴楚。

㊅劉向《新序》：晉文公曰：「孤多賦斂，重刑罰。」

㊆《劍閣銘》：形勝之地，非親勿舉。

盧世漼曰：此詩起四句，見天地之心，知雨暘之性，窮新舊之變，領山水之神，俱能朗朗寫出。余謂登高而閃道眼者此也。

《唐子西文録》：少陵秦中記行詩，如「江間饒奇石」，未爲極勝，到「暝色帶遠客」，則不可及已。《上白帝城》詩云「天欲今朝雨，山歸萬古春」，蓋絶唱也。予惠州詩亦云「雨在時時黑，春歸處處青」，又云

「片雲明外暗，斜日雨邊晴。山轉秋光曲，川長暝色横」，皆閒中所得句也。

其二

白帝空祠廟㈠，孤雲自往來。江山城宛轉㈡，棟宇客徘徊。勇略今何在㈢，當年亦壯哉。後人將酒肉，虚殿日塵埃。谷鳥鳴還過，林花落又開。多慚病無力，騎馬入青苔。次章咏白帝廟。上八廟中弔古，下四撫景自傷。公於先主、武侯説得英爽赫奕，千載如生。此云「勇略今何在，當年亦壯哉」，歎其隨死而俱泯也。《杜臆》：病無力，何足爲慚，亦對勇壯而云然耳。

㈠《方輿勝覽》：白帝廟，在奉節縣東八里舊城内。

㈡鮑照詩：宛轉燭迴梁。

㈢《馬援傳》：才明勇略，非人敵也。

陪諸公上上聲白帝城頭一作樓宴越公堂之作

鶴注編在大曆元年春晚作。原注：越公，楊素也，有堂在城上，畫像尚存。李貽孫《夔州都督府記》：白帝城東南斗上二百七十步，得白帝廟。又有越公堂，在廟南而少西，隋越公素所建，奇構隆敞，内無撐柱，夐視中脊，邈不可度，五逾甲子，無土木之隙，見其人之瓌傑也。朱注：詩言杜穿、棧缺，而記云「無土木之隙」，疑記語未足信。

此堂存古制一作製，**城上俯江郊**㈠。**落構垂雲雨，荒階蔓草茅。柱穿蜂溜蜜，棧缺燕添巢**㈡。上詠越公堂景。落構，屋簷頹落。垂雲雨，言其高。蔓草茅，言其荒。蜂溜蜜，春氣融。燕添巢，新入堂也。

㈠鮑照詩：江郊靄微明。

㈡朱注：閣木曰棧。

坐接春杯氣，心傷艷蕊梢。英靈如過隙㈠，**宴衎願投膠**㈡。**莫問東流水**一作水清淺，**生涯未即拋**。下詠陪宴情事。艷蕊易謝，起英靈過隙。宴衎投膠，當及春歡飲。生涯未拋，不能舍夔州而東下也。　此章，上下各六句。

㈠《莊子》：人生天地間，若白駒之過隙。

㈡《詩》：嘉賓式燕以衎。　古樂府：以膠投漆中，誰能別離此。

白帝城最高樓

鶴注：此亦大曆元年作，題曰最高樓，則非前所賦白帝城樓與白帝樓也。

城尖徑仄舊作昃，非。一作翼旌旆愁，獨立縹緲之飛樓㊀。峽坼雲霾龍虎卧一作睡㊁，江清日抱黿鼉遊。扶桑西枝對一作封斷石，弱水東影隨長流㊂。杖藜歎世者誰子㊃？泣血迸空回白頭㊄。首寫樓高，次聯近景，三聯遠景，皆獨立所想見者。末乃感慨當世。尖，城角也。徑，步道也。旌旆亦愁，言其高而且險也。韓廷延云：雲霾坼峽，山水盤拏，有似龍虎之卧。日抱清江，灘石波蕩，恍如黿鼉之遊。與「江光隱見黿鼉窟，石勢參差烏鵲橋」同一句法，皆登高臨深，極形容疑似之狀耳。朱注：峽之高，可望扶桑西向。江之遠，可接弱水東來。與「朱崖著毫髮，碧海吹衣裳」同義。

㊀《海賦》：神仙縹緲。

㊁庾信詩：暗石疑藏虎，磐根似卧龍。

㊂曹植詩：「東觀扶桑曜，西臨弱水流。」是正言東西也。此詩「扶桑西枝」，是就東言西；「弱水東影」，是就西言東。《山海經》：大荒之中，暘谷，上有扶桑，十日所浴，居水中。有大木，九日居下枝，一日居上枝。《禹貢》：弱水既西。《淮南子》：弱水自窮石。注：窮石，在張掖北，其水弱不能出羽。

㊃阮籍詩：所憐者誰子。

㊄丁儀《寡婦賦》：涕流迸以琳琅。字書：迸，散走也。

王嗣奭曰：此詩真作驚人語，是緣憂世之心發之，以自消其壘塊。歎世二字，爲一章之綱。泣血迸空，起於歎世。以迸空寫高樓，落想尤奇。

黄生曰：城尖徑仄，與花近高樓，寓慨一也。花近高樓，以傷心而直陳其事。城尖徑仄，以泣血而微見其辭。直陳其事，不失和平温厚之音。微見其辭，翻成激楚悲壯之響。若以本集較之，花近高樓，正聲第一。城尖徑仄，變聲第一。又曰：拗律本歌行變體，故次句得用之字。「鄭縣亭子澗之濱」亦然。

東自扶桑，西及弱水，所包世界甚闊，故下有歎世句。

武侯廟

鶴注：此指夔州之廟，故云「空山草木長」，當是大曆元年作。張震《武侯祠堂記》：唐夔州治白帝，武侯廟在西郊。張溍曰：此處兩絶句，足盡武侯一生心事。

遺廟丹青落一作古㊀，**空山草木長**㊁。**猶聞辭後主**㊂，**不復**扶又切**卧南陽**㊃。上二詠廟，下二武侯。朱注：此詩後二語，人無解者。武侯爲昭烈驅馳，未見其忠，惟當後主昏庸，而盡瘁出師，不復有歸卧南陽之意，此則雲霄萬古者耳。曰猶聞者，空山精爽，如或聞之也。

㊀王逸《魯靈光殿賦》：託之丹青。

㊁陶潛詩：孟夏草木長。

㊂《蜀志》：後主建興五年，亮率諸軍北駐漢中，臨發上表。

㊃又：徐庶謂先主曰：「諸葛孔明，卧龍也，將軍豈願見之乎？」《蜀志注》：《漢晉春秋》云：亮家於南陽之鄧縣，在襄陽城西二十里，號曰隆中。《荆州圖副》云：鄧城舊縣西南一里，隔沔有諸葛亮宅，是漢昭烈三顧處。一曰：南陽是襄陽墟名，非南陽郡也。

八陣圖

鶴注：此當是大曆元年初至夔州時作。《寰宇記》：八陣圖，在奉節縣西南七里。《荆州圖副》云：永安宫南一里，渚下平磧上，有孔明八陣圖，聚細石爲之。各高五尺，廣十圍，歷然棋布，縱横相當，中間相去九尺，正中開南北巷，悉廣五尺，凡六十四聚。或爲人散亂，及爲夏水所没，冬時水退，復依然如故。

功蓋三分國㊀，名成八陣圖㊁。江流石不轉㊂，遺恨失吞吴㊃。江流石不轉，此陣圖之垂名千載者。所恨吞吴失計，以致三分功業，中遭跌挫耳。下二句，用分應。《東坡志林》：嘗夢子美謂僕：「世人多誤會吾《八陣圖》詩，以爲先主武侯欲與關公報仇，故恨不能滅吴，非也。吾意本謂吴蜀脣齒之國，不當相圖。晉之能取蜀者，以蜀有吞吴之志，以此爲恨耳。」朱注：史：昭烈敗秭歸，諸葛亮曰：「法孝直若在，必能制主上東行。就使東行，必不傾危。」觀此，則征吴非孔明意也。子美此詩，正謂孔明不能止征吴之舉，致秭歸挫辱，爲生平遺恨。東坡之説殊非。劉逴曰：孔明以蓋世奇才，制爲江上陣圖，至今不磨。使先主能用其陣法，何至連營七百里，敗績於猇亭哉！欲吞吴而不知陣法，是則當時之遺恨也。今按下句有四説：以不能滅吴爲恨，此舊説也。以先主之征吴爲恨，此東坡説也。不能制主上東行，而自以爲恨，此《杜臆》、朱注説也。以不能用陣法，而致吞吴失師，此劉氏之説也。

㈠《蒯通傳》：功蓋天下者不賞。《出師表》：今天下三分，益州罷弊。

㈡樂毅書：早知之士，名成而不毀。舊注：陣勢八：天、地、風、雲、飛龍、翔鳥、虎翼、蛇盤也。

湛方生詩：盼江流兮洋洋。

㈢《詩》：我心匪石，不可轉也。

㈣《後漢・王常傳》：死無遺恨。《蜀志》：郤正《釋譏》：吞嚼八區。吴見思論云：末句作「遺恨在吞吴」，文意自明，舊作「失吞吴」，似費解。

附考：《東坡志林》：諸葛造八陣圖於魚復平沙之上，壘石爲八行，相去二丈。桓温征譙縱，見之曰：「此常山蛇勢也。」文武皆莫識。吾常過之，自山上俯視百餘丈，凡八行，爲六十四蕝，蕝正圜，不見凹凸處，如日中蓋影，及就視，皆卵石漫漫不可辨，甚可怪也。

劉禹錫《嘉話録》：夔州西市，俯臨江沙，下有諸葛亮八陣圖，聚石分布，宛然猶存。峽水大時，三蜀雪消之際，澒涌滉瀁，大木十圍，枯槎百丈，隨波而下。及乎水落川平，萬物皆失故態，諸葛小石之堆，標聚行列依然，如是者近六百年，迨今不動。

《成都圖經》：武侯八陣有三：在夔者六十有四，方陣法也。在彌牟鎮者，二十有八，當頭陣法也。

在棋盤市者，二百五十有六，下營陣法也。

永嘉薛氏云：武侯之圖，可見者三：一在沔陽之高平舊壘，一在廣都之八陣鄉，一在魚復永安宫南江灘水上。在高平者，自酈道元已言傾褫難識。在廣都者，隆土爲基，魁以江石，四門二首，六十四魁，八八成行，兩陣俱立，陣周四百七十二步，其魁百有二十。在魚復者，因江爲勢，積石憑流，前蔽壁門，後依却月，縱横皆八，魁間二丈，偃月内面，九六鱗差。廣都舊無聞焉，惟見於李膺《益州記》。其言魁行皆八，財舉其半。趙抃《成都記》稱耆老之説云：爲江石兵數魁，應六十四卦，則知兩陣二首之意，以體乾坤門户，法象之所由生也。然其陣居平地，束於門壁，營陣之法具，而奇正之道藴。魚復陣於江路，因水成形，七八以爲經，九六以爲緯，體方於八陣，形圓於却月。壁門可以觀營陣之勢，却月可以識奇正之變。故雖長江東注，夏流湍駛。轟雷奔馬，不足以擬其勢；回山卷石，不足以言其怒。峩峩八陣，實激其衝，歷年千數，未嘗回撓。故桓温以爲常山之蛇，杜甫偉其江流而不轉也。

王昱曰：陣勢八：二革二金爲天，三革三金爲地，二革三金爲風，三革二金爲雲，四革三金爲龍，三革四金爲虎，四革五金爲鳥，五革四金爲蛇。

曉望白帝城鹽山

鶴注謂大曆元年春作，蓋以二年之春公已遷居赤甲矣。《杜臆》：詩題當作「白帝城曉望鹽山」。《水經注》：廣谿峽，乃三峽之首，其間三十里，頹巖倚木。山上有神淵，淵北有白鹽崖，高可千餘丈，俯臨神淵，土人見其高白，故因名之。《方輿勝覽》：白鹽山，在州城東十七里。

徐步攜斑杖㊀，看平聲山仰白頭。翠深開斷壁，紅一作江遠結飛樓㊁。日出清一作寒江望㊂，暄和散旅愁㊃。春城見松雪㊄，始擬進歸舟㊅。上四曉望之景，下四望中之興。壁切山，樓切城，皆仰頭所見者。斷壁開處，見其深翠。飛樓結處，見其遠紅。此用倒裝法。《杜臆》：城中見日初出，從清江而望此山，兼以日氣暄和，真足散旅人之愁。旅人以即次爲安，謂其堪卜居也。春城焉得有雪，亦謂鹽山似之。見此佳景而始擬進舟，有不忍恝然之意。後《入宅》詩云「斷崖當白鹽」，又《移東屯》云「白鹽危嶠北」，公蓋眷眷於此山矣。此詩上四句整對，下四句散行，與《早花》詩同屬變化之格。

㊀斑杖，斑竹杖也。梁溉到有《贈任新安斑竹杖》詩。

㊁隋煬帝詩：飛樓倚觀軒若鶩。

㊂《杜臆》：地志：白鹽山有夷溪，夷水出焉，水色清照十丈，名爲清江。

㊃申涵光曰：「暄和散旅愁」，是客中情事，此與「陽和不散窮愁恨」各有妙理。

㊄顔延之詩：山明見松雪。

㊅歸舟本擬出峽，今盼望鹽山而特進舟也。謝朓詩：天際識歸舟。

灧澦堆

鶴注：此當是大曆元年作，時崔旰未寧，故云干戈解纜。《寰宇記》：灧澦堆，在夔州之西，蜀江中心。夏水漲，半没，冬水淺，出二十餘丈。

巨石一作積水中央㊀，江寒出水長。沉牛荅雲雨㊁，如馬戒舟航㊂。天意存傾覆音福㊃，神功接混茫㊄。干戈連解纜㊅，行止憶垂堂㊆。上六咏堆，下二叙懷。舟人過此，必沉牛以祭者，蓋見堆溺如馬，而有戒心耳。此皆天意所在，欲使行舟者知所傾覆，故造物神功，特留此石以接於混茫水中也。連解纜，自成都雲安而下至夔州。《杜臆》：行則憂險，止則憂亂，皆有垂堂之慮。

㊀《高唐賦》：巨石溺溺之瀺灂兮。

㊁公詩云「起檣必椎牛」，可證沉牛爲行舟而設。《子虛賦》：沉牛麈麋。注：沉牛，水牛也。此借用其字，但義亦相通。水牛所以稱沉牛者，以其喜入水也。公《靈湫》詩：曾祝沉豪牛。《祭法》：山林川谷丘陵，能出雲雨見怪物者，皆曰神。《水經注》：廣溪峽中瞿塘灘，上有神廟，至靈驗，商旅上下，饗薦不輟。

㊂世説：灧澦如象，瞿唐莫上。灧澦如馬，瞿唐莫下。峽人以此爲水候。《淮南子》：託於舟航

之上。

㊃後漢鄧陟疏：追觀前世傾覆之誡。

㊄魏收詩：導水偪神功。《春秋繁露》：水則源泉，混混茫茫，晝夜不竭。

㊅何遜詩：解纜及朝風。

㊆謝惠連詩：如何阻行止。《袁盎傳》：千金之子，坐不垂堂。

黄生曰：此詩，天道神靈，人事物理，貫穿爛熟，又説得玲瓏宛轉，自非腹笥與手筆兼具者，不能道隻字。俯視三唐，獨步千古，誠非偶然。

李祥長曰：少陵夔蜀山水詩：在劍閣以前皆五古，在瞿唐以後多五律，各盡山水之奇。每讀一句，令人如目見山水，而又得山水之所以然，總由源本深厚，窺見廣大意，無有窮極耳。

老病

鶴注：詩云「老病巫山裏」，當是大曆元年夔州作。蓋是年春晚，方自雲安還夔州。

老病巫山裏㊀，稽留楚客中㊁。藥殘他日裏，花發去年叢。夜足霑沙雨，春多逆水風。合分雙賜筆㊂，猶作一飄蓬。老病、稽留，意用雙提。藥殘句，承老病。花發句，承稽留。夜雨逆風，難於出峽，故有飄蓬之歎。往日藥裹，今用之已殘。去年叢枝，當春而花發。舊注謂公兩經花放者，非。公自去年秋，方至雲安也。合，猶當也。

㈠《後漢書》：太原閔仲叔，家居安邑，老病家貧。

㈡《焦氏易林》：行者稽留。

㈢賜筆，見十四卷赤管注。沈佺期詩：惠移雙賜筆，恩降五時衣。

《隨筆》云：白樂天詩：「巫山暮足霑花雨，隴水春多逆浪風。」此全用杜句，但變五字爲七言耳。按：杜云「曉看紅濕處」，又云「湖日蕩船明」。陸放翁詩則云：「猩紅帶露海棠濕，鴨緑平隄湖水明。」用濕明二字於句尾，先冠猩紅鴨緑於句頭，以己意鎔鍊前人語，愈增壯麗。

近聞

《唐書》：永泰元年十月，郭子儀與回紇定約，共擊退吐蕃，時僕固名臣及党項帥皆來降。大曆元年二月，命楊濟修好吐蕃。吐蕃遣首領論泣陵來朝，此詩蓋記其事。

近聞犬戎遠遁逃㈠，**牧馬不敢侵臨洮**㈡。**渭水逶迤白日静，隴山蕭瑟秋雲高。崆峒五原亦無事，北庭數**音朔**有關中使**去聲㈢。**似聞贊普更求親**㈣，**舅甥和好**去聲**應**平聲**難棄**㈤。此詩，記吐蕃之修好也。　渭水、隴山，内地清静。崆峒、五原，邊外宴寧。北庭使至吐蕃通和也。　鶴注：《通鑑》與新舊史皆云：永泰元年三月庚戌，吐蕃請和。詔宰臣元載、杜鴻漸與吐蕃使，同盟於唐興寺。而不載請和之辭，意是復來求親，而史失之。

㊀《漢書》：匈奴聞漢兵大出，老弱奔走，驅畜産遠遁逃。

㊁賈誼《過秦論》：胡人不敢南下而牧馬。　鶴注：臨洮，唐郡名，而岷州亦有臨洮，皆屬隴右。《舊史》：寶應元年十二月，吐蕃陷臨洮。

㊂《通鑑》：廣德元年十二月，入大震關，盡取隴右之地，京兆有渭南縣。《唐志》：隴山，在渭州西南。　隴山有六盤關，西北五里有吐蕃會盟壇。　崆峒，占原州、岷州。　五原，謂鹽州也。　《唐書》：鹽州五原郡，屬關内道。《元和郡縣志》：五原者，龍游原、乞地千原、青嶺原、岢嵐貞原、横槽原。　朱注：地志：崆峒有三，此與五原並舉，當指在平涼者言之。　五原，今榆林地，直長安西北，與靈州接壤。　先是僕固懷恩自靈州合吐蕃、回紇入寇，今吐蕃敗走，故崆峒、五原皆無事也。

《通鑑》：北庭節度，統瀚海、天山、伊吾三軍，屯伊西二州境。

㊃薛夢符曰：《吐蕃傳》：其俗謂强雄者曰贊，丈夫曰普，故號君長曰贊普。

㊄《唐書》：貞觀十五年，文成公主下降吐蕃。　景龍二年，金城公主復降吐蕃。　開元二年，贊普乞和親，上書言許與通聘，即日舅甥如初。

負薪行

鶴注：此及下章，當是大曆元年，初至夔州時，見其習俗而作。《史·滑稽傳》：負薪而食。

夔州處上聲**女髮半華**㈠**，四十五十無夫家。更遭喪**去聲**亂嫁不售**㈡**，一生抱恨長**一作堪**咨嗟。**此傷夔女之愆期不嫁者。《杜臆》：喪亂嫁不售，蓋男子陣亡，無娶者。

㈠《白帖》：處女，室子也。

㈡《類苑》：無鹽女，姓鍾離，名春，貌醜嫁不售。

土風坐男使女立㈠**，男**一作應**當門户**《英華》作應門當户**女出入**㈡**。十有**一作猶**八九負薪歸，賣薪得錢應**一作當**供給。至老雙鬟**一作環**只垂頸，野花山葉銀釵並**㈢**。筋力登危集市門**㈣**，死生射**音石**利兼鹽井**㈤**。**此備叙夔女之苦。《杜臆》：登危採薪，集市賣錢，以供給一家，且不顧死生，而兼負鹽井，其勞苦極矣。然野花山葉，比於銀釵，則當之者以爲固然而忘其苦矣，此尤可悲也。

㈠陸機詩：土風清且嘉。

㈡傅玄《豫章行》：男兒當門户，墮地自生神。古詩：健婦持門户，亦勝一丈夫。

㊂《吴越春秋》：鬻薪之女。　陸游《入蜀記》：峽中負物賣，率多婦人，未嫁者爲同心髻，高二尺，插銀釵至六隻，後插象牙梳如手大。

㊃《抱朴子》：登危涉險。

㊄《蜀都賦》：乘時射利，財豐巨萬。

面妝首飾雜啼痕，地褊衣寒困石根。若道去聲**巫山女粗醜，何得北**一作此**有昭君村**㊀。此見其形容困悴而爲憫惜之辭。　鶴注：《負薪行》言夔州之女，故以昭君村結之。　依詩三韻，分爲三段。

㊀錢箋：《寰宇記》：歸州興山縣，有王昭君宅，即此邑人也，故曰昭君之縣。村連巫峽，香溪在邑界，即昭君所遊。《方輿勝覽》：歸州東北四十里，有昭君村。《琴操》云：昭君死塞外，鄉人思之，爲之立廟。廟有大柏，又有擣練石在廟側溪中，今香溪也。廟屬巫山縣。

最能行

《杜臆》：劉須溪以最能爲水手之稱，良是。

峽中丈夫絶輕死，少在公門多在水㊀。**富豪有錢駕大舸**加我切㊁，**貧窮取給行艓**音葉**子**㊂。

此譏夔人之冒險趨利者。　少公門，不爲胥吏。　多在水，唯習行舟。

㊀《東觀漢記》：吴漢勤勤，不離公門。《文選注》：公門，職事之門也。

㊁《方言》：南楚江湖湘，凡船大者謂之舸。

㊂朱注：杜田《補遺》：艓，小舟名，言輕如葉也。《切韻》、《玉篇》並不載。　按王智深《宋記》：司空劉休範舉兵，潛作艦艓。　戴暠《釣竿》詩：「蕖花裝小艓。」公用字所本。

小兒學問止《論平聲**語》**㊀**，大兒結束隨商旅。　欹帆側柁入波濤，撇漩**去聲。一作旋**捎濆**音奮**無險阻**㊁**。　朝發白帝暮江陵**㊂**，頃來目擊信有徵。　瞿唐漫天虎鬚**一作眼**怒**㊃**，歸州長**子兩切**年行**一作與**最能**㊄。　此備言在水能事。　欹帆二句，言操舟習熟。　朝辭二句，言行舟神速。　歷瞿唐虎鬚而無恙，故以最能見稱。　《杜臆》：小兒、大兒，不作兩人説，言其自幼而長也。

㊀《通鑑・隋紀》：蔡王智積有五男，止教讀《論語》、《孝經》，不令交通賓客。　吴注：《顔氏家訓》：雖百世小人，知讀《論語》、《孝經》者，尚爲人師。

㊁《江賦》：漩澴滎瀯，漗瀼濆瀑。　李善曰：皆波浪回旋噴湧而起之貌。　舊注：撇，拂也，與擎同。捎，摇也。　於漩則撇，於濆則捎。　王周《峽船具詩序》：峽中湍浚激石忽發者，謂之濆。　淹洑而漩者，謂之腦。　李實曰：今川語，漩、濆皆去聲，撇猶過，捎者用梢撥之而度。　左峴曰：蜀諺云：濆起如屋，漩下而井，蓋濆高湧而中虚，漩急轉而深没。　濆可避，漩不可避。　行舟者遇漩則撇開，遇濆則捎過也。

㊂盛弘之《荆州記》：朝發白帝，暮到江陵。其間千二百里，雖乘奔御風，不以疾也。《杜臆》：朝發白帝，暮到江陵。此本庾信。

㊃《水經注》：江水又經虎鬚灘，灘水廣大，夏斷行旅，又東逕羊腸虎臂灘。《全蜀總志》：虎鬚潭，在夔州府治西。

㊄《宋景文筆記》：蜀人謂舵師爲長年三老。《入蜀記》：長年三老，梢工是也。

此鄉之人器一作氣**量窄**㊀**，誤競南風疏北客**㊁**。若道**去聲**士**一作土**無英俊才，何得山有屈原宅**㊂**。**此因人情澆薄，而致激厲之語。鶴注：《最能行》傷夔州之男，故以屈原宅結之。此亦用三韻，次段却兼兩韻。

㊀《水經注》：袁山松曰：「歸鄉山秀水清，故出儁異。地險流絶，故其性亦隘。」

㊁《左傳》：南風不競。地主恃强，故疏慢北客。

㊂《水經注》：秭歸縣，故歸鄉縣，北一百六十里，有屈原故宅，累石爲屋基，今其地曰樂平里。宅之東北六十里有女嬃廟，擣衣石猶存。

王嗣奭曰：二詩，爲夔州風俗惡薄而發，末引昭君、屈原，又爲夔人解嘲，筆端遊戲如此。

寄韋有夏郎中

黄鶴編在大曆元年夔州詩内。潘淳曰：顔魯公《東方朔碑》陰有朝城主簿韋有夏，殆斯人耶？

省郎憂病士，書信有柴胡。飲子頻通汗㈠，懷君想報珠㈡。親知天畔少㈢，藥餌一作味峽中無㈣。歸楫生衣卧，春鷗洗翅呼。猶聞上上聲急水，早作取平塗。萬里皇華使去聲㈤，爲僚記腐儒㈥。上四謝韋來書，中四卧峽思歸，下則待韋於夔州也。王洙曰：蜀本産藥，峽俗信禱祠而不服藥，故藥味常少。《杜臆》：楫生水衣，而猶卧波，乃春鷗洗翅，若欲呼我去矣。兩句自爲照應。急水，謂峽江。平塗，謂夔州。皇華指韋，腐儒自謂。爲僚，同爲省郎也。

㈠古人稱湯藥爲飲子。孫真人有甘露飲子，此詩指柴胡飲子也。柴胡性能發汗。

㈡王融詩：懷君首如疾。《四愁詩》：何以報之明月珠。

㈢謝朓詩：浩蕩别親知。

㈣師氏曰：夔峽間多險阻，唯州中稍平。公詩云：「林中纔有地，峽外更無天。」

㈤《詩》：皇皇者華。注：君遣使臣也。

㈥《左傳》：同官爲僚。

師氏注：仇池翁云：沈佺期《回波詞》：「姓名雖蒙齒録，袍笏未服牙緋。」少陵以飲子對懷君，亦齒録、牙緋之比也。又《古今詩話》云：古之文章，自應律度，未嘗以音韻爲主。自沈約增崇韻學之後，詩家體製漸多，始有蹉對、假對、雙聲、疊韻之類。如「自朱邪之狼狽，致赤子之流離」，赤對朱，邪對子，狼狽、流離乃獸名對鳥名也。

峽中覽物

鶴注：當是大曆元年在夔州作。　邢劭詩：覽物惜時形。

曾音層爲掾吏趨三輔㈠，憶在潼關詩興去聲多㈡。巫峽忽如瞻華去聲嶽，蜀江猶似見黄河。舟中得病移衾枕，洞口經春長子兩切薜蘿㈢。形勝有餘風土惡㈣，幾時回首一高歌。此公在峽而思鄉也。上四追憶華州，下四峽中有感。　向貶司功，而詩興偏多，以華嶽、黄河足引壯思也。今峽江相似，而卧病經春，無復前此興會矣。蓋此間形勝雖佳，風土殊惡，幾時得回首北歸，仍動長歌之興乎？　題曰「覽物」，指山水言。舟中承江，洞口承峽。形勝在此，風土亦在此。　移衾枕，捨舟登岸也。

㈠趙曰：公曾爲華州司功，故曰掾吏。　三輔，京兆、扶風、馮翊也。　華屬扶風。

㈡希曰：潼關在華陰縣，即桃林之塞，華嶽在其地，黄河亦經華而東。

㈢庾信《枯樹賦》：横洞口而傾卧。　謝靈運詩：想見山阿人，薜蘿若在眼。　陳允錫注：洞口，五溪之口。

㈣風，謂其俗雜夷。　土，謂其地多瘴。　後漢唐羌疏：南州土惡。

杜詩：「巫峽忽如瞻華嶽，蜀江猶似見黄河。」此在峽而憶華州也。白樂天《九江春望》詩云「鑪烟豈異終南色，盆草寧殊渭北春」，蘇子瞻《横翠閣》詩云「已見西湖懷濯錦，更看横翠憶峨嵋」，其句意皆本於少陵。

朱瀚曰：初聯語平。巫峽、華嶽，首尾癡肥。忽如、猶似，襯筆庸滑。瞻、見二字，不免合掌。第五似病呈，移字亦晦。洞口指何地，未明。七八句，亦近庸率。斷非少陵真筆。

杜詩：「巫峽忽如瞻華嶽，蜀江猶似見黄河。」元范德機云：「黄河東去從天下，華嶽西來拔地高。」覺杜平板而范流動矣。杜詩：「江間波浪兼天湧，塞上風雲接地陰。」宋朱淑真云：「水光激浪高翻雪，風力吹沙遠漲烟。」其峭拔驚奇，亦堪步趨少陵矣。

憶鄭南

梁氏編在大曆元年。朱注：舊作《憶鄭南玭》。玭，蒲眠切，珠名。吴若注：玭，疑作玼，音泚，玉色鮮潔也。按：鄭南，華州鄭縣之南，詳詩意只是憶鄭南寺舊遊耳。趙云：師民瞻削去玭字，草堂本作《憶鄭南》。

鄭南伏毒寺舊作守，趙定作寺㈠，瀟灑到江心。石影銜珠閣，泉聲帶玉琴㈡。風杉曾音層曙倚，雲嶠憶春臨㈢。萬里蒼茫一作滄浪外一作水，龍蛇只自深。上四憶寺中之景，下傷舊遊難得也。寺在江中，故氣象瀟灑。珠閣，閣有珠簾。玉琴，泉響若琴。遠注：峽水蒼茫，徒爲龍蛇深窟，不似鄭南江心之瀟灑，此句迴應。

㊀蔡曰：伏毒寺，在華州鄭縣。《劉禹錫別集》云：舅氏牧華州，前後由華覲謁，陪登伏毒寺，曾題詩於梁云：「曾作關中客，頻經伏毒巖。晴烟沙苑樹，曉日渭川帆。」

㊁陸機詩：飛泉漱鳴玉。江淹《去故鄉賦》：撫玉琴兮何親。

㊂雲嶠，注見本卷。

贈崔十三評事公輔

單復編在大曆元年，今姑仍之。題云「評事」，而篇中言羽林，言入幕，崔蓋先爲評事，繼膺幕僚，後以元戎之薦，補羽林軍職也。張遠注：評事爲公諸舅之子，題下疑脱弟字。

飄飄一作飄飄**西極馬，來自渥洼池**㊀。**颯飄**似立切**寒**一作定，一作鄧**山桂**㊁，**低徊風雨枝。我聞龍正直，道屈爾何爲。且有元戎命，悲歌識者知**一作誰。從崔叙起。馬來渥洼，比崔之才俊。桂摧風雨，比崔之困抑。龍屈當伸，而元戎見知。言崔之遭遇，三用比喻，意各不同。《杜臆》：元戎不記其名，蓋薦崔使教練羽林者。悲歌，謂崔有憂世之心。

㈠《漢・禮樂志》：天馬來，從西極。　漢郊祠歌：馬生渥洼水中。

㈡《唐韻》：颯飄，大風也。　謝靈運《入華子崗》詩：南州實炎德，桂木凌寒山。

官聯辭冗長去聲㈠，**行路徙**一作洗**欹危。脱劍主人贈**㈡，**去帆春色隨。陰沉鐵鳳闕**㈢，**教練羽林兒**㈣。此送崔還朝。辭冗長，離散職。徙欹危，將出峽。贈在元戎，去指評事。鳳闕，謂宮殿。羽林，乃衛士。　朱注：評事掌出使推按，不爲冗官。此云「官聯辭冗長」，下云「教練羽林兒」，蓋崔自外僚徵入朝，爲羽林幕職。評事恐是兼官，或先曾以評事貶斥者。

㈠《申屠嘉傳》：冗官居其中。師古曰：冗，散輩也。《文賦》：固無取乎冗長。鄭曰：長，直亮切。

㈡《吴越春秋》：伍子胥解劍贈漁父。

㈢《文心雕龍》：天高氣清，陰沉之氣遠。　《漢書》：建章宮，東則鳳闕，高二十餘丈。《西都賦注》：圓闕上作鐵鳳凰，令張兩翼，舉頭敷尾。陸倕《石闕銘》：銅雀鐵鳳之工。

㈣《漢・宣帝紀》：羽林孤兒。注：天有羽林星，林喻若林木之盛，羽有羽翼鷙擊之意，故以名武官焉。《百官表》：取從軍死事者之子養羽林，官教以五兵，號曰羽林孤兒。

天子朝音潮**侵早，雲臺仗數**音朔**移。分軍應**平聲**供給，百姓日支離。黠吏因封己**㈠，**公才或守雌**㈡。此則有慨時事。　《杜臆》：朝侵早，世亂多事。仗數移，乘輿播遷。供給，謂軍需之急。支離，謂民力已罷。封己，有害於民者。守雌，無益於民者。二語説盡官曹之弊。公才，泛言在位者，不指崔君。

㈠《國語》：叔向曰：「引黨以封己。」注：封，厚也。《晉書》：孔愉有公才而無公望。

㈡《老子》：知其雄，守其雌。

燕平聲**王買**一作賈**駿骨**㈠，**渭老得熊羆**㈡。**活國名公在**㈢，**拜壇群寇疑**㈣。**冰壺動瑶碧**㈤，**野水失蛟螭**。此謂元戎得以靖亂。駿骨、熊羆，言主帥能用崔。名公，即指元戎。群寇驚疑，則國多全活矣。冰壺句，言將令肅清。野水句，言餘孽銷除。

㈠《戰國策》：涓人爲君求千里馬，馬已死，買其骨五百金，返以報，君大怒。涓人曰：「死馬且買之，況生馬乎？」不三年，千里馬至者三。

㈡渭老熊羆，注見三卷。

㈢《南史》：王廣之子珍國，爲南譙太守，高帝手敕云：「愛人活國，甚副吾意。」

㈣拜壇，用漢高拜韓信事。

㈤遠注：冰壺，即冰雪静聰明意。鮑照詩：清如玉壺冰。

入幕諸彦集一作聚㈠，**渴賢高選**去聲**宜**㈡。**騫騰坐可致**㈢，**九萬起於斯**㈣。**復**扶又切**進出矛戟**㈤，**昭然開鼎彝**㈥。此謂崔公能顯功業。《杜臆》：崔蓋先入幕而後被薦引也。騫騰二句，比其名位之遠大。復進，再陞遷也。矛戟謂專閫，鼎彝謂勒功，此又望其將來也。

㈠鮑照《别賦》：捨金閨之諸彦。

㈡《孔叢子》：子思對魯穆公曰：「君若饑渴待賢，納用其謀。」《潘岳傳》：楊駿輔政，高選吏佐。

㊂《孟子》：可坐而致也。

㊃《莊子》：摶扶摇而上者九萬里。

㊄《世説》：見鍾士季如觀武庫，但覩矛戟。

㊅任昉序：功銘鼎彝。

會看平聲**之子貴，歎及老夫衰。豈但江曾**音層**決**㊀**，還思霧一披**㊁**。暗塵生古鏡**㊂**，拂匣照西施。舅氏多人物**㊃**，無慚困翮垂。**末贈别而致稱羡之意。昔聽崔談論，如懸河之注。今想其丰采，如披雲見天。其先屈而後伸，又如拭塵照面矣。舅氏之門，多材如此，亦何慚困抑乎，末蓋幸之也。此亦三用比喻，與起處相應。此章，首尾各八句，中四段各六句。

㊀《莊子》：決西江之水而活汝。

㊁《世説》：衛瓘見樂廣曰：「若披雲霧覩青天。」

㊂鮑照詩：明鏡塵匣中。

㊃《杜臆》：舊注皆以崔爲公舅氏，今詩中稱崔爲之子，自稱爲老夫，其非甥舅可知。後有《毒熱簡崔評事十六弟》詩，亦自稱老夫，而稱崔爲内弟。又知二評事皆公中表，以生於舅家，故云「舅氏多人物」耳。

奉寄李十五秘書文嶷二首

鶴注：當是大曆元年夏在夔州作。

避暑雲安縣㈠，**秋風早下**去聲**來**。**暫留**刊作之**魚復浦**，**同過楚王臺**㈡。**猿鳥千崖窄**，**江湖萬里開**。**竹枝歌未好**㈢，**畫舸莫**陳作且**遲**一作輕**回**㈣。此章，望李至夔，乃寄詩本意。李往雲安，公在魚復，約其下來留浦，同過臺而出峽也。千崖窄，指峽中。萬里開，望荆門。朱注：莫遲回，促其早至而出峽。

㈠張正見詩：林光稱避暑。

㈡《寰宇記》：奉節縣北三十里，有赤田城，舊魚復縣故基也。楚宫，在巫山縣西二百步陽臺古城内，即襄王所遊之地，陽雲臺高一百二十丈，南枕長江。

㈢朱注：舊注：竹枝歌，巴渝之遺音，惟峽人善唱。劉禹錫《竹枝詞序》：建平里中兒，聯歌竹枝，吹短笛擊鼓以赴節，歌者揚袂雜舞，以曲多爲賢，音中黄鐘之羽，其卒章激訐如吴聲。何宇度《談資》：竹枝歌，悽惋悲怨，蘇長公云有楚人哀屈弔賈之遺聲焉。《鶴林玉露》載宋時三峽猶能歌之，今則亡矣。

㊃徐陵詩：畫舸圖仙獸。

其二

行李千金贈㊀，衣冠八尺身㊁。飛騰知有策㊂，意度不無神㊃。班秩兼通貴㊄，公侯出異人㊅。玄成負文彩㊆，世業豈沉淪。次章，稱美李公，致期望之意。上四，言氣概不群，而才品出衆，所謂異人也。秘書朝官，故云通貴，凝乃宗室，故云公侯。玄成世業，謂其能致相位而光先業。觀末二句，知凝之父，蓋嘗顯達於朝者。

㊀《左傳》：行李之往來。注云：行李，使人也。《杜臆》：千金贈，見交游之廣。《前漢書·陸賈傳》：尉佗賜賈橐中裝，直千金。

㊁《郭泰傳》：身長八尺，容貌魁偉。

㊂飛騰，猶韓文言飛黃騰踏之意。《楚辭》：吾令鳳凰飛騰兮。

㊃意度，謂意思度量。《語林》：諸葛子瑜有容貌思度，一時服其雅量。或云：「意度不無神」，言料事如神。《韓非子》：「前識者無緣而忘意度。」後說度音鐸。

㊄唐制：秘書郎，從六品上，故曰通貴。

㊅《左傳》：公侯之子，必復其始。

㊆《漢書》：韋玄成，韋賢之少子，爲相七年，守正持重不及於父，而文彩過之。

雷

此記旱雷也。鶴編在大曆元年。《舊史》：是年春旱，至六月庚子始雨。

大旱山嶽焦㈠，密雲復扶又切無雨一云覆如雨㈡。南方瘴癘地，罹此農事苦㈢。封內必舞雩㈣，峽中喧擊鼓㈤。真龍竟寂寞㈥，土梗空傴音吕俯他本作俯傴㈦。吁嗟公私病㈧，税斂缺不補㈨。故老仰面啼，瘡痍向誰數所主切㈩。從歲旱農憂叙起。此條封內四句，祈雨之事，承大旱無雨。吁嗟四句，憂旱之情，承南方農苦。

㈠《莊子》：大旱，金石流、土山焦而不熱。

㈡《易》：密雲不雨，自我西郊。

㈢《晉武帝詔》：農夫苦其業。

㈣《周禮·司巫》：國大旱則率巫而舞雩。

㈤《神農求雨書》：祈雨，不雨則暴巫，暴巫而不雨，則積薪擊鼓而焚山。

㈥《莊子》：葉公非好真龍也。許慎《淮南子注》：湯遭大旱，作土龍以象雲從龍。

㈦魏文侯曰：吾所學者土梗耳。《田子方篇》：猶土人也，遭雨則壞。《左傳》：一命而僂，再命而傴，三命而俯。僂俯，言鞠躬求神。

㈧《詩》：雨我公田，遂及我私。

㈨《孟子》：薄税斂。

㈩《季布傳》：瘡痍未瘳。

暴步卜切尪或前聞㈠，鞭石張遠作石，舊作巫非稽古㈡。請先偃甲兵㈢，處上聲分音問聽人主㈣。萬邦但各業，一物休盡取。水旱其數一云數至然㈤，堯湯免親覿㈥。上天鑠金石㈦，群盜亂豺虎。二者存一端，愆陽不猶愈㈧。此感傷時事。　上六言救旱之道，下六乃慰農之意。　暴尪鞭石，非所以弭災，若方鎮能息兵薄斂，庶足上格天心。　朱注：水旱之數，堯湯不免，今亢陽雖酷，不猶愈於盜賊乎？

㈠《左傳》：僖二十一年夏旱，公欲焚巫尪，臧文仲曰：「非旱備也。」注：尪者，瘠病之人，其面上向，俗謂天哀其病，恐雨入其鼻，故爲之旱，所以公欲焚之。《記》：歲旱，穆公召縣子而問曰：「天久不雨，吾欲暴尪而奚若？」曰：「天則不雨，而暴人之疾子，虐，毋乃不可與。」　《記》：何居乎？我未之前聞。

㈡遠注：巫字，疑石字誤。《初學雜記》：宜都郡二大石，鞭陽石則晴，鞭陰石則雨。　庾信詩：鞭石未成雨。　《記》：古人與稽。

㈢《難蜀父老文》：以偃甲兵於此。

㊃《晉書》：謝安謂桓冲曰：「朝廷處分已定。」

㊄荀悦《漢紀》：堯湯水旱者，天數也。

㊅《史記》：堯之時，用鯀治水，九年而水不息。《説苑》：湯之時，大旱七年，雒圻川竭。　詩家有省字法，《毛詩》「不顯惟德」，是云豈不顯，此詩免親覩，是言不免親覩。

㊆《招魂》：十日代出，流金鑠石。

㊇《左傳》：春無愆陽，夏無伏陰。

昨宵殷上聲其雷㊀，風過齊萬弩㊁。復扶又切吹霾翳散，虚覺神靈聚㊂。氣暍音壹腸胃融㊃，汗濕一作滋衣裳污上聲。一作腐，吾衰尤一作猶計拙一作拙計，失望築場圃㊄。此正寫旱雷景事。　上四，仍應大旱二句。下四，仍應南方二句。　風散霾翳而不雨，故虚覺神靈之聚。　此章，前二段各十二句，後段八句收。

㊀《詩》：殷其雷，在南山之陽。

㊁《史記》：孫臏萬弩齊發。

㊂《九歌》：東風飄兮神靈雨。

㊃暍，暑熱也。　融，謂腹瀉。　劉向《新序》：扁鵲曰：「君之疾在腸胃。」

㊄《詩》：九月築場圃。　注：春夏爲圃，秋冬爲場。

火

鶴注編在大曆元年秋夔州作。原注：楚俗，大旱則焚山擊鼓，有合神農書。

楚一作焚**山經月火**㈠**，大旱則斯舉。舊俗燒蛟**一作蛇**龍，驚惶致雷雨**㈡**。**此先叙舉火之由。

㈠《杜臆》：《名勝志》引《水經注》云：廣溪峽，乃三峽之首，其間三十里，頹巖倚木，厥勢殆交，北岸山上有神淵，淵北有白鹽崖，高可千餘丈，俯臨神淵。天旱，燃火岸上，推其灰燼下穢神淵，則降雨。又常璩以縣有山澤水神，旱時鳴鼓請雨，必應嘉澤。《蜀都賦》：所謂應鳴鼓而興雨也。題下注云「楚俗，大旱則焚山擊鼓」，乃兼引之。此皆流俗之談，而公以焚侮闘之。宋武帝詩：楚山帶舊苑。

㈡《易》：雷雨作解。

爆皮教切**嵌**丘銜切**魑魅泣，崩凍嵐陰昈**侯占切㈠**。羅落沸百泓**㈡**，根源皆太**一作萬**古**㈢**。青林一灰燼，雲氣無處所**㈣**。**此言日中之火，燄徹於山林。

㈠《韻會》：嵌巖，山險貌。潘尼《火賦》：山陵爲之崩弛，川澤爲之涌沸。此崩凍二句所本。邵注：嵐，山氣。陰，山背也。《西京賦》：漸臺立於中央，赫昈昈以弘敞。李善引《埤蒼》曰：昈，赤文也。朱注：積凍之地，爲火所崩迫，故嵐陰皆有赤光。

㈡《莊子·胠篋》：削格羅落罝罘之智多，則獸亂於澤矣。邵注：火焚山木，周圍隕落，故泓水盡爲沸騰。

㈢《三墳》：太古之人皆壽。

㈣《高唐賦》：風止雨霽，雲無處所。

入夜殊黄作珠赫然，新秋照牛女㈠。風吹巨焰作，河漢《正異》定作漢，一作棹，一作淡騰一作勝烟柱柱與拄通㈡。勢欲焚崑崙㈢，光彌焮香靳切洲渚㈣。此言夜間之火，猛熾於上下。

㈠鶴注：《舊書》：大曆元年，三月不雨，至於六月。詩云「新秋照牛女」，殆是山南入秋猶未雨也。

㈡朱注：河棹，蔡氏作河漢之棹，此解未安。《正異》作河漢爲是，或本作河淡，乃漢字之訛耳。烟柱，果有所出否，恐是烟拄，謂烟氣直拄河漢也。宋吴思純聯句「無風烟焰直」，可證此句之意。

㈢《書》：火炎崑岡，玉石俱焚。

㈣《左傳》：行火所焮。焮，火氣所炙。

腥至焦長蛇，聲吼一作吼争纏猛虎㈠。神物已高飛，不一作只見石與土㈡。此言蛟龍避火而去，不能爲雨也。

㈠盧注：聞腥氣，知長蛇已焦。聽吼聲，知猛虎受纏。

㈡朱注：蛟龍高飛，土石不礙。《貴耳集》：古傳龍不見石，人不見風，魚不見水。

爾寧要平聲謗讟，憑此近熒侮㊀。薄關長子兩切吏憂，甚昧至精主㊁。遠遷誰撲滅㊂，將恐及環堵㊃。流汗臥江亭，更平聲深氣如縷㊄。末言燃火無救於旱，徒增炎熱耳。爾寧二句，責夔民之誣妄。薄關二句，譏有司之失職。遠遷四句，自歎旅中畏火。朱注：言爾等焚山之舉，豈欲謗讟蛟龍而熒侮之乎？此固舊俗不經，實因長吏薄於憂民，不知以精誠爲主，盡祈救之道耳。《杜臆》：甚昧至精主，責在主之者，此句乃通篇緊要語。此章，四句者兩段，六句者兩段，末段八句收。

㊀張溍注：燒龍致雨，有似謗毀要神，且其事近於熒惑狎侮，不足信也。《左傳》：民無謗讟。

㊁盧注：薄與甚相對，言其關憂者亦薄乎云爾，如《毛詩》「薄污」「薄言」一例。蔡夢弼注：薄讀伯各切，謂迫近郊關，未合。

㊂《上林賦》：爛熳遠遷。《書》：若火之燎於原，不可嚮邇，其猶可撲滅。

㊃《詩》：將恐將懼。《記》：環堵之室。

㊄陳後主詩：更深難道留。

熱三首

鶴注：大曆元年夔州作。詩云「十年可解甲」，自天寶十四載至此爲十年也。

雷霆空霹靂㈠，雲雨竟虚無㈡。炎赫衣流汗㈢，低垂氣不蘇㈣。乞爲寒水玉㈤，願作冷秋菰㈥。何胥作那似兒童歲，風涼出舞雩㈦。此詩爲夔州苦熱而作。上四記酷熱，下四思解熱也。

㈠《易》：鼓之以雷霆。《繁露》：王者言不從則，金不從革，秋多霹靂。霹靂者，金氣也。

㈡《國策》：宫中虚無人。

㈢傅毅賦：踐朱夏之炎赫。司馬相如《喻巴蜀檄》：流汗相屬。

㈣相如《美人賦》：黼帳低垂。

㈤《山海經》：堂庭之山多水玉。《子虚賦》：水玉磊砢。郭璞曰：水玉，水精也。

㈥《杜臆》：水玉，恐是瓜之别名，故對秋菰，《園人送瓜》詩「浮沉寒水玉」，可證。菰，蒲也，成於深秋，故性冷。

㈦仲長統《樂志賦》：風於舞雩之下，咏歸高堂之上。

黄生曰：詩中説冷易佳，説熱難工。如「炎赫衣流汗，低垂氣不蘇」，又「林熱鳥開口」，又「氣暍腸胃融」，如此句法，在杜公亦不免褦襶矣。

其二

瘴雲終不滅㈠，瀘水復扶又切西來㈡。閉户人高卧㈢，歸林鳥却回㈣。峽中都是火，江上只空一作聞雷。想見陰宫雪㈤，風門颯沓一作踏開㈥。次章，欲尋涼而不可得也。瘴雲、瀘水，地氣之熱。峽火、江雷，天氣之熱。

㊀師氏曰：瘴雲，炎瘴之雲。

㊁《水經注》：瀘峰最高秀，水之左右，馬步之徑纔通，而時有瘴氣，三四月經之必死。《益州記》：瀘水兩峰有殺氣，暑月不可行，故武侯以五月渡瀘爲艱。《後漢書注》：瀘水一名若水，出旄牛徼外，經朱提至僰道入江，在今嶲州。

㊂程曉詩：閉户辟暑卧，出入不相過。

㊃却迴，鳥不安林，却轉迴翔也。

㊄繁欽《暑賦》：雖托陰宫，罔所避旃。張孝祥曰：宫中暑月，積雪爲山，取其陰涼。

㊅《廣絶交論》：颯沓鱗萃。

其三

朱李沉不冷㊀，**彫胡**一作菰**炊屢新**㊁。**將衰骨盡病，被暍**一作褐，非**味空頻**㊂。**欻翕炎蒸景，飄颻征戍**一作伐**人**㊃。**十年可解甲**㊄，**爲**去聲**爾一霑巾。**三章，熱不能耐而慨及征夫也。上四自歎，下四傷人。

㊀魏文帝書：沉甘瓜於清泉，浸朱李於寒冰。

㊁楊慎云：《説文》：彫苽，一名蔣。《西京雜記》及古詩多作彫胡，《内則》注作雕胡，亦作安胡。宋玉賦：炊雕胡之飯。枚乘《七發》：安胡之飯。《爾雅》：齧雕蓬。孫炎云：米茭也，米可作飯，古人

以爲五飯之一。《杜臆》：天熱飯餿，故每食新炊。

㊂味頻空，雖有佳味，頻頻空置也。

㊃庾信詩：誰憐征戍客，今夜在交河。

㊄可解者，傷其未解也。揚雄《解嘲》：解甲投戈。

詩家用古人成句，有歇上歇下語，如張載詩「淚下霑衣襟」，周弘正則云「行住兩霑衣」，曹植詩「歔欷涕霑巾」，杜詩則云「爲爾一霑巾」，此是歇上語。又如用「詒厥」而去「孫謀」，用「友于」而去「兄弟」，此是歇下語。

夔州歌十絶句

鶴注：此當是大曆元年夏作。

中巴之東巴東山㊀，江水開闢流其間㊁。白帝高爲三峽鎮㊂，瞿唐一作夔州險過百牢關㊃。

首章，志夔州形勝，與下兩章相連。白帝、瞿唐，分承山水，見其爲蜀中險要。

㊀《水經》：劉璋分三巴，有中巴，有西巴，有東巴。《唐志》：夔州爲巴東郡，在中巴之東。《水經注》：章武二年，改白帝爲永安，巴東郡治也。

㊁《尚書考靈耀》：天地開闢，曜滿舒光。楊炯詩：自古天地闢，流爲峽中水。

㊂《周禮·職方氏》：五嶽皆云山鎮。三峽鎮本此。

㊃《唐書》：漢中郡西縣西南有百牢關。《寰宇記》：隋開皇中所置，以入蜀路險，號曰百牢。錢箋：百牢關，孔明所建，故基在今興元西縣，兩壁山相對，六十里不斷，漢江水流其間，乃入金牛益昌路也。

其二

白帝夔州各異城㊀**，蜀江楚峽混殊名。英雄割據非天意，霸王**去聲。一作主**并**平聲**吞在物情**㊁**。**次章，承前白帝三峽。上二辯古蹟，下二論往事。朱注：古白帝城在夔州城東，故曰「各異城」。瞿唐峽，舊名西陵峽，與荆州西陵峽相亂，故曰「混殊名」。英雄割據，謂公孫述、劉焉輩。霸王并吞，如漢高以巴蜀收中國。竊據者逆天，得民者致王，見在德不在險也。

㊀陸游《入蜀記》：唐故夔州，與白帝城相連。

㊁《吴越春秋》：闔閭曰：「寡人欲强國霸王，何由而可？」江淹詩：物情棄疵賤。

其三

群雄競起問一作聞，郭作向**前朝**音潮㊀**，王者無外見今朝**音昭㊁**。比**兵媚切**訝漁陽結怨恨**㊂**，元聽**平聲**舜日舊簫韶**㊃**。**三章，承前英雄霸王。割據則競起，并吞則無外，此見古今異勢。漁陽北叛，而舜樂南來，言蜀中無恙也。群雄，指前代據蜀者，不指安史陷京。舜日，指明皇入蜀時，不指代宗復國。

㈠《世説》：喬玄曰：「群雄虎争。」

㈡《公羊傳》：王者無外。

㈢比，近也。訝，駭也。　朱浮《責彭寵書》：奈何以區區漁陽，結怨天子。

㈣沈約詩：舜日堯年歡無極。　《書》：簫韶九成。

其四

赤甲白鹽俱刺七跡切天㈠，閭閻繚繞接山巔㈡。楓林橘樹丹青合㈢，複道重平聲樓錦繡懸㈣。四章，記赤甲白鹽也。刺天，言山勢之高。接巔，言居人之密。丹青，謂楓橘異色。錦繡，謂樓閣相映。　盧云：見夔州既庶且富也。　吴論：此下七章，散咏夔州景物。

㈠《南都賦》：森蕣蕣而刺天。《水經注》：孤峰刺天。

㈡江淹詩：繚繞華山陰。　《藉田賦》：若茂松之倚山顛。

㈢《西京雜記》：終南山有樹，葉一青一赤，望之斑駁，長安謂之丹青樹。

㈣《叔孫通傳》：孝惠乃作複道。　何遜詩：重樓霧中出。　相如《答盛攣書》：列錦繡以爲質。

其五

瀼奴朗切東瀼西一萬家㈠，江北江南晉作江南江北春冬花㈡。背音佩飛鶴子遺瓊蕊㈢，相趁丑慎切鳧雛入蔣牙㊃。五章，記瀼東瀼西也。一萬家，人烟盛。春冬花，地氣暖。遺蕊入蔣，形容花章之多。瀼水直流，故地界東西。江水横流，故地分南北。瀼與江，有小大之别。吴論：鶴子、鳧雛，季夏之景。

㊀《水經注》：白帝山城，東望瀼溪，即以爲隍。《入蜀記》：夔人謂山澗之流通江者曰瀼，居人分其左右，謂之瀼東瀼西。

㊁王勃詩：江南江北互相望。

㊂擬李陵《别詩》：雙鳧相背飛。《海賦》：鶴子淋滲。王粲《白鶴賦》「食靈岳之瓊蕊」，陸機《擬古》「上山採瓊蕊」，皆言花之白也。《楚辭》「屑瓊蕊以爲糧」，乃言玉英耳。

㊃字書：趁，逐也。《海賦》：鳧雛離縰。《蜀都賦》：攢蔣叢蒲。注：蔣，菰名也。

杜詩「瀼東瀼西一萬家，江北江南春冬花」，詠村居景物，而語涉拗體。白玉蟾詩云「山後山前鳩唤婦，舍南舍北竹生孫」，則調逸而意更新矣。

其六

東屯徒昆切稻畦一百頃㊀，北有澗水通青苗㊁。晴浴狎鷗分處處㊂，雨隨神女下去聲朝朝㊃。六章，記東屯之勝。屯可種稻，溉以流泉，民受其利矣。多鷗常雨，言澗水之不竭也。

㊀《困學紀聞》：東屯乃公孫述留屯之所，距白帝城五里。東屯之田可百頃，稻米爲蜀第一。

㊁又東屯有青苗陂。《一統志》：青苗陂，在瞿唐東，蓄水溉田，民得其利。

㊂孫綽詩：物我俱忘懷，可以狎鷗鳥。

㊃《高唐賦》：楚先王夢見一婦人曰：「妾巫山之女也，旦爲朝雲，暮爲行雨，朝朝暮暮，陽臺之下。」

其七

蜀麻吴鹽自古通㊀，萬斛之舟行若風。長子兩切年三老長歌裏，白晝一作買攤錢一作白馬灘前高浪中㊁。七章，記水次之便。商賈販貨而競趨，舟人忘險而争利，市舶輻輳，真西南一大都會也。《江鄰幾雜志》作「白馬灘前高浪中」，是蒙上句連説。若作「白晝攤錢」，則長歌者舟子，攤錢者賈客也。

㊀常璩《蜀志》：桑漆麻紵之饒。左思《吴都賦》：煑海爲鹽。

㊁《梁冀傳》：能意錢之戲。注：何承天《纂文》曰詭億，一曰射意，一曰射數。黄注：即今之猜枚射覆之類。若攤錢，則以錢攤撥於地，今謂之跌博，與意錢不同。曾季貍《艇齋詩話》：攤錢，即攤賭也。

其八

憶昔咸陽都市合，山水之圖張賣時㊀。巫峽曾音層經寶屏見㊁，楚宫猶對碧峰疑㊂。八章，記楚王宫也。咸陽所見者畫圖，夔州所對者真境。但楚宫難覓，終成疑似，即真境亦同幻相矣。公詩「舟人指點到今疑」即同此意。

㈠張賣，張圖以賣於市也。

㈡《西京雜記》：武帝爲寶屏風，設於桂宮。

㈢江淹詩：刻畫崷崒兮，山雲而碧峰。

唐人七絕，多從首句拈韻，如李太白、王龍標諸作盡然。杜詩有對起而不用韻者，如「落落出群非櫸柳，青青不朽豈楊梅」，是也。有散起而不用韻者，「憶昔咸陽都市合，山水之圖張賣時」，是也。唐詩如盧照鄰「日觀仙雲隨鳳輦，天門瑞雪照龍衣」，亦是對起無韻。劉長卿「天書遠召滄浪客，幾度臨岐病未能」，又是散起無韻。楊用修謂劉詩起句尤奇。

其九

武侯祠堂一作生祠不可忘㈠，中有松柏參天長。干戈滿地客愁破㈡，雲日如火炎天涼㈢。九章，記武侯祠也。　武侯忠義，千古難忘，見非英雄割據，及楚宮高唐可比。松柏陰森，堪散愁而納涼，亦對樹懷人之意。

㈠薛道衡《老氏碑》：考其故迹，營建祠堂。

㈡干戈滿地，崔旰未平也。

㈢謝靈運詩：雲日相照媚。　孔融詩：赫赫炎天路。

其十

閬風玄圃與蓬壺，中有高唐一作堂天下無㈠。借問夔州壓何處，峽門江腹擁城隅。十章，記高唐觀也。古稱仙界，西有閬風玄圃，東有海上蓬壺，而高唐神觀，地在中間，此天下絶境也。今夔州高壓，而峽江外擁，庶高唐遺跡，遥望可見矣。

㊀《吴船録》：陽臺高唐觀，在來鶴峰上。又《漢書注》：高唐，在雲夢華容縣。兩説不同，詩謂高唐在夔州也。

毒熱寄簡崔評事十六弟

鶴注：當是大曆元年夔州作。

大火《正異》定作火，舊作暑運金氣㊀，荆揚不知秋。林下有塌翼㊁，水中無行舟㊂。千室但掃地㊃，閉關人事休㊄。首記夔州秋熱。火盛金微，尚無秋意，故人物皆困於暑。

㊀《詩》：七月流火。注：火，大火，心星也。《月令》：孟秋之月，盛德在金。

㊁趙曰：塌翼，謂熱不能飛。陳琳檄：垂頭塌翼。

㊂梁簡文帝詩：落葉灑行舟。

㊃掃地，欲卧地求涼也。

㊄《易》：先王以至日閉關。

老夫一作大轉不樂音洛，旅次兼百憂㊀。蝮蛇暮偃蹇㊁，空牀難暗投㊂。炎宵惡烏故切明燭㊃，況乃懷舊丘㊄。自叙不堪毒熱。畏蛇須燭，對燭增煩，不如舊丘之安適。

㊀《易》：旅即次。

㊁《楚辭》宋玉《大招》：南有炎火千里，蝮蛇蜒只。《大人賦》：掉指橋以偃蹇。張揖曰：偃蹇，委曲貌。

㊂沈約詩：空牀寄杯酒。鄒陽書：暗投之於路。

㊃《法言》：正服明燭。

㊄鮑照詩：去鄉三十載，復得還舊丘。此舊丘指洛陽。

開襟仰内弟一作第，非㊀，執熱露白頭。束帶負芒刺㊁，接居成阻修㊂。何當清霜飛，會子臨江樓。載聞大《易》義㊃，諷詠一作興詩家流㊄。此述念崔之意。畏熱不能過訪，欲俟之秋深。

「接居成阻修」，即所謂寸步難相就也。

㊀王粲《登樓賦》：向北風而開襟。《白帖》：舅之子爲内兄弟，陸厥有《答内兄顧希叔》詩。

㊁陶潛詩：束帶候鷄鳴。《霍光傳》：如芒刺在背。

㊂向秀《思舊賦序》：居止接近。張載詩：欲往從之路阻修。

㊃《魏都賦》：覽大《易》與《春秋》。《齊書》：陸澄讀《易》三年，不能解其義。

㊄《顔氏家訓》：諷詠詞賦。楊修曰：今之頌賦，古詩之流。

蘊當作醞藉異時輩㈠，檢身非苟求㈡。皇皇使去聲臣體㈢，信是德業優。楚材擇杞梓㈣，漢苑歸騄騮㈤。短章達我心㈥，理爲去聲。一作待識者籌㈦。末述簡崔之意，評事賢而奉使，故贈詩以談心。楚材，喻崔使夔。漢苑，喻崔回京。此章，前二段各六句，後二段各八句。

㈠束晳《讀書賦》：優游蘊藉。《晉書·周顗傳》：時輩親狎，莫能褻也。
㈡《商書》：檢身如不及。
㈢《詩》：皇皇者華。序：皇華，勞使臣也。《唐書》：評事，掌出使推按。
㈣《左傳》：晉卿不如楚，其大夫則賢，皆卿材也。如杞梓皮革，自楚往也。雖楚有材，晉實用之。
㈤騄騮歸漢，暗用武帝得天馬。
㈥孔融書：附此短章，聊申我心素。
㈦識者，指崔。

信行去聲遠修水筒原注：引泉筒。

鶴注：以《課伐木序》證之，當是大曆元年在夔州作。師氏曰：姓譜有姓信者，公《伐木》詩序有隸人信行。

汝性不茹葷㊀，清浄僕夫内㊁。秉心識本一作根源㊂，於事少凝滯㊃。首叙信行爲人。《杜臆》：清浄而心識本源，恭謹而事少凝滯，士人有此，亦佳士矣。公以此觀僮僕，何等深心。

㊀《莊子》：顔子不飲酒，不茹葷。

㊁《漢書・揚雄傳》：常清浄，作符命。《詩》：召彼僕夫。

㊂又：秉心塞淵。《史記》：秦碑：本原事迹。

㊃《屈原傳》：聖人不凝滯於物，而能與世推移。《晉陽秋》：劉輿事無凝滯。

雲端水筒坼，林表山石碎㊀。觸熱藉子修，通流與厨會㊁。往來四十里，荒險崖谷大。此記修筒之事。石碎，故筒坼。冒險遠修，用力勤矣。

㊀鮑照詩：雲端楚山見，林表吴岫微。

㊁《淮南子》：江淮通流。

日曛驚未餐一作食，貌赤愧相對。浮瓜供老病，裂餅嘗所愛㊀。於斯答恭謹㊁，足以殊殿丁甸切最㊂。此憫信行之勞。驚而且愧，公之仁心懇至也。裂餅分嘗，公之一體待物也。

㊀《杜臆》：嘗所愛，謂分嘗所愛之餅。盧注：後周《王羆傳》：乃裂薄餅緣。舊引何曾餅裂十字文，不合。

㊁《前漢・蕭何傳》：年老素恭謹。又《萬石君傳》：恭謹無與比。

㊂《漢書注》：上功曰最，下功曰殿。

詎要平聲**方士符**㊀，**何假將軍佩**高麗本作佩，黄生作拜，舊作蓋㊁。**行**去聲**諸直如筆**㊂，**用意崎嶇外**㊃。末因得水而贊其能。引泉如是，亦何須符佩之奇乎。即此直性之人，意無崎嶇，遂能力任勤勞，而通流遠注矣。　此章，首尾各四句，中二段各六句。

㊀《史記·秦本紀》：方士欲鍊以求奇藥。《神仙傳》：葛玄取一符投水中，能使逆流而上。又《汝南先賢傳》：葛玄與吴大帝坐樓上，見作請雨土人，即書符著廟社中，須臾大雨淹注，平地水尺餘。何雲曰：《真誥》有制虎豹符、方士符，蓋用此。《示獠奴阿段》詩云「怪爾常穿虎豹群」，此可證也。

㊁朱注：《古今注》：曲蓋，太公所作，武王伐紂，大風折蓋，太公因折蓋之形而爲曲蓋焉。戰國嘗以賜將軍。此言信行觸熱入山，不假張蓋也。錢箋：趙次公引《東觀漢記》：李貳師將軍拔佩刀刺山而泉飛出。但無蓋字。高麗刻本草堂詩作佩，較蓋字爲穩。黄生注：後漢耿恭居圍城中，穿井十五丈，不得水，乃整衣拜井，井泉奔出。杜用此字蓋當作拜，乃聲近而訛也。

㊂行諸，猶云行乎，呼其名也。袁淑詩：信行直如弦。隸人取名本此。　定功曰：後魏古弼，太武嘉其直而有用，賜名曰弼。以其頭尖，時人呼爲筆公。《晉書》：周處爲中丞，正繩直筆。

㊃《吴越春秋》：民去崎嶇，歸於中國。《前漢·陸賈傳》：崎嶇山海間。

申涵光曰：「日曛驚未餐，貌赤愧相對」，體恤下情如是，真仁者之用心。陶公云「此亦人子也，可善遇之」，兩賢一轍。

催宗文樹雞柵

鶴注：詩云「山腰宅」，即前客堂也，當是大曆元年作。

吾衰怯行邁㈠，旅次展崩迫㈡。愈風傳烏雞㈢，秋卵方漫喫㈣。自春生成者，隨母向百翮。驅趁丑慎切**制不禁，喧呼山腰宅㈤。踏藉盤案翻，**此句舊在塞蹊上。**終日憎赤幘㈥。**首明樹柵之由。趙注：春卵可抱育，故秋卵方充食也。　百翮，連母五十頭。驅趁，謂驅去仍來，雖制之亦不能禁。　此處舊本顛錯，《杜臆》謂當再整。今上下互調，語意便明。

㈠《詩》：行邁靡靡。

㈡展崩迫，言迫促少休。任昉表：無任崩迫之情。

㈢《本草》：烏雌雞，治風濕痲痹。

㈣張衡《南都賦》：春卵夏筍。

㈤庾信《枯樹賦》：頓山腰而半折。

㈥干寶《搜神記》：安陽城南有亭，一書生明術數，入亭宿，夜半有赤幘者來，或問曰：「向赤幘者誰？」答曰：「西舍老雄雞也。」

課奴殺青竹㊀，此句舊在終日上。塞先則切蹊使之隔㊁。牆東有隙晉作閒散地㊂，可以樹高柵㊃。織籠曹其內，令平聲入不得擲。稀間苦一作可突過㊄，觜距一作爪還汚去聲席㊅。此記樹柵之事。　樹柵織籠，奴僕之責。課督之者，則宗文也。　曹，群處也。擲，抛走也。稀間，柵間有稀隙，別雞可突出，而席仍霑汚矣。

㊀殺青竹，洙曰：楚人以火炙竹去其汗，令耐久也。

㊁《月令》：塞徯徑。

㊂《漢書·逸民傳》：避世牆東王君公。　《左傳》：宋鄭之間，有隙地焉。

㊃《梁書》：樹木爲柵。

㊄《上林賦》：捷垂條，掉希間。

㊅張華《鷦鷯賦》：鵰鶡介其觜距。

避熱時來晉作未歸，問兒所爲跡。二句舊在高柵下，依《杜臆》改正。我寬螻蟻遭，彼免狐貉厄㊀。應平聲宜各長子兩切幼，自此均勍敵㊁。籠柵念有修，近身見一作知損益㊂。明明領處上聲分音問㊃，一一當剖析㊄。此面命宗文之語。　我寬四句，宗文答詞。　籠柵四句，公復申囑。　有柵，則雞不啄蟻。有籠，則狐不噬雞。且各領長幼，均敵不争，所以區分諸籠者，又悉矣。損益，查籠柵之不齊。剖析，別雞群之異黨。

㈠《齊民要術》：雞棲宜檢地爲籠，内著棧，安穩易肥，又免狐狸之患。《詩》：取彼狐貉。

㈡《左傳》：勍敵之人，隘而不利。

㈢《易》：近取諸身。《法言》：應時而造者，損益可知也。

㈣傅咸樂府：明明總天機。《晉書》：謝安謂桓冲曰：「朝廷處分已定矣。」

㈤《韓非子》：一一而聽之。《魏志》：管公明剖析玄旨。

不昧風雨晨㈠，亂離減憂慼。其流則凡鳥㈡，其氣心匪石㈢。倚賴窮歲晏㈣，撥煩及一作去**冰釋㈤。未似尸鄉翁㈥，拘留蓋阡陌㈦。**此豫計栅成後事。平時聽雞減憂，藉以自寬。歲終賴雞充用，兼慰宗文也。末二，作自哂語。不昧，謂鳴不失期。匪石，言司晨有信。撥煩，無喧呼煩惱也。拘留，應怯行邁。阡陌，應牆東地。黄生曰：詩本瑣細，結見大家數。此章，十句者兩段，八句者兩段。

㈠《詩》：風雨如晦，雞鳴不已。小序：言亂世則思君子。

㈡凡鳥，謂家禽。朱浮書：褻之者以爲園囿之凡鳥，外厩之下乘。

㈢《詩》：我心匪石，不可轉也。

㈣窮歲晏，謂貧窮歲暮。

㈤《後漢・胡廣傳》：才略深茂，堪能撥煩。《莊子》：涣若冰將釋。

㈥《列仙傳》：祝雞翁，居尸鄉北山下，養雞百餘年，雞至千頭，皆立名字，欲引呼名，皆依呼而至。

後昇吴山，莫知所在。

㊆《楚辭序》：拘留不遣。

盧元昌曰：雞柵本一瑣事，杜公説來，便見仁至義盡之意。念其生成，春卵不食，仁也。人禽有別，驅諸柵籠，義也。螻蟻可全，狐狸亦免，義中之仁。長幼不混，勍敵亦均，仁中之義。於課柵一事，直抉至理如許，可謂善勖其子矣。

貽華去聲陽柳少去聲府

鶴注：此當是大曆元年在夔州作。《唐書》：華陽縣屬成都府，貞觀十七年析成都縣置。

繫音計馬喬木間，問人野寺門。柳侯披衣笑晉作嘯㊀，見我顔色温。並坐石堂下一作石下堂，一作堂下石，俛視大江奔。火雲洗月露㊁，絶壁上上聲朝暾㊂。叙曉訪少府。少府寓居寺中，故繫馬問之。月下之露，洗出火雲。朝起之暾，上於絶壁。此言夏時早景，句法倒裝。

㊀陶潛詩：相思則披衣，言笑無厭時。

㊁火雲，朝霞也。盧思道《納涼賦》：火雲赫而四舉。謝瞻詩：月露皓已盈。東坡詩：火雲勢方壯，未受月露洗。本此。

㊂謝靈運詩：晨策尋絶壁。《楚辭》：暾將出兮東方。注：日始出東方，其容暾暾然盛也。謝靈運詩：晚見朝日暾。

自非曉相訪，觸熱生病根㊀。南方六七月，出入異中原。老少去聲**多暍**於歇切**死㊁，汗踰水漿翻㊂。俊才得之子㊃，筋力不辭煩。**此言曉訪之故。不耐觸熱，固須早行，況少府才俊，尤宜亟候也。

㊀晉程曉詩：可憐褦襶子，觸熱到人家。

㊁《漢紀》：元封四年夏，大旱，民多暍死。暍，傷暑也。

㊂《世説》：魏文帝問鍾毓面何以汗，對曰：「兢兢皇皇，汗出如漿。」

㊃《後漢·馬融傳》：美辭貌有俊才。《詩》：彼其之子。

指揮當世事，語及戎馬存。涕淚一云流涕**濺衣**一作我裳**，悲風排帝閽㊀。鬱陶抱長策㊁，義仗知者論**平聲**。吾衰卧江漢，但愧識璵璠㊂。文章一小技㊃，於道未爲尊。起予幸斑白㊄，因是託子孫㊅。**此叙少府肝膽議論。有少府長策，足以匡濟當時，則己之文章末技，何關大道乎，故有起予之歎。且服其意氣過人，并欲以子孫託之。

㊀張衡賦：叫帝閽使闢。

㊁《書》：鬱陶乎予心。《過秦論》：振長策而御宇内。

㊂《家語》：美哉璵璠，遠而望之奂若也。

㊃柳必推贊公之詩文，故自謙云，文章特小技耳。他日又云「文章千古事」，方是實語。《後漢·楊賜傳》：造作賦説，以蟲篆小伎，見寵於時。揚雄曰：雕蟲小技，壯夫不爲。

㊄起予，出《論語》。斑白，出《孟子》。

㊅《世説》：曹公少時見橋玄，玄謂曰：「吾老矣，當以子孫相累。」

俱客古信州㊀，結廬依毁垣㊁。相去四五里，徑微山葉繁。時危挹佳士，况免軍旅喧㊂。醉從趙女舞，歌鼓秦人盆㊃。子壯顧我傷㊄，我歡兼淚痕㊅。餘生如過鳥㊆，故里今空村。

此自叙客夔景况。成都有崔旰之亂，而夔州免於軍旅，故得以歌舞歡宴。但思餘生無幾，而故里難尋，故不覺相對淚下耳。《杜臆》：「我歡兼淚痕」，此真情苦語。此章，前二段各八句，後二段各十二句。

㊀朱注：夔州本梁信州，隋爲巴東郡，武德元年改信州，二年又改夔州。《新書》：避皇外祖獨孤信諱，改夔州。

㊁陶潛詩：結廬在人境。

㊂《吴越春秋》：越王曰：「寡人冀得免於軍旅之憂。」

㊃李斯書：隨俗雅化，佳冶窈窕，趙女不立於側也。夫擊甕叩缶，彈箏搏髀而歌嗚嗚快耳者，真秦之聲也。楊惲書：家本秦也，能爲秦聲，婦趙女，雅善鼓瑟，酒後耳熱，仰天拊缶而歌烏烏。

《莊子》：鼓盆而歌。

㈤《詩》：顧我則笑。

㈥梁簡文帝詩：淚痕未燥詎終朝。

㈦張載詩：人生苦海内，忽如鳥過目。

七月三日亭午已後校熱退晚加小涼穩睡有詩因論壯年樂音洛事戲呈元二十一曹長子丈切

鶴注：當是大曆元年初至夔州作，故云「衰年旅炎方」。史言是年春旱，至六月始雨，觀詩云「徂暑終衰歇」則知夔州六月尚無雨也。七月三日，蓋立秋之日，凡公詩記日者，皆指節候言。

今兹商用事㈠，**餘熱亦已末**㈡。**衰年旅炎方，生意從此活**㈢。**亭午減汗流**㈣，**比**音皮。一作**北鄰耐人聒**㈤。**晚風爽烏匼**遏合切㈥，**筋力蘇摧折**㈦。從初秋叙起。五六，言亭午熱退，承餘熱句。七八，言晚加小涼，承生意句。

㈠《孟子》：今兹未能。《月令》：孟秋之月，其音商，律中夷則。《前漢·五行志》：尊卦用事。

㈡已末，已盡也。

㊂《莊子》：待決西江之水而活汝。

㊃《天台山賦》：羲和亭午。

㊄比鄰，見二卷。

㊅薛夢符曰：烏匼，烏巾也。趙曰：今有匼頂巾之語。吴若本注：魏武擬古皮弁，裁縑帛以爲帢，以色别貴賤。晉咸和中制，尚書八座丞郎、門下三省，皆白帢。二宫直官烏紗帢。作帢，音恰，苦協切。字書無匼字。朱注：《博物志》：魏武作白帢。《禮部韻略》：帢，帽也，亦作帢，士服，狀如弁，缺四角。至匼字古人多用之，如鮑照詩「銀屏匼匝」，公詩「馬頭金匼匝」，《唐書》楊再思阿匼取容，盧杞謟諛阿匼，皆不以言巾。洪駒父謂烏匼不舒貌，此臆説耳。

㊆吴均詩：不爲君所惜，摧折尚何言。

閉目踰十旬㊀，**大江不止渴。退藏恨雨師**㊁，**健步聞**一作供**旱魃**㊂。**園蔬抱金玉**㊃，**無以供採掇**㊄。**密雲雖聚散**㊅，**徂暑終**一作經**衰歇**㊆。此申言旱虐難堪，承上餘熱來。　退藏，雨師不來。健步，旱魃疾行。抱金玉，貴如金玉也。終衰歇，終夏無雨也。

㊀謝靈運詩：我勞盈十旬。

㊁《易》：退藏於密。　《大人賦》：誅風伯，刑雨師。

㊂《山海經》：黄帝攻蚩尤於冀州之野，蚩尤請風伯雨師縱大風雨，帝下天女曰魃，雨止，遂殺蚩尤。魃不得上，所居不雨。《神異經》：南方有人，長二三尺，裸身而目在頂上，走行如風，名曰魃，俗

曰旱魃，所見之國大旱，赤地千里。

㈣庾信詩：拂雲就園蔬。《洛陽伽藍記》：玉蕊金莖。

㈤《詩》：薄言采之，薄言掇之。

㈥《易》：密雲不雨。

㈦《詩》：六月徂暑。

前聖眘古慎字焚巫㈠，武王親救暍於歇切㈡。陰陽相主客㈢，時序遞回斡烏括切㈣。灑落惟清秋㈤，昏霾一空闊。蕭蕭紫塞雁㈥，南向欲行音杭列。此預道秋涼節候，承上晚風來。陰陽進退，時序迭有轉移，古人不焚巫而惟救暍，正有見於此耳。今秋雁南飛，喜時候之不爽矣。

㈠臧文仲當時有聖人之名，故云前聖。其諫止焚巫事，見前。

㈡《帝王世紀》：武王自孟津還，及於周，見暍人，王自左擁而右扇之。

㈢古諺：越阡度陌，互爲主客。

㈣謝惠連《七夕》詩：傾河易回斡。

㈤潘岳賦：庭樹槭以灑落。

㈥《古今注》：秦築長城，土色皆紫。

欻思紅顏日㈠，霜露凍階闥。胡馬挾雕弓㈡，鳴弦不虛發㈢。長鈚音批逐狡兔㈣，突羽當滿月㈤。惆悵《白頭吟》㈥，蕭條遊俠窟㈦。此追論壯年樂事，亦從秋景想出。上六思昔，下二傷今。　盧注：此即《壯遊》詩中「放蕩齊趙間，裘馬頗清狂」、「呼鷹皂櫪林，逐獸雲雪岡」事也。

㈠庾信詩：紅顔無復多。

㈡《子虛賦》：左烏號之雕弓。

㈢《上林賦》：弦不虛發。

㈣《廣韻》：鈚，箭也。《通俗文》：骨鏃曰鮈，鐵鏃曰鏑，鳴箭曰骹，䨨葉曰鈚，皆古制。

㈤趙曰：突羽，其羽奔突而疾也。　劉孝威賦：彎弓滿月之勢。

㈥《楚辭》：惆悵兮私自憐。　卓文君有《白頭吟》。

㈦郭璞詩：京華遊俠窟。

臨軒望山閣，縹緲安可越。高人鍊丹砂，未念將朽骨。少去聲**壯跡頗疏㈠，歡樂**音洛**曾**音層**倏忽㈡。杖藜風塵際㈢，老醜難剪拂㈣。吾子得神仙，本是池中物㈤。賤夫美一睡㈥，煩促嬰詞筆㈦。**　此結出呈元之意。　上四稱元，中四自叙，下四賓主並收。　《杜臆》：曹長喜燒煉，故末以此戲之，謂其雖得仙術，未能羽化，猶是池中物。而己之善睡，不減於仙遊。方云修真者戒睡，故云戲呈。　此章，前四段各八句，末段十二句收。

㈠跡頗疏，言踪跡疏放。　向秀《思舊賦序》：嵇意遠而疏。

㈡蔡琰《笳曲》：不得歡樂兮，當我之盛年。　又：人生倏忽兮，如白駒之過隙。

㈢《莊子》：原憲杖藜而應門。

㊃劉孝標《絶交論》：剪拂使長鳴。
㊄《吴志》：周瑜曰：「蛟龍得雲雨，終非池中物。」
㊅《續仙傳》：夏侯隱登山渡水，亦閉目美睡，人同行，聞其鼾聲而不蹉跌，人稱睡仙。
㊆張華詩：煩促每有餘。

牽牛織女

鶴注：當是公初至夔時，因所見而賦之。依梁氏編在大曆元年。

牽牛出河西，織女處上聲**其東**㊀。**萬古永相望，七夕誰見同**㊁。**神光**一作仙**竟**一作意**難候**㊂，**此事終蒙朧**㊃。**颯然精靈**魯訔作爽**合**㊄，**何必秋遂逢**他本作通。首言牛女會合，出於俗傳之妄。朱注：牛女會合，自漢人已有其説。吴均《齊諧》又譔桂陽成武丁事以實之，世俗多爲所惑，公故力闢其誣。

㊀《齊諧記》：桂陽成武丁，有仙道，忽謂弟曰：「七月七日，織女當渡河，吾向已被召。」弟曰：「何事織女渡河？」曰：「暫詣牽牛。」《爾雅》：河鼓謂之牽牛。《晉志》：織女二星，在天紀東端，天女也，主果蓏絲帛珍寶。陸機詩：牽牛西北迴，織女東南顧。

㈡周處《風土記》：七月七日夜，灑掃於庭，露施几筵，設酒脯時果，散香粉於筵上，以祀河鼓織女，言此二星辰當會。少年守夜者咸懷私願，或云見天漢中奕奕正白氣，有光曜五色，以此爲徵，便拜而乞願。

㈢《漢武帝紀》：祭后土，神光三燭。

㈣支遁詩：朦朧望幽人。　宋玉《風賦》：有風颯然而至。

㈤夏侯湛《東方朔像贊》：精靈永職。

亭亭新妝立㈠，龍駕具層空一作穹**㈡。世人亦爲**去聲**爾，祈請走**去聲**兒童。稱**去聲**家隨豐儉㈢，白屋達公宮㈣。膳夫翊堂殿㈤，鳴玉淒房櫳㈥。曝衣遍天下㈦，曳月揚微風㈧。蛛絲小人態，曲綴**一作掇**瓜果中㈨。初筵裛重露㈩，日出甘所終**一作從**⑪。**　此見七夕祈請，乃世俗之好事。新妝龍駕，想望織女也。稱家句，言貧富皆然。白屋句，言朝野皆然。膳夫鳴玉，言貴賤皆然。曝衣瓜果，引證七夕事。裛露照日，謂終夜虔祀。

㈠《杜臆》：亭亭二句，指織女，乃俗論如此。《世説》：亭亭玉立。　庾信《七夕賦》：嫌朝妝之半故，憐晚拭之全新。

㈡謝朓《七夕賦》：回龍駕之容裔。

㈢《記》：稱家之有無。

㈣《説苑》：窮巷白屋。白屋，茅屋也。　緟注：明皇貴妃七夕長生殿有感牛女事，知當時宮中有此俗矣。《左傳》：有守於公宮。

㊄《西京賦》：膳夫馳騎。注：宰夫也。《嵇康傳》：鳴玉殿省。

㊅庾信《七夕賦》：此時併捨房櫳，共往庭中。淒房櫳，言室内一空。

㊆《西京雜記》：太液池西有漢武曝衣樓，七夕出后衣曝於樓上。崔寔《四民月令》：七月七夕，曝經書及衣裳。

㊇謝莊賦：曳雲表之素月。　李德林詩：微風動羅帶。

㊈《荆楚歲時記》：七夕，人家婦女結綵樓，穿七孔針，陳瓜果於庭中以乞巧。有蟢子網於瓜上者，則以爲得巧。

⑩《詩》：賓之初筵。　陶潛詩：裛露掇其英。

⑪《莊子》：日出而作。

嗟汝未嫁女，秉心鬱忡忡㊀。**防身動如律**㊁，**竭力機杼中**㊂。**雖無舅姑**一作姑舅**事**㊃，**敢昧織作功。明明君臣契，咫尺或未容。義無棄禮法**㊄，**恩始夫婦恭**㊅。**小大有佳期**㊆，**戒之在至公**㊇。**方圓苟齟**壯五切**齬**偶許切㊈，**丈夫多英雄**⑩。一云勿替丈夫雄。此因織女而及夫婦，見人情不可以苟合。　女子待嫁，未免憂心忡忡，但以禮律身，唯勤事織作而已。　蓋夫婦之道，通於君臣，臣一失節，則君將不容矣。　婦一失身，則夫將見絶矣。　故知大而仕進，小而婚配，皆當出於至公也。　牛女渡河，説既荒唐，舊俗乞巧，願涉私情，故以夫婦人倫之道諷諭世人。　君臣句，特比語耳。

此章，八句起，後兩段各十四句。

㊀《詩》：憂心忡忡。

㊁陳琳檄文：如律令。李善注：文書下如律令，言當履繩墨，動不失律令也。

㊂古詩：扎扎弄機杼。

㊃《記》：逮事舅姑。無舅姑，未嫁夫也。

㊄劉伶《酒德頌》：陳設禮法。

㊅《内則》：禮始於謹夫婦。

㊆《楚辭》：與佳期兮夕張。

㊇《論語》：戒之在色。

㊈《九辯》：圜鑿而方枘兮，吾固知其鉏鋙而難入。

㊉孔融書：盛孝章，實丈夫之雄也。

張綖曰：《易》言物不可以苟合，故借牛女無私會之事，以興男女無苟合之道。又因男女無苟合之道，以比君臣無苟合之義。蓋合必以禮者，女之佳期。進必以正者，士之佳期。如或不在至公，恐英雄丈夫，必不以不令之女而爲婦。剛明正大之主，又豈以不令之士而爲臣哉。是詩，觸類旁通，高古嚴正，可見古作詩者之意。

羅大經曰：朱文公嘗病《女戒》鄙淺，欲别集古語成一書。立篇目，曰正静，曰卑弱，曰孝愛，曰和睦，曰儉質，曰寬惠，曰講學。且言如杜詩云「嗟汝未嫁女，秉心鬱忡忡。防身動如律，竭力機杼中」，凡此等句，便可入正静。他皆倣此。嘗以書屬劉静春先生子澄纂輯，迄不能成，公蓋欲以配小學書也。

洪邁《容齋隨筆》曰：《洞微志》載蘇德哥爲徐肇祀其先人曰：當夜半鬼宿渡河之後。翟公巽作《祭儀》十卷云：或祭於昏，或祭於旦，皆非是。當以鬼宿渡河爲候。而鬼宿渡河，常在中夜，必使人仰瞻以俟之。予按天上經星，終古不動，鬼宿隨天西行，春昏見於南，夏晨見於東，秋夜半見於東，冬昏見於東。安有所謂渡河及常在中夜之理。織於昏晨，與鬼宿正相反，其理則同。杜詩云「牛女漫愁思，秋期猶渡河」、「牛女年年渡，何曾風浪生」，梁劉孝儀詩云「欲待黄昏至，含嬌淺渡河」。唐人七夕詩皆有此説，此自是牽俗遺詞之過。故杜老又有詩云「牽牛出河西，織女處其東。萬古永相望，七夕誰見同。神光竟難候，此事終蒙朧」，蓋自洞曉其實非也。

雨

此言旱後得雨，當在「行雲遞崇高」之前，且云「白谷變氣候」，知爲夔州作也。舊編前後互錯。

峽雲行清曉，烟霧相徘徊㊀。**風吹蒼江樹**朱子改作去，董作澍㊁，**雨灑石壁來。**此章喜旱後得雨，即下章所云「前雨傷卒暴」也。　雲霧先興，風雨並作，此曉時驟雨之勢。

㊀《漢書》：《天馬歌》：神徘徊，若留放。

㊁此乃古詩，作樹字本合，言風先吹樹而繼以雨來也。《朱文公語録》：杜詩最多誤字，如「風吹蒼江樹，雨灑石壁來」，樹字無意思，當作去，正對來字。又如蜀有漏天，以其西極陰盛常雨，如天之漏也。故云「鼓角漏天東」，後人不曉其義，遂改漏爲滿，似此類極多。董斯張曰：峽中波浪險絶，長風吹江，濤驚沫濺，勢如暴雨之澍。《洞簫賦》：聲礚礚而澍淵。李善云：澍，古注通。

淒涼生餘寒，殷殷上聲**兼出**一作山**雷。白谷變氣候㊀，朱炎安在哉㊁。高鳥濕不下**去聲**，居人門未開㊂。**此寫雨中之景。雨久則寒生，兼雷則雨大，故暑氣乍銷，而人鳥俱寂。

㊀邵注：白谷，巫山之谷。曆法有二十四氣，七十二候。謝靈運詩：旦昏變氣候。

㊁《景福殿賦》：開建陽則朱炎艷。

㊂鮑照詩：居人掩閨卧。

楚宫久已滅，幽珮爲去聲**誰哀㊀。侍臣書王夢，賦有冠**去聲**古才㊁。冥冥翠龍駕㊂，多自巫山臺㊃。**此歸功行雨之神。楚襄久没，神女更爲誰哀乎？彼巫山行雨，特才人託夢以諷成賦耳。今之乘龍灑雨者，豈真陽臺神力耶。此章四句起，下二段各六句。

㊀《神女賦》：摇珮飾，鳴玉鸞。

㊁《陸機傳贊》：言論慷慨，冠乎終古。

㊂《河東賦》：乘翠龍而超河兮。師古曰：翠龍，穆天子所乘馬。

㊃胡夏客曰：多當讀章移切。《論語》：「多見其不知量也。」古音如是。今按：多乃大都之意，恐不

必解作祇。

同是咏雨，此章説得奇而空。下章説得正而實。

朱子改「樹」爲「去」，言風吹蒼江而去，雨灑石壁而來，去來指風雨。董氏改爲「蒼江澍」，却是説風吹而江澍矣，豈可云雨灑而壁來乎？猶覺未安。

雨

黄鶴編在雲安作。今按：雲安有《喜雨》詩，言巢燕林花，當是夏時得雨。此云亢陽秋熱，知非雲安矣。且詩又云我圃蒼翠，雲安匆匆，焉得有圃，其爲夔州作無疑。《杜臆》因詩有郊扉、我圃，疑爲瀼西所作。今按：《客堂》詩言深山林麓，《雞柵》詩言山腰阡陌，何嘗非郊圃。還依朱本入在大曆元年。

行雲遞崇高㈠，飛雨靄而至㈡。潺潺石間溜㈢，汩汩松上駛㈣。亢陽乘秋熱㈤，百穀皆一作**亦已棄㈥。皇天德澤降㈦，燋卷有生意㈧。**此章言積雨之象，即下文所云「今雨喜容易」也。上四雨景，下四雨澤。溜在山上，故隔松傳響。潺潺，聲大而遠。汩汩，聲細而近。

㈠宋玉《高唐賦》：朝爲行雲。

㈡謝脁詩：朔風吹飛雨。謝惠連詩：響出山溜碧。
㈢魏文帝詩：谷水潺潺，落葉翩翩。靈運詩：活活夕流駛。
㈣《海賦》：浤浤汩汩。水聲也。
㈤《洪範五行傳》：君將亢陽之節，故旱災應也。
㈥《易》：百穀草木麗乎土。
㈦古詩：皇天布德澤，萬物生光輝。
㈧應璩書：頃者炎旱日更甚，砂礫銷鑠，草木燋卷。王褒詩：摧殘生意餘。

前雨傷卒倉活切**暴**㈠**，今雨喜容易**音異**。不可無雷霆，間**去聲**作鼓增氣**㈡**。佳聲達中宵，所望時一致**㈢**。清霜九月天**㈣**，髣髴見滯穗**㈤**。**次言久雨須雷，庶秋晴有穫。上四望雷，下四得雷。

㈠《前漢·師丹傳》：卒暴無漸。
㈡《左傳》：一鼓作氣。《三國序贊》：懦夫增氣。
㈢《易》：一致而百慮。
㈣湛方生《弔鶴文》：負清霜而夜鳴。
㈤《長門賦》：時髣髴以物類兮。《詩》：彼有遺秉，此有滯穗。

郊扉及我私一作栽耘㈠**，我圃日蒼翠**㈡**。恨無抱甕力**㈢**，庶減臨江費。**末乃感頌雨德，圃蔬霑潤，則汲水省費矣。　此章，前二段各八句，後段四句收。

㊀《詩》：雨我公田，遂及我私。

㊁謝朓詩：蒼翠望寒山。

㊂《莊子》：子貢至漢陰，見一丈人方爲圃畦，鑿隧而入井，抱甕而出灌，搰搰然用力甚多，而見功寡。

雨二首

此亦夔州所作，首章云巢居，云層臺，次章云倚天石，云長江白，皆係峽中景象。

青山澹無姿㊀，**白露誰能數**上聲㊁。**片片水上雲，蕭蕭沙中雨。**此章對雨而念行人也。首言雨中之景。　雲氣蒙，故山常澹。雨濕多，故露難辨。片片，秋雲之狀。蕭蕭，秋雨之聲。

㊀江淹詩：青山澹無姿。

㊁邵注：誰能數，暗用佛書雨露皆有頭數之義。

殊俗狀巢居㊀，**層臺俯**一作附**風渚。佳客適萬里**㊁，**沉思**去聲**情延佇**㊂。**掛帆遠色外，驚浪滿吳楚**㊃。**久陰蛟螭出**㊄，**寇盜**一云冠蓋**復**扶又切**幾許**㊅。下乃對雨之懷。　佳客萬里，乃層臺所遥望者。掛帆以下，又沉思所計慮者。《杜臆》：佳客必有所指。此章，上四句，下八句。

㈠《博物志》：南越巢居，北朔穴處。元稹《通州》詩：平地纔應一頃餘，閣欄都大似巢居。自注：巴人都在山陂架木爲居，自號閣擱頭。

㈡曹植詩：之子在萬里。陸機詩：沉思鍾萬里。

㈢《離騷》：結幽蘭而延佇。

㈣《海賦》：驚浪雷奔。

㈤蛟，龍屬，無角，似蛇，細頸，頸上有白嬰，四脚。嬰，逆鱗也。螭，似蛟，無角，如龍而黄。

㈥古詩：河漢清且淺，相去復幾許。

其二

空山中宵陰，微冷先去聲**枕席**㈠。**回風起清曙**一作曉㈡，**萬象萋已碧**㈢。**落落出岫雲**㈣，**渾渾倚天石。日假何道行**㈤，**雨含長江白。**次章，對雨而傷戍卒也。首記峽中秋雨，寫陰慘之狀。上四，見自宵及旦。下四，言雲濃雨晦。

㈠陶潛詩：夜中枕席冷。

㈡回風，旋轉之風。古詩：回風動地起。

㈢《孝經鈎命訣》：萬象咸載。

㈣岫，山穴也。陶潛辭：雲無心而出岫。

㊄日行有黃道赤道。

連檣荆州船，有士荷去聲**戈**一作矛**戟。南防草鎮慘，霑濕赴遠役。群盜下**去聲**辟山**㊀**，總戎備强敵**㊁**。水深雲光廓**㊂**，鳴艣各有適。**次記雨中征戍，寫愁苦之情。《杜臆》：草鎮，地名，想即黃草峽，前詩云「黃草峽西船不歸」，可證。蓋峽西有亂，總戎調荆兵以防之，故船中軍士荷戈冒險而赴遠役。群盜，指小寇言，時又有下辟山者，而總戎止備强敵，不暇及之，故鳴艣各有所適，峽中不能安枕可知已。

㊀《唐・地志》：渝州有壁山縣。《宋史》：辟山縣，隸重慶府。疑即此地。

㊁《吴越春秋》：强敵之兵日駭。

㊂漢昭帝詩：雲光開曙月低河。

漁艇息一作自**悠悠，夷歌負樵客**㊀**。留滯一老翁，書時記朝夕。**末見漁樵自得，而歎己之留滯也。首段叙時景，次段述時事，所謂書時也，而朝夕所見，皆記於此矣。　此章，前二段各八句，末段四句收。

㊀《蜀都賦》：陪以白狼，夷歌成章。　李嶠詩：荒阡下樵客，野猿驚山鳥。

王嗣奭曰：公《憂旱》詩云：「上天鑠金石，群盜亂豺虎。」今雖得雨而復憂盜，前章憂吴楚之盜，故恐遠客難行。此章憂峽中之盜，故憐士卒勞役耳。

江上

鶴注：當是大曆元年夔州作。　顧注：詩言江上倚樓，此夔州西閣所作也。

江上日多雨一作病㈠，蕭蕭荆楚秋㈡。高風下去聲木葉㈢，永夜攬一作挈貂裘㈣。勳業頻看平聲鏡㈤，行藏獨倚樓㈥。時危思報主，衰謝不能休。上四叙景，旅客悲秋之況。下四言情，舊臣憂國之懷。　夜不眠以至曙，故對鏡倚樓，看容色而計行藏。但以報主心切，雖衰年未肯自諉，此公之篤於忠愛也。　黄生注：勳業老尚無成，故頻看鏡。行藏抑鬱誰語，故獨倚樓。

㈠鮑照詩：江上氣早寒。

㈡《春秋正義》：荆楚，一木二名，故以爲國號，亦得二名。莊公之世，經皆書荆。僖之元年，乃書楚人伐鄭，蓋始改爲楚也。《晉書·羅含傳》：可謂荆楚之秋。

㈢江逌詩：高風吹節變。　《楚辭》：洞庭波兮木葉下。

㈣謝靈運《羅浮山賦》：發潛夢於永夜。

㈤杜篤《吴漢誄》：勳業既崇。　庾信詩：匣中取明鏡，披圖自照看。

㈥江淹詩：豎儒守一經，未足識行藏。

陳師道後山曰：真宗嘗觀子美詩「勳業頻看鏡，行藏獨倚樓」，謂甫之詩皆不逮此。

黄生曰：此詩後半所云，是本懷，是正説。其餘自嗤自怪，自寬自釋，皆即此意，而反覆變化以出之。詩以言志，才以抒辭。志，不變者也。辭，百變者也。才不能變，則其志亦不足觀矣。此非志之罪也，才之罪也。於此歎杜公之才之足以副其志也。

雨晴

鶴注：當是大曆元年夔州作。

雨時一作晴**山不改，晴罷峽如新**㈠。**天路看**一作休**殊俗**㈡，**秋江思**去聲**殺人。有猿揮淚盡，無犬附**一作送**書頻。故國愁眉外**㈢，**長歌欲損神**㈣。上四雨晴有感，下申思鄉之意。雨時總是此山，及晴罷而峽洗如新，喜初晴矣。晴則可以出峽，而猶然留滯，故不勝愁思。殊俗，指夔州，淚盡蒙此。秋思，念家鄉，無書蒙此。故國，指洛陽。愁眉外，心愁而眼不能見也。凡引古典，須用翻新。猿聲霑淚，黄犬附書，情已悲矣。此説猿多而淚零已盡，無犬而頻覓附書，語倍悽慘。上句用《水經注》漁者歌，下句用陸機入洛事，注皆别見。

㈠蕭子顯詩：雨罷葉增緑。山峭夾水曰峽。

㈡天路，猶云天邊，即指夔州。枚乘詩：天路隔無期。《詩序》：國異政，家殊俗。

㈢釋亡名詩：愁眉獨向隅。

㈣陸機詩：長歌赴促節。

按羅景綸云：「雨晴山不改，晴罷峽如新」，言或雨或晴，山體本無改變，唯既雨初晴，則山際精神，乃煥然如新。此説似未當。若上句出晴字，則下句便複。據公詩「久雨巫山暗，新晴錦繡文」，即此詩注脚。知雨晴兩句，乃分説也。

雨不絶

梁權道依舊次，編在大曆元年夔州詩内，以詩有「行雲莫自濕仙衣」句也。《演義》：先之以鳴雨，繼之以微雨，故題云《雨不絶》。

鳴雨既過平聲**漸細**晉作細雨**微**㈠，**映空摇颺**去聲**如絲飛**㈡。**階前短草泥不亂，院裏長條風乍稀**㈢。**舞石旋應**平聲**將乳子**㈣，**行雲莫自濕仙衣**㈤。**眼邊江舸何匆促**一作遽，**未待**晉作得**安流逆浪歸**㈥。上六雨中景物，末二雨際行舟。風狂雨急，故鳴而有聲，既過則細若飛絲矣。草不沾污，見雨之微。風雖乍稀，雨仍未止也。舞燕將子，記暮春雨。行雲濕衣，切巫山雨。江舸逆浪，譏夔人冒險以趨利。

㈠王褒詩：空林鳴暮雨。　應瑒詩：乃肯顧細微。

㈡梁簡文詩：春色映空來。　《吴都賦》：與風颻颺。　古詩：密雨如散絲。　沈約《雨》詩：非烟復非雲，如絲復如霧。

㈢朱注：《增韻》：室有垣牆者爲院。　黄鶴謂是嚴武幕中，非也。　庾信詩：河邊楊柳百尺枝，别有長條踠地垂。

㈣黄生注：石燕乳子，神女濕衣，此嚴羽所謂趣不關理者。　羅含《湘中記》：石燕在零陵縣，遇風雨則飛舞如燕，止則爲石。《水經注》：鷰山有石，紺色，狀燕，其石或大或小，及雷風相薄，小者隨大者而飛，如相將乳子之狀。　將，領也。　古樂府：一母將九雛。

㈤《演義》：莫自濕，勸神女莫久行雨，而自濕其衣也。　何胥詩：拂鏡下仙衣。

㈥《南史》：庾子輿奉父喪歸，至瞿唐大灘，秋水猶壯，子輿撫心長叫，其夜水忽減退，安流而下。《楚辭》：使江水兮安流。　樂府：逆浪故相邀，菱舟不怕摇。

律體以首尾爲起闔，三四承上，五六轉下，此一定章法也。　若在六句分截，則上重下輕，不見轉折生動之趣，詩之可議在此。

朱瀚曰：題便可怪，摇颺如絲，只是申上細微。　泥不亂，語近於率。　風乍稀，節外生枝。　舞石加乳子，未免冗贅。　神女自濕衣，何須過慮。　眼邊襯字，匆促拙字，安流逆浪，反覆重言，亦少意味。　此當係贋作也，須辨之。

晚晴

鶴注：當是大曆元年秋分作。　何遜詩：褰裳對晚晴。

返一作晚**照斜初徹**一作散，**浮雲薄未歸。江虹明遠**一作近**飲**㈠，**峽雨落餘飛。鳧雁**一作鶴**終高去**㈡，**熊羆覺自肥。秋分客尚在，竹露夕**一作久**微微**㈢。上四晚晴之景，下四晚晴有感。夕照映虹，有似下垂而飲，承上返照。雨後雲過，尚帶餘點飄飛，承上浮雲。鳥獸逢秋而自得，興己之久客未歸。

㈠張正見詩：鏡如臨風月，流如飲澗虹。前漢燕王旦時，有大虹下於宫中，飲井水竭。按：虹見則雨晴矣。

㈡《杜臆》：鳧不高飛，字恐有誤。

㈢陶潛詩：閑雨紛微微。

黄生曰：上半寫景，並精絶，晚晴之景如畫。三四倒裝句，各上三字一讀。五喻高蹈之士，六喻貪庸之人，公於兩者均無所處，所以途窮作客，留滯秋江也。

雨

黄鶴編在大曆元年夔州詩内。《杜臆》謂舟中所作，蓋因趙注以風扉爲舟扉耳。

萬木雲深隱，連山雨未開。風扉掩不定，水鳥過舊作去**仍迴。鮫館如鳴杼㈠，樵舟豈伐枚㈡。清涼破炎毒㈢，衰意欲登臺。**上六雨中之景，下二雨後之情。雲深而萬木隱藏者，以雨氣連山而不開也。風扉不定，水鳥仍迴，風雨並至也。雨落空江，聲如鳴杼，樵人阻雨，不能伐枚，江邊雨驟也。盧注：登陽臺而襲快風，衰意欲藉以少舒。胡夏客曰：風扉一聯，意在言外，比興無窮，非僅摹景而已。

㈠《文選》：鮫人織綃於泉室。

㈡《江賦》：鮫人構館於懸流。《詩》：伐其條枚。注：枝曰條，幹曰枚。

㈢古艷歌：夏節純和天清涼。

黄生曰：杜詩吟風之句，如「風扉掩不定」、「風幔不依樓」、「風簾自上鈎」、「寒聲風動簾」、「風連西極動」、「風前竹逕斜」，皆畫風手也。

奉漢中王手札

鶴注：漢中王貶蓬州刺史，今出峽將歸京，作書報公，而公復之以詩。舊編在永泰元年，今依朱氏入在大曆元年夔州。《杜臆》題上加奉字，以天潢尊之，其謹嚴如是。

國有乾坤大，王今叔父尊㈠。剖符來蜀道㈡，歸蓋取荊門㈢。峽險通舟峻一作過，**江長注海奔㈣。主人留上客㈤，避暑得名園。**首段叙王行踪。王時罷郡歸朝，取道夷陵，而暫留歸州也。張遠注：主人，指歸州守。上客，即漢中王。胡夏客曰：上四，起局莊嚴。通舟注海，作去筆。留客避暑，作留筆。

㈠滔注：首句，謂王所封之國甚大也。《書大傳》：周公曰：「吾今王之叔父也。」王，讓皇帝之子，代宗之叔父。

㈡曹植詩：剖符授玉，王爵是加。

㈢夷陵有荊門山，其狀如闕然。

㈣《吴越春秋》：决江導河，東注於海。

㈤梁元帝詩：光時留上客。

前後緘書報，分明饌玉恩㊀。天雲浮絶壁，風竹在華軒。已覺良一作涼宵永陳作逸，何看平聲駭浪翻㊁。入期朱邸雪㊂，朝音潮傍去聲。一作望紫微垣㊃。此想歸途景事。饌玉，蓋與緘書同贈者。絶壁、華軒，即名園佳景。良宵堪適，不必觸浪前行。朱邸，指王第。紫微，指帝宮。避暑在夏，宵永屬秋，還京正當冬雪，叙次詳明。

㊀戴暠詩：饌玉待鳴鐘。

㊁蘇彦詩：洪濤奔逸勢，駭浪駕丘山。

㊂謝朓牋：朱邸方開。又詩：黄旗映朱邸。《玉海》：《漢書注》：郡國朝宿之舍在京師者，率名邸。諸侯朱户，故曰朱邸。

㊃《晉志》：紫微大帝之座，天子之所居也。

枚乘去聲文章老㊀，河間禮樂存㊁。悲秋宋玉宅㊂，失路武陵源㊃。淹泊俱崖口㊄，東西異石根㊅。夷音迷咫尺㊆，鬼物倚一作傍朝一作黄昏㊇。此記峽中景況。枚乘自擬，河間比王。悲宋玉，王在歸州。失武陵，公未之楚。俱崖口，兩地多山。異石根，彼此分手矣。夷音、鬼物，厭蠻俗之醜惡，自傷獨居夔州也。

㊀趙曰：梁孝王時，枚乘在諸文士之間年最高。

㊁《漢書》：景帝子河間獻王德，學舉六藝，被服儒術，武帝時來朝，獻禮樂，對三雍宮。

㊂宋玉宅，在歸州。《哀江南賦》：誅茅宋玉之宅。

㊃武陵源，用桃花源迷路事。

㊄宋之問詩：崖口衆山斷。

㊅歸州，在夔州之東。石根，山足也。庾信詩：横琴坐石根。

㊆夷音，指楚語。

㊇《蕪城賦》：木魅山鬼，昏見晨趨。《洞冥記》：明莖草，照見鬼物之形。宋之問詩：山鬼泣朝昏。

犬馬誠爲戀㊀，**狐狸不足論**平聲㊁。**從**音聰**容草奏罷**㊂，**宿昔奉清樽**㊃。末致臨岐繾綣之情。犬馬，自方。狐狸，指當時竊位者。王於草奏之餘，應念宿昔交歡，囑其去後不忘也。此章，前三段各八句，末段四句收。

㊀曹植表：不勝犬馬戀主之情。

㊁《張綱傳》：豺狼當道，安問狐狸。

㊂《前漢·京房傳》：爲淮陽王作求朝奏草。沈佺期詩：顧我叨郎署，慚無草奏工。

㊃古詩：宿昔夢見之。古歌：清樽發朱顔。

返照

《杜臆》謂詩作於西閣，閣臨白帝城西，故見返照。《演義》：詩成後，偶舉二字爲題，非專詠返照也。後有五律一首，是全寫返照。

楚王宫北正黄昏㈠，白帝城西過雨痕。返照入江翻石壁㈡，歸雲擁樹失山村㈢。衰年病肺惟高枕㈣，絶塞愁時早閉門㈤。不可久留豺虎亂㈥，南方實有未招魂㈦。上四，雨後晚晴之景。下四，衰病亂離之感。　雨痕初過，故日照江而石壁之影摇動。黄昏乍暝，故雲擁樹而山村之路遮迷。此時方欲高枕閉門，乃思及豺虎爲亂，則兹地不堪久留矣。但恐驚散之旅魂，未必能招之北歸耳。愁時指亂，招魂自謂。

㈠顧注：楚王宫，在巫山縣西北。祖孫登詩：飄颻楚王宫。《楚辭》：黄昏以爲期。

㈡吴均詩：九莖日返照。　江淹詩：緬映石壁素。

㈢傅毅《七激》：仰歸雲，愬朔風。　庾信詩：山村落獵圍。

㈣《史·張儀傳》：大王高枕而卧。

㈤晉封禪奏：人望絶塞。胡夏客曰：愁時而在絶塞，無可奈何，唯早閉門耳。《漢·嚴助傳》：邊境之民，爲之早閉晏開。

㈥《楚辭》：山中不可以久留。　張載詩：盜賊如豺虎。　鶴注：公屢以强鎮比豺虎，是時楊子琳攻崔旰未已，公知子琳將變，故曰不可以久留。三年，子琳果殺夔州别駕張忠，據其城。

㈦盧注：招魂者，禮之所謂復也。宋玉哀其師無罪放逐，恐其魂魄離散，故作《招魂》。《招魂》曰：魂兮歸來，南方不可以止。

黄生曰：前半寫景，可作詩中圖畫。後半言情，能濕紙上淚痕。視白帝城中詩，較勝一籌，以起屬正聲，後半氣力雄厚故也。　又曰：年老多病，感時思歸，集中不出此四意。而横説豎説，反説正説，無不曲盡其情。此詩四項俱見，至結語云云，尤足悽神戛魄。

晴二首

鶴注：當是大曆元年初到夔州時作。

久雨巫山暗，新晴錦繡文一作紋㈠。**碧知湖外**一作上草㈡，**紅見海東雲**。**竟日鶯相和**去聲，**摩霄鶴數群**。**野花乾**音干**更落，風處急紛紛**。此爲久雨初晴而作也。　三四新晴遠景，下四新晴近景。　錦繡文，晴光映於山色。碧字、紅字，另讀，與「青惜峰巒過，黄知橘柚來」句法相同。　鶯和、鶴群，自慨羈孤。　花落紛紛，歎已飄零也。

㈠劉繪《琵琶峽》詩：照爛虹蜺集，交錯錦繡陳。

㈡湖外，謂洞庭湖之外。

其二

啼烏争引子，鳴鶴不歸林㈠。**下**去聲**食遭泥去，高飛恨久陰。雨聲衝塞盡，日氣射**音石**江**

深。回首周南客㊁，驅馳魏闕心㊂。次章，對晴景而感懷。啼烏下食，鳴鶴高飛，見物情厭雨而喜晴。雨聲、日氣，點明題意。末傷羈旅不歸也。衡塞射江，與魏闕相照。

㊀《易》：鳴鶴在陰。

㊁《史記》：太史公留滯周南。公借以自喻。太史公，乃司馬談。周南，在今西安府涇陽縣。

㊂《呂氏春秋》：中山公子謂詹子曰：「身在江湖之上，心居魏闕之下。」

雨

鶴注：當是大曆元年作。　洙注：詩云「蛟龍鬬」、「干戈盛」，是張獻誠、楊子琳、柏茂林並起兵討崔旰時也。

始賀天休雨，還嗟地出雷㊀。驟看平聲浮一作巫，非峽過，密作一作塞密渡江來。牛馬行無色㊁，蛟龍鬬不開㊂。干戈盛陰氣㊃，未必自陽臺。乍晴復雷，雨將作矣。中四，狀其雨至而勢大。末言此關人事所召，非由地氣使然，詩蓋有感而作也。　盧注：行無色，從雨密來。鬬不開，從雨驟來。上句喻凋殘未起，下句喻戰爭不休。

㊀《易》：雷出地奮豫。

㊁《莊子》：秋水時至，兩涘渚涯之間，不辨牛馬。

㊂漢武帝歌：蛟龍騁兮放遠遊。龍鬭野，出《漢書》。

㊃阮籍詩：朔風厲嚴寒，陰氣下微霜。

殿中楊監見示張旭草書圖

鶴注：此及後二篇，同是大曆元年作。《杜臆》：楊本殿中監，題云「殿中楊監」，尊殿也。草書云圖，豈如右軍《筆陣圖》耶？《唐書》：殿中省監一人，掌天子服御之事。南齊有内外殿中監。

斯人已云亡㊀，草聖秘難得。及兹煩見示，滿目一悽惻㊁。楊示旭書，起處總提。斯人指張，及兹指楊。

㊀《詩》：人之云亡。

㊁陸機詩：感物情悽惻。

悲風生微綃㊀，萬里起古色。鏘鏘鳴玉動㊁，落落群松直㊂。連山蟠其間㊃，溟漲與筆力㊄。此叙其書法之神妙。微綃之上，如風生萬里，以筆有古意也。玉動狀其疾徐，松直狀其蒼勁，連山狀其起伏，溟漲狀其浩瀚。

㈠潘岳詩：凱風揚微綃。

㈡謝朓詩：鏘鏘玉鑾動。

㈢《天台賦》：蔭落落之長松。

㈣《法書要録》：索靖章草書，若雪嶺孤松，冰河危石。蕭思話行草，如連岡盡望，勢不斷絶。

㈤溟漲，謂溟渤漲水。謝靈運詩：溟漲無端倪。《南史》：王僧虔論書云：「張芝、索靖、韋誕、鍾會、二衛，並得名前代，無以辨其優劣，惟見筆力驚異耳。」

有練實先書，臨池真盡墨㈠。俊拔爲之主㈡，暮年思轉極。未知張王後，誰並百代則㈢。

此贊其書學之精深。

㈠衛恒《書勢》：弘農張伯英，凡家之衣帛，必先畫而後染練之。臨池學書，池水盡黑，韋仲將謂之草聖。

㈡《杜臆》：「俊拔爲之主」，自是筆訣，在草書尤難。

㈢《王羲之傳》：我書，比鍾繇當抗行，比張芝草猶雁行。

嗚呼東吴精㈠，逸氣感清識㈡。楊公拂篋笥㈢，舒卷忘寢食㈣。念昔揮毫端，不獨觀酒德㈤。 末結楊公之賞鑒。　草書逸氣，足動楊之清識，故常卷舒把玩，而又念其揮毫落筆時。　旭醉後善書，不獨酒德可觀，公詩「張旭三杯草聖傳」，可證。　此章，四句起，下三段各六句。

㈠東吴精，禀東吴之精氣。本傳：旭，東吴蘇州人。《杜臆》云：李頎贈張顛詩「皓首窮草隸，時稱太湖精」，知旭原有此號也。
㈡魏文帝書：公幹有逸氣。《晉書》：衛瓘忠允清識，有文武之才。
㈢班婕妤詩：捐棄篋笥中。
㈣鮑照詩：朝日下卷舒。
㈤劉伶有《酒德頌》。

楊監又出畫鷹十二扇

鶴注：題云「又出」，則是同時所作。

近時馮紹正，能畫鷙鳥樣㈠。明公出此圖，無乃傳其狀。殊姿各獨立㈡，清絶心有向一作尚。疾禁平聲千里馬㈢，氣敵萬人將去聲㈣。首記畫鷹之神雋。《杜臆》：此詩蓋因才志不展，而發興於鷹揚者。公賦鷹馬，必有會心語，此則「清絶心有向」是也。前草書，是張旭真蹟。此鷹圖，乃臨摹馮畫。獨立，静出群。有向，動欲飛。千里馬，比其健。萬人將，喻其雄。禁，當也。

㈠朱注：謝赫《畫評》：畫有傳移摹寫，爲六法之一。張彦遠云：顧愷之有摹搨妙法。古時好搨畫，十得七八。亦有御府搨本，謂之宫搨。十二扇，蓋搨馮監畫本也。《歷代名畫記》：馮紹正，開元八年爲户部侍郎，善畫鷹鶻雞雉，盡其形態，嘴眼脚爪毛彩俱妙。曾於禁中畫五龍堂，有降雲蓄雨之感。

㈡《河圖説徵示》：鳥一足曰獨立。

㈢洙曰：漢文帝時有獻千里馬。

㈣《史記》：項羽學萬人敵。《宋武帝紀》：魯爽累世將家，驍猛善戰，號萬人敵。

憶昔驪山宫，冬移含元仗㈠。天寒大羽獵㈡，此物神俱王去聲**㈢。當時無凡材㈣，百中**去聲**皆用壯㈤。粉墨形似間㈥，識者一惆悵。**此見鷹而慨往事。紹正乃開元間人，故想出驪山校獵之盛，不覺對畫而惆悵也。

㈠黄希曰：《舊書》：東内曰大明宫，正殿曰含元殿。驪山在昭應縣，故幸驪山則移含元之仗。洙曰：玄宗太平時，常以冬十月幸驪山温泉宫較羽獵。《津陽門詩注》：申王有高麗赤鷹，岐王有北山黄鶻，逸氣奇姿，特異他等。上每校獵，必置於駕前，目爲决勝兒。

㈡揚雄有《羽獵賦》。

㈢《莊子》：澤雉十步一啄，百步一飲，神雖王，不善也。《世説》：庾文康云：「見子嵩在其中，常自神王。」

㈣又：桓温曰：「萬石撓弱凡才。」

㈤《史記》：養由基善射，百發百中。　用壯，出《易·大壯》卦。

㈥《顔氏家訓》：皆須粉墨，不可濫也。

干戈少暇日，真骨老崖嶂㈠。爲去聲君除狡兔㈡，會是翻一作飛韝上㈢。末借真鷹寄慨。遊獵不暇，鷹老空山矣，然其力能搏兔，雖老猶可用也。　寫一畫鷹，而世之治亂，身之用舍，俱在其中，真是變化百出。　此章，前二段各八句，末段四句收。

㈠鍾嶸《詩品》：真骨凌霜，高風跨俗。

㈡孫楚《鷹賦》：擒狡兔於平原。　鶴注：狡兔，指崔旰輩。

㈢隋煬帝《鷹》詩：雖蒙韝上榮，無復凌雲志。

送殿中楊監赴蜀見相去聲公

鶴注：大曆元年二月，杜鴻漸以黄門侍郎平章事帥蜀，明年六月入朝。　此詩當是元年秋作，相公指鴻漸。

去水絶還波㈠，洩雲無定姿㈡。人生在世間，聚散亦暫時。離別重平聲相逢，偶然豈足一作定期。送子清秋暮，風物一作動長年悲㈢。首段送別楊監。　上二興下聚散，别離二句承聚，送子二句承散。

㊀古詩：長江無迴波。

㊁洩雲，雲之飄散者。鮑照詩：洩雲去不極，馳波往不窮。

㊂殷仲文詩：風物自淒涼。《淮南子》：木葉落，長年悲。

豪俊貴勳業，邦家頻出師。相去聲**公鎮梁益**㊀**，軍事無孑遺**㊁**。解榻再見今**㊂**，用才復**扶又切**擇誰**㊃**。**此言楊當受知於杜相。國家出師之日，正豪俊見才之時也。

㊀《初學記》：劍南道，《禹貢》梁州之域，自劍閣西南方爲益州。

㊁《出師表》：曉暢軍事。《詩》：靡有孑遺。

㊂《後漢·徐穉傳》：陳蕃爲太守，惟穉來特設一榻，去則懸之。

㊃《左傳》：雖楚有材，晉實用之。

況子已高位㊀**，爲郡得固辭**㊁**。難拒供給費，慎哀漁奪私**㊂**。干戈未甚息，綱紀正所持**㊃**。**此言楊當愛民以盡職。於供億之中，能絕侵漁，此正操綱紀而恤下情也。

㊀《唐志》：殿中監，從三品，則其位已高。

㊁得固辭，言不得固辭也。《書·禹謨》：稽首固辭。

㊂《景帝紀》：漁奪百姓，侵牟萬民。

㊃又：二千石官長，紀綱人倫。

汎舟巨石横㊀，登陸草露滋㊁。山門日易去聲夕一作久㊂，當念居者思㊃。末致丁寧之意。言水陸之艱難，此居者代爲行人思也。今我日夕還山，客當念此而致戒於前途矣。此章，八句起，四句結，中二段各六句。

㊀《子虛賦》：内隱鉅石白沙。

㊁宋之問詩：草露濕人衣。

㊂隋蕭子隆詩：山門一已絶。

㊃《左傳》：不有居者。

贈李十五丈别

鶴注：李十五丈，即文凝秘書也。前寄李秘書詩云「衣冠八尺身」，又云「玄成負文彩」，此詩云「不聞八尺軀」，又云「玄成美價存」，故知爲文凝也。前詩在大曆元年夏作，此乃其秋作也。

峽人鳥獸居㊀，其室附層巔㊁。下臨不測江㊂，中有萬里船。多病紛倚薄迫各切㊃，少留改歲年。絶域誰慰懷，開顔喜名賢㊄。此叙在夔景事。《杜臆》：前寄李詩云：「猿鳥千崖窄，江湖萬里開。」上四乃其注疏也。見萬里船，則思出峽。名賢慰懷，喜對李丈也。

㊀《魏都賦》：蠻陬夷落，度道而通者，鳥獸之氓。吴注：鳥獸居，即巢居穴處。
㊁謝靈運詩：築觀基層巔。
㊂漢武都太守李翕《西峽頌》：下有不測之谿。
㊃謝靈運詩：拙疾相倚薄。倚薄，猶言交迫。
㊄又：開顔披心胸。　荀悦《漢紀序》：殊德名賢。

孤陋忝末親㊀，等級敢比肩。人生意氣一作頗**合㊁，相與襟袂連㊂。一日兩遣僕，三日一共筵。揚論展寸心㊃，壯筆過飛泉㊄。玄成美價存，子山舊業傳㊅。不聞八尺軀㊆，常受衆目憐。**此述李丈交誼，并其才品。　李與公，必同輩親戚，故云末親、比肩。遣僕、共筵，李待公厚也。展寸心，其議爽快。過飛泉，其詩敏捷。玄成、子山皆父子顯達，以比李之家世通貴。

㊀《學記》：獨學而無友，則孤陋而寡聞。
㊁蔡邕《陳留太守碑》：意氣精朗。
㊂潘岳賦：躡踵側肩，掎裳連袂。
㊃鮑照賦：撫寸心而未改。
㊄曹植《王仲宣誄》：文若春華，思若湧泉。
㊅《周書》：庾信，字子山。父肩吾，爲梁太子中庶，掌管記室。東海徐摛，爲左衛率。摛子陵及信，並爲抄撰學士。父子在東宫，既有盛才，文並綺麗，故世號爲徐庾體焉。

㊆陳壽《諸葛亮表》：身長八尺，容貌甚偉。

且爲辛苦行，蓋被生事牽。北迴白帝棹，南入黔陽天㊀。汧公制方隅㊁，迥出諸侯先。封内如太古㊂，時危獨蕭然。清高金掌露一作莖露，一作莖掌㊃，正直朱絲絃㊄。昔在堯四岳㊅，今之黄潁川。此述李行之故，兼美汧公。封内，言其治化。金露，比其清操。朱絃，比其直節。

朱注：《舊書》：勉坦率淡素，好古尚奇，清廉簡易，爲宗臣之表。清高數語，乃其實録。

㊀《一統志》：重慶府彭水縣，自三國至唐，皆名黔陽縣。舊注：汧公，李勉也，宗室鄭惠王孫。鶴注：《舊史》大曆七年，勉拜工部尚書及滑亳節度，不言封汧國。《新史》謂自嶺南節度召歸，進工部尚書，封汧國公。勉以大曆四年入嶺南，歸在五年公殁之後，今此詩已云汧公，蓋《新史》誤也。黄生注：時李勉爲梁州都督、山南西道觀察使，李往訪之，由蜀入黔，爲自北而南也。

㊁《盧思道集》：外静方隅，内康庶績。

㊂《管子》：四封之内。

㊃金莖露，見二卷。

㊄《後漢·黨錮傳》：直如弦，死道邊。

㊅洙曰：四岳，分掌四方之諸侯。漢黄霸爲潁川太守，有治狀。

于邁恨不同㊀，所思無由宣。山深水增波，解榻秋露懸。客遊雖云久，主要平聲。陳作亦思月再圓。晨集風渚亭，醉操雲嶠篇㊁。丈夫貴知己，歡罷念歸旋。此送别李丈，而望其再晤也。不同，不得同行。所思，指汧公言。上言三日共筵，李丈蓋嘗設榻以待公，今則解榻而懸諸秋露之傍矣。客遊久，言李丈行踪。月再圓，訂別後重逢。朱注：李往汧公，必有留連詩酒之興，然爲歡易盡，不可久遊而忘返也。此章，八句起，十句結，中二段各十二句。

㈠《詩》：從公于邁。

㈡王融詩：結賞自雲嶠，移燕乃方壺。此遊仙詩也。

黄生曰：此詩北迴、南入二句，杜田謂李丈訪勉於梁州，是也。黄鶴謂由黔南以入豫章，故下有「解榻秋露懸」句，是就用陳蕃事，其固已甚。夫由蜀入豫章，一水之便，反迂道以入黔陽，何爲者耶？如「解榻再見今」，前以之贈楊監矣，豈必泥於江西乎？錢箋偏信鶴説，反以杜田爲誤，彼蓋依據史文耳。史載勉爲梁州都督，在肅宗初年，及寶應元年，党項、奴剌寇梁州，勉棄郡走，後歷河南尹，徙江西觀察使。大曆二年來朝，拜京兆尹。錢氏誤認訪勉在江西，故於北迴、南入，程途不合。且此詩已稱汧公，而《新書》記封爵在大曆十年，錢氏既知其謬矣。則本傳所載前後歷官之歲，又安可盡信乎？據詩言「南入黔陽天」，知大曆初年勉尚在梁州也。如此類，正當援詩以正史，不當據史以釋詩矣。

種萵苣并序

鶴注：當是大曆元年秋作。朱注：萵苣，公借以自喻，序有「晚得微禄」句，詞旨甚明。

既雨已秋，堂下理小畦，隔種一兩席許萵苣，萵，烏禾切。苣，勤吕切。向二旬矣，而苣不甲拆，獨野一作伊人，非莧青青。傷時君子，或晚得微禄，轗軻不進，因作此詩。《本草》：萵苣花子並同白苣，江東人謂之萵筍。莧有赤白二種，或謂細莧，俗謂野莧。

陰陽一錯一作屯亂，驕蹇不復扶又切理㊀。枯旱于其或作此中㊁，炎方慘如燬㊂。植物半蹉跎㊃，嘉生將已矣㊄。從夏旱叙起。陰陽錯亂而致旱，亦有感時事也。不復理，謂不循常理。

㊀蔡邕詩：苦熱氣驕蹇。邵注：驕，謂日色驕亢。蹇，謂雨水蹇澀。

㊁司馬相如《難蜀父老文》：若枯旱之望雨。

㊂《詩》：王室如燬。

㊃《周禮・地官・大司徒》：以土會之法，辨五地之物，其山林、川澤、丘陵、墳衍、原隰，各有植物。

㊄《史記》：神降之嘉生。注：嘉，穀也。

雲雷欻奔命㊀，師伯集所使㊁。指揮赤白日，澒洞青光一作雲色起。雨聲先以晉作以，一作已風，散足盡西靡㊂。此秋雨大作之象。奔命，奉上帝之命。所使，爲造化所使。指揮，日色藏影。澒洞，雲氣鬱蒸。舊注：西靡，言雨散而斜向西也。

㊀《左傳》：子重子反，一歲七奔命。

㊁揚雄《河東賦》：叱風伯於南北兮，呵雨師於東西。

㊂謝朓詩：森森散雨足。　宋玉《笛賦》：白日西靡。

山泉落滄江㊀，霹靂猶在耳。終朝紆颯沓㊁，信宿罷瀟灑洒同。想里切。堂下可以畦，呼童對經始。　此雨後治畦之事。　猶霹靂，雷久矣。紆颯沓，風緩矣。罷瀟灑，雨止矣。對經始，兩童相對而治畦也。

㊀《易》：山下出泉。

㊁應瑒《西狩賦》：颯沓風翔。

苣兮蔬之常，隨事蓺其子。破塊數席間㊀，荷去聲鋤功易音異止㊁。兩旬不甲拆㊂，空惜埋泥滓。　此見嘉蔬之難植。　蓺子，下種也。破塊，鋤土也。

㊀《鹽鐵論》：周公之時，風不鳴條，雨不破塊。

㊁陶潛詩：帶月荷鋤歸。

㊂《易》：雷雨作而百果草木皆甲拆。

野莧迷汝來，宗生實於此㊀。此輩豈無秋，亦蒙寒露委㊁。翻然出地速，滋蔓户庭毀㊂。　此見賤種之易繁。　不知汝從何來，叢生於此，憎之也。一當秋露寒涼，不久委落，危之也。户庭毀，謂遮塞路逕。

㊀《吴都賦》：宗生高岡，族茂幽草。　揚雄《蜀都賦》：其竹則宗生簇攢，俊茂豐美。

㈡鮑照詩：歸華先委露。

㈢《左傳》：無使滋蔓。《易》：不出户庭。

因知邪干正㈠，**掩抑至没齒**㈡。**賢良雖得禄，守道不封己**㈢。**擁塞**先則切**敗芝蘭，衆多盛荆杞。**此拈出本意，着眼在邪干正三字。君子守道潔己，其芳澤可以被人。小人必欲摧抑終身，如荆杞之敗芝蘭也。「掩抑至没齒」，此公痛心疾首語。荁莧，是比義。芝蘭荆杞，又是比中之比。

㈠干，侵害也。

㈡吴均詩：掩抑摧藏張女彈。

㈢謝靈運詩：守道自不攜。《國語》：叔向曰：「引黨以封己。」李康《運命論》：封己養高，勢動人主。

中園陷蕭艾㈠，**老圃永爲恥**㈡。**登於白玉盤**㈢，**藉以如霞綺**㈣。**莧也無所施，胡顔入筐篚**㈤。仍以喻意作結，見邪終不能勝正也。蕭艾陷荁，老圃傷心，豈知久屈終伸，玉盤霞綺之上，登荁而不用莧，君子之可貴猶是矣。此章七段，各六句分截。

㈠《世説》：寧爲蘭摧玉折，不爲蕭敷艾榮。《詩》注：蕭，蒿也。

㈡老圃，見《論語》。

㈢《漢官儀》：封禪壇有白玉盤。徐摛《詠橘》詩：愧以無雕飾，徒然登玉盤。

㈣藉綺，盤下承之以綺。謝朓詩：餘霞散成綺。

㊄曹植表：忍垢苟全，則犯詩人胡顔之譏。

高元之《荼甘録》曰：自古工詩者，未嘗無興也。覩物有感則有興。今之作詩，以興近乎訕也，故不敢作，而詩之一義廢矣。杜《萵苣》詩云：「兩旬不甲拆，空惜埋泥滓。野莧迷汝來，宗生實於此。」皆興小人盛而掩抑君子也。至高適《題處士園》云：「耕地桑柘間，地肥菜常熟。爲問葵藿資，何如廟堂肉。」則近乎訕矣。作詩者知興之與訕異，始可與言詩矣。

白帝

鶴注：當是大曆元年秋作。　張遠注：此在白帝城而作，非專咏白帝也。

白帝城中雲出門一作城頭雲若屯㊀，**白帝城下雨翻盆。高江急峽雷霆鬬，翠**一作古**木蒼**一作長**藤日月昏**㊁。**戎**一作去**馬不如歸馬逸**㊂，**千**一作百**家今有百**一作十**家存**㊃。**哀哀寡婦誅求盡**㊄，**慟哭秋原何處村**㊅。此章爲夔州民困而作也。上四峽中雨景，下四雨後感懷。江流助以雨勢，故聲若雷霆之鬬。樹木蔽以陰雲，故昏霾日月之光。此陰慘之象也。戎馬之後，百家僅存。户口銷於兵賦，故寡婦遍哭於秋村。此爲崔旰之亂而發歟？《杜臆》：前叙雨景，便興下亂象。戎馬，指作亂者。不如歸馬逸，笑其勞而無益。

㈠《莊子》：望之若屯雲。

㈡馬融《廣成頌》：闇昧不覩日月之光，聾昏不聞雷霆之震。王逸《楚辭注》：雲興而日月闇。

㈢《國語》：范文子立於戎馬之前。《書》：歸馬於華山之陽。

㈣鼂錯書：調立城邑，無下千家。《文心雕龍》：百家颷駭。

㈤《楚辭》：聲哀哀而懷高丘兮。賈捐之對：老母寡婦，飲泣巷哭。

㈥《左傳》：誅求無藝。陳後主詩：四野秋原暗。

杜詩起語，有歌行似律詩者，如「倚江柟樹草堂前，古老相傳二百年」是也。有律體似歌行者，如「白帝城中雲出門，白帝城下雨翻盆」是也。然起四句一氣滚出，律中帶古何礙。唯五六掉字成句，詞調乃稍平耳。

黄草

朱注：觀首二句，乃夔州作無疑。黄鶴疑松州被圍，謂廣德二年事，因以秦中驛使爲李之芳使吐蕃，蜀道兵戈爲徐知道據劍閣，全解俱謬。今以舊編正之。單復編在大曆元年之秋。

黄草峽西船不歸，赤甲山下人行一作行人稀㈠。秦中驛使去聲無消息㈡，蜀道兵一作干戈有是非㈢。萬里秋風吹錦水㈣，誰家别淚濕羅衣㈤。莫愁劍閣終堪據，聞道去聲松州已被去聲圍。此章爲蜀中兵亂而作也。上四刺崔旰，下四憂吐蕃。船不歸，水阻也。行人稀，陸梗也。無消息，未聞朝命區處。有是非，郭崔互有曲直。錦江別淚，憶舊交之遭亂者。松州被圍，則全蜀安危所係，故所憂不獨在劍閣也。

㈠黄草峽，在涪州上流四十里。赤岬山，在夔州府東北七里。《通鑑》：大曆四年，涪州守捉使王守仙伏兵黄草峽。胡三省曰：黄草峽在涪州之西。《益州記》：涪州黄葛峽有相思崖，今名黄草峽。山草多黄，故名。《水經注》：赤岬山，公孫述所造，因山據勢，周回七里一百四十步，東高二百丈，西北高一千丈，南連基白帝，山甚高大，不生樹木，其石悉赤。土人云：如人袒胛，故謂之赤甲山。

㈡王粲爲劉表書：河山阻限，狼虎當路。雖遣驛使，或至或否。

㈢《吴越春秋》：欲興兵戈，以誅暴楚。《莊子》：無成心而有是非。

㈣萬里橋，在成都。庾信詩：錦水照簪裾。

㈤又：别淚損横波。何遜詩：復恐濕羅衣。

朱鶴齡曰：考唐史，杜鴻漸至蜀，崔旰與楊子琳、柏茂林等各授刺史防禦，而不正崔旰專殺主將之罪，故有兵戈是非之語。蓋言崔亂成都，柏、楊討之，其是非不可無辨也。然旰本建功西山，郭英乂通其妾媵，激之生變，其罪有不專在旰者。未幾釋甲，隨鴻漸入朝，而吐蕃則歲歲爲蜀患，故末語又不憂劍閣而憂松州也。松州先爲吐蕃所陷，此云已被圍，必中間嚴武又收復之。

白鹽山

鶴注：當是大曆元年秋作。

卓立群峰外，蟠根積水邊㈠。**他皆任厚地**㈡，**爾**一作我**獨近**去聲**高天**㈢。**白牓千家邑**㈣，**清秋萬估**一作古，一作里**船**。**詞人取佳句，刻畫竟誰**一作難**傳**㈤。《英華》作刷練始堪傳。上四寫山勢之孤高，中二記人民之聚集，末則自信詩句足傳也。《杜臆》：山高者基必大。此山卓立群峰之表，乃蟠根於積水之邊，望若懸空，是不任地而近天矣，豈非夔府一奇觀哉！且繞山而上，千家成邑，積水之中，萬估船來，又蜀中一都會也。向者春望此山，雖有斷壁紅樓之句，今秋親歷其地，苦心刻劃，而始得此山真面目，但恐詞人取句，未必能傳耳。此詩細玩，始知描寫之工。後來選者不及，論文笑自知，信矣。

㈠錢箋：《荆州記》：白鹽崖下有黄龍灘，水最急，沿泝所忌，故曰「積水邊」也。

㈡謝惠連《雪賦》：任地班形。

㈢《東京賦》：豈徒跼高天、蹐厚地而已哉。

㈣白牓，指門上扁額。《杜臆》：地志載赤甲山有孤城，即魚復縣，鹽山不言有邑，此特言其有似千家之邑耳。

㈤江淹詩：刻劃崟崒兮，山雲而碧峰。　黄希曰：《世説》：周顗云：「刻劃無鹽。」此因山名白鹽，故有末句。

謁先主廟

鶴注：成都有先主廟，夔州亦有之。先主伐吴，步歸魚復，崩於永安宫，所以有廟。永安宫在豐溪之側，即詩中青溪也。摇落乃秋候，當是大曆元年秋作。《方輿勝覽》：廟在奉節縣東六里。

慘澹風雲會㈠，乘時各有人㈡。力侔分社稷㈢，志屈偃經綸㈣。復漢留長策㈤，中原仗老臣㈥。雜耕心未已㈦，歐於口切。嘔同**血事酸辛㈧。霸氣西南歇㈨，雄圖曆數屯㈩。錦江元過楚，劍閣復**扶又切**通秦。**首叙先主始末。當時創業未半，委之武侯。及武侯既殁，而漢祚遂亡矣。各有人，孫曹角立也。力侔，謂三國鼎峙。志屈，謂征吴未遂。仗老臣以復漢，即先主臨終時所謂「君才十倍曹丕，必能定大事」也。雜耕渭南，歐血軍中，此《出師表》所謂「鞠躬盡瘁，死而後已」者也。霸氣二句，言天命去而漢祚終。舊注：錦江、劍閣，蜀地也。過楚、通秦，傷其不久而合於晉。《杜臆》：蜀漢不興，以霸氣歇、曆數屯，天限之也。不然，蜀都雖小，其東達楚，可以取吴，其北通秦，可以取魏，何患不能混一哉。按：此説多一轉折，不如前説爲當。

㈠《世説》：道壹道人曰：「風霜固所不論，乃先集其慘澹。」陸機詩：靄靄風雲會。《雲臺二十八將論》：咸能感會風雲，奮其知勇。

㈡《吴越春秋》：湯武乘四時之利而制夏殷。陸抗疏：德均則衆者勝寡，力侔則安者制危。

㈢《左傳》：社稷有主。

㈣《易》：君子以經綸。

㈤《出師表》：北定中原，興復漢室。晉郭欽疏：萬世之長策也。

㈥《吴越春秋》：先王之老臣也。

㈦《蜀志》：亮與司馬懿對於渭南，每患糧不繼，分兵屯田，爲久駐之基，耕者雜於渭濱居民之間，百姓安堵，軍無私焉。鍾會檄文：勞役未已。未然、已然二字拆開，與酸辛爲借對。

㈧《魏志》：亮糧盡勢窮，憂恚嘔血，一夕燒營遁走，入谷道，發病卒。裴松之曰：亮在渭濱，魏人躡跡，勝負之形，未可測量，而云嘔血，蓋因孔明亡而自誇大也。夫以孔明之略，豈爲仲達嘔血乎？劉琨喪師，與元帝箋亦云：亮軍敗嘔血。此則引虚記以爲言也。阮籍詩：舉翼更酸辛。

㈨《吴越春秋》：范蠡曰：「霸王之氣，見於地户。」

㈩謝朓詩：雄圖悵若兹。《書》：天之曆數在爾躬。

舊俗存祠廟㈠，**空山立**一作泣**鬼神**㈡。**虚簷交**一作扶**鳥道**一作過㈢，**枯木半龍鱗**㈣。**竹送清**

樊作青溪月，苔移玉座春㈤。閭閻兒女换㈥，歌舞歲時新㈦。此寫廟中景事。交鳥道，廟之高。半龍鱗，木之古。竹送二句，見歲時屢度。閭閻二句，見廟祀常存。盧世㴶曰：此見人心思漢，歷數百年如一日也。

㈠《國語》：卒歷代之舊俗。《後漢·成安侯傳》：帝爲起祠廟。

㈡立，謂設立神像。作泣鬼神者，未安。

㈢江總詩：虚簷静暮雀。《南中八志》：鳥道四百里。

㈣庾信詩：自能枯木潤。《子虚賦》：照爛龍鱗。《抱朴子》：松樹其皮中有脂，狀如龍形。

㈤《杜臆》：清溪之月從竹梢露出，故云「竹送」。玉座之苔與春色頻呈，故云「苔移」。玉座，神牀也。謝朓詩：玉座猶寂寞。

㈥《東都賦》：閭閻且千。黄注：兒女，即歌舞者。

㈦《左傳》：歌舞不倦。竺僧度詩：倏忽歲時過。

絶域歸舟遠㈠，荒城繫音計馬頻㈡。如何對摇落㈢，況乃久風塵㈣。孰荆作勢與關張並㈤，功臨耿鄧親㈥。應一作繼天才不小㈦，得士晉作土契無鄰㈧。遲暮堪帷幄㈨，飄零且釣緡一作罠㈩。向來憂國淚㈡，寂寞灑衣巾㈢。此謁廟而有感也。周甸注：當此風塵摇落中，孰與關張並列，而功侔耿鄧乎？必有真主應天之才，方成君臣契合之機。今年齒遲暮，豈堪更參帷幄，祗作磻溪釣叟已耳。但憂國念深，不禁淚灑衣巾也。《杜臆》：後八句，一是言有君則有臣，一是歎有臣而無君，此思古傷今之語。　此詩中八句，乃叙題；前後各十二句，全以議論成章，他人無此深厚力量。

㈠李陵書：出征絶域。　謝朓詩：天際識歸舟。

㈡又：荒城迥易陰。　劉琨詩：繫馬長松下。

㈢《楚辭》：蕭瑟兮草木摇落而變衰。

㈣周王褒詩：久戍風塵色。

㈤《蜀志》：關羽字雲長，張飛字翼德，先主與二人寢則同牀，恩若兄弟。《陳書》：蕭摩訶仕陳，屢從吴明徹北伐，謂其材不減關張。

㈥《後漢書》：耿弇，字伯昭，從光武，拜建威大將軍，後封好畤侯。　鄧禹，字仲華，光武安集河北，拜前將軍。　後定河東，拜爲司徒，封高密侯。

㈦《蜀志》：譙周等上言，聖王應際而生，與神合契，願大王應天順民。

㈧武侯本傳：先主曰：「孤之有孔明，猶魚之有水。」所謂「得士契無鄰」也。《史記》：嚴仲子亦可謂知人，能得士矣。　無鄰，無與比鄰也。

㈨《楚辭》：恐美人之遲暮。　黄生注：帷幄，用子房事。　釣緡，用太公事。　《高帝紀》：運籌帷幄之中，吾不如子房。

㈩庾信賦：將軍一去，大樹飄零。　《詩》：其釣維何，維絲伊緡。《抱朴子》：施釣緡於修木之末。

緡，一作罠，引《文選注》鹿網爲證，非也。公在江邊，故云釣緡。

㈡《前漢·蓋寬饒傳》：進有憂國之心。

㈢《楚辭》：寂寞而絶端。　沈約詩：寧假灑衣巾。

善作詩者，必構全局。全局既定，則議論得展，而意義層出矣。此篇，若無起段之激昂悲壯，則開端少力量。若無後段之感慨淋漓，則收結少精神。能以弔古之情，寫用世之志，足令千年上下，英雄墮淚，烈士撫膺，不獨記叙廟貌處，見其古色斑斕，哀音悽愴也。

孔明與伊吕相伯仲，舊説以關張相比並，非也。一云：孔明豈與關張相並，直與耿鄧相親。亦非也。詩本言先主而突贊武侯，語氣不符。據《杜臆》，公不以將材自居，而欲爲中興名佐，是也。錢箋亦云：孰與四句，屬公自叙語。公當流落風塵之中，而追懷應天得士之遇，故有此言耳。

胡應麟曰：「力侔分社稷，志屈偃經綸」，歐蘇得之而爲論宗。「江山如有待，花柳更無私」，程邵得之而爲理窟。「魯衛彌尊重，徐陳略喪亡」，魯直得之而爲沉深。「白屋留孤樹，青天失萬艘」，無已得之而爲勁瘦。「烟花山際重，舟楫浪前輕」，聖俞得之而爲閒澹。「江城孤照日，山谷遠含風」，去非得之而爲渾雄。凡唐末宋元人，不皆學杜，其體則杜集咸備。元微之謂自詩人來未有如子美者，乃不易之論。至輕俊學流，時相詆駁，累亦坐斯，然益足見其大也。

附記：昭烈帝廟祀千秋，而曹魏後世無聞，可見公道之在人心也。又考漢魏陵墓，亦存毁各異，此天道之不爽者。《津逮秘書》載惠陵一事，有蜀盗潛入隧道，見帝與關張共聚一堂，令盗飲酒一碗，賜玉帶一圍，其人戰懼而出，所飲之酒乃漆漿也，所與之帶乃白蛇也。此見千古英靈，長存天壤矣。近年甲寅乙卯之際，河北漳水中，有十五歲童子，夏浴於河，腰斬屍浮。其家驚異，使强壯負力者，仍入水中，又斷足股而死。土人群怒，因截河上下流，車涸其水，見一鐵輪旋轉如飛，輪角掛以利刃。土人去其刃，碎其輪，見輪旁有石槨，用巨木撞破之，槨中銅弩齊發，射傷數人。其内仍有石壁，土人用板扉蔽身，横撞而碎壁，内有兩石榻，男左女右，對卧其上，衣冠面貌，宛若生存，視其碑石，知爲魏武帝之墓。衆人惡其生前篡國，死後殺人，遂拽出其屍，粉碎骸骨。先是一月，有營卒於夢中見一五十餘歲丈夫，自稱漢丞相云：「將來子當爲我保護舊居。」及將發之前一夕，又現夢云：「明朝難作，我室中金寶任汝攜取，慎勿毁我身體。」及期，衆怒難解，此卒亦分其所藏故物。時湖南逆藩稱亂，遣河北兵會討。此卒爲把總官，竟傷於炮火。但能戮力從軍，捐軀報國，勝於曹氏遠矣。噫！疑塚七十，散布於太行河北，而真壙究爲後人發掘，前以機械陷人，究以機械自滅，天網不漏，可爲奸雄永鑒矣。此時安陽邑令，乃莆田林進士，有刻文以紀其事。

古柏行

鶴注：此大曆元年至夔州作。　趙次公曰：成都先主廟，武侯祠堂附焉。夔州先主廟、武侯廟各别。此詩云「孔明廟前有老柏」，蓋指夔州柏也。中云「憶昔路繞錦亭東，先主武侯同閟宫」，追言成都廟中柏也。公《夔州十絶》云「武侯祠堂不可忘，中有松柏參天長」，此可證也。蔡夢弼曰：成都先主廟西院，即武侯祠，有武侯手植古柏，公《蜀相》詩云「丞相祠堂何處尋，錦官城外柏森森」，此又一證也。　田況《古柏記》：自唐季凋瘁，歷王孟二國，蠹槁尤甚。然以祠中樹，無敢伐者。宋乾德丁卯歲仲夏，枯柯復生，日益敷茂，觀者歎聳，以爲榮枯之變，應時治亂，自三分迄今，八百餘年矣。　明季，蜀經張獻忠之亂，成都老柏，今不復存。

孔明廟前一作階**有老柏，柯如青銅根如石。霜**一作蒼**皮溜雨**一作水**四十圍，黛色參天二千尺**㊀。**雲來氣接巫峽長**㊁，**月**一作日**出寒通雪山白**㊂。二句舊在愛惜之下，今依須溪改正。**君臣已與時際會**㊃，**樹木猶爲人愛惜**㊄。首咏夔州柏，而以君臣際會結之。　銅比幹之青，石比根之堅。霜皮溜雨，色蒼白而潤澤也。　四十圍，二千尺，形容柏之高大也。　氣接巫峽，寒通雪山，正從高大處想見其聳峙陰森氣象耳。　君臣際會，即起下先主武侯。　巫峽在東而近，雪山在西而遠。

㊀朱注：四十圍、二千尺，皆假象爲詞，非有故實。《夢溪筆談》譏其太細長，《緗索雜記》以古制圍三徑一駁之，次公注又引南鄉故城社柏大四十圍，皆爲鄙説。考《水經注》，社柏本云三十圍，亦與此不合。　任昉《述異記》：盧氏縣有盧君冢，冢傍柏二株根，勁如銅石。　劉越石《扶風歌》：上枝拂青雲，中心十數圍。　江淹《竹賦》：黛色參天。　何光遠《鑑戒録》曰：沈存中《筆談》：杜《古柏行》「霜皮溜雨四十圍，黛色參天二千尺」，四十圍乃是徑七尺，無乃太細長乎？　余謂四十圍若以古制論之，當有百二十尺，即徑四十尺矣，安得云七尺也。　武侯廟柏，當從古制爲定，則

徑四十尺，其長二千尺又宜矣，豈得以太細長疑之。今按：古柏雖極高大，亦不能至二百丈，只是極形容之辭，如《秦州》詩「高柳半天青」，柳豈能高至半天乎？

㈡蕭懿詩：雲來覺山近。《宜都山川記》：巴東三峽巫峽長。

㈢《詩》：月出皎兮。

㈣張衡《同聲歌》：邂逅承際會。

㈤《左傳》：思其人猶愛其樹，況用其道而不恤其人乎？

憶昨路繞錦亭舊作亭，《英華》作城**東**㈠，**先主武侯同閟宮**㈡。**崔嵬枝幹郊原古**㈢，**窈窕丹青户牖空**㈣。**落落盤踞雖得地**㈤，**冥冥孤高多烈風**㈥。**扶持自是神明力**㈦，**正直元因造化功**㈧。此咏成都柏，而以神力化功結之。郊原古，有古致也。户牖空，虛無人也。此柏下雖得地，而上受風侵，至今長存無恙者，蓋以神明呵護，爲造化鍾靈耳。

㈠廟在錦城之西，不當言城東，當以亭東爲正。朱注：嚴武有《寄題杜二錦江野亭》詩，故曰錦亭。

㈡錢箋：《寰宇記》：先主廟在成都府西八里，惠陵東七十步。武侯祠在先主廟西。《成都記》：先主廟西院即武侯廟，廟前有雙大柏，古峭可愛，人云諸葛手植。陸游《跋古柏圖》：余在成都，屢至昭烈惠陵，此柏在陵旁廟中，忠武侯室之南，所云「先主武侯同閟宮」者，與此略無小異。《詩》：閟宮有侐。

㈢蕭子範詩：郊原共超。

㈣《詩正義》：所居之宫形狀。窈窕，幽深而閒静也。《魯靈光殿賦》：旋室㛹娟以窈窕。《司馬相如傳》：丹青赭堊。鮑照詩：開軒當户牖。

㈤杜篤《首陽山賦》：長松落落。《西京雜記》：中山王《文木賦》：或如龍盤虎踞。沈約《高松賦》：鬱彼高松，棲根得地。

㈥陸機《豪士賦序》：欲隕之葉，無所借烈風。

㈦《天台山賦》：實神明之所扶持。

㈧《莊子》：受命於地，惟松柏獨也正。《左傳》：内史過曰：「神聰明正直而壹者也。」王羲之詩：大矣造化功，萬殊莫不均。

大厦如傾要梁棟㈠，**萬牛迴首丘山重**㈡。**不露文章世已驚**㈢，**未辭剪伐誰能送**㈣。**苦心豈免容螻蟻**㈤，**香**一作密**葉終**一作曾經一作驚**宿鸞鳳**㈥。**志士幽人莫怨嗟**一作傷㈦，**古來材大難爲**一作皆難**用**㈧。此從咏柏寄慨，而以材大難用結之。濟世大任，必須大材。間世大材，須是大用。能用則爲宗臣名世，不用則爲志士幽人，此末段託喻大意。大厦四句，伏下材大難用。容螻蟻，傷其赤心已盡。宿鸞鳳，喜其餘芳可挹。賦中皆有比義。此章，三韻分三段，每段自爲起結。

㈠《文中子》：大厦之傾，非一木所支。《晉書》：袁粲見王儉而嘆曰：「宰相之材也。栝柏豫章雖小，已有棟梁之器。」

㈡杜預《水災疏》：所留好種萬頭。此萬牛所本。鮑照詩：丘山不可勝。

㊂《文木賦》：既剥既刊，見其文章。《楚辭》：青黄雜糅，文章爛兮。

㊃《詩》：蔽芾甘棠，勿剪勿伐。

㊄郭璞《蚍蟻賦》：屬莫賤於螻蟻。

㊅謝承《後漢書》：方儲遭母憂，種松柏，鸞棲其上。《焦氏易林》：枝葉盛茂，鸞鳳以庇。

㊆何遜詩：臨川何怨嗟。

㊇《杜臆》：才大難爲用，出王充《論衡》，即孔子道大莫容意。邵注引《莊子》樗樹大而無用，不切。黄常明曰：「不露文章世已驚，未辭剪伐誰能送」，先器識後文藝，與浮華炫露者自異也。「大厦如傾要梁棟，萬牛回首丘山重」，此賢者難進而易退，非其招不往也。

王嗣奭曰：公生平極贊孔明，蓋竊比之意。孔明才大而不盡其用，公嘗自比稷契，而人莫之用，故篇終結出材大難用，此作詩本旨發興於古柏者。不然，廟樹豈真梁棟之需哉。

范元實曰：詩有形似之語，若詩人賦「蕭蕭馬鳴，悠悠旆旌」是也。有激昂之語，若詩人興「周餘黎民，靡有孑遺」是也。古人形似之語，如鏡取形，燈取影。激昂之語，孟子所謂「不以文害辭，不以辭害意」者。今遊武侯廟，然後知《古柏》詩所謂「柯如青銅根如石」，信然，决不可改，此乃形似之語。「霜皮溜雨四十圍，黛色參天二千尺」。雲來氣接巫峽長，月出寒通雪山白」，此乃激昂之語。不如此，則不見柏之高大也。文章固多端，然警策處往往在此兩體。

《夢溪筆談》曰：樂天《長恨歌》云：「峨嵋山下少人行，旌旗無光日色薄。」峨嵋在嘉州，與幸蜀路全無涉。子美武侯廟《柏》詩云：「霜皮溜雨四十圍，黛色參天二千尺。」四十圍，乃徑七尺，無乃太細長耶！此皆文章之病也。

少陵題先主武侯詩，特具論世知人之識，從古詩家所僅見者。宋儒王十朋《梅溪集》有祭文二首，短句拈韻，堪與少陵相爲羽翼。其《謁昭烈廟》云：「嗚呼！東都之季，盜竊神器。分鼎者三，帝乃劉氏。有高皇度，有光武氣，有王佐臣，無中原地。以區區蜀，抗大國二。天厭漢德，壯圖弗遂。功雖少貶，四海歸義。永安故宫，遺迹可記。君臣有廟，英雄墮淚。歲月浸遠，棟宇莫治。來守是邦，過而興喟。一新廟貌，薄薦殽胾。傍觀八陣，細讀三志。我雖有酒，不祀曹魏。」又《謁武侯廟》云：「丞相忠武，蜀之伊吕。高卧南陽，悲吟《梁甫》。草廬之中，三顧先主。將漢是興，非劉曷與。君臣魚水，蛟龍雲雨。才十曹丕，志小寰宇。假令無死，師一再舉。吴魏可吞，禮樂可許。寧使英雄，墮淚今古。將略非長，庸史之語。受命天子，來帥兹土。夢觀八陣，果至夔府。廟貌僅存，風流可覩。旁有關張，一龍二虎。安得斯人，以消外侮？」

杜詩詳注卷之十六

諸將去聲五首

公自永泰元年夏去蜀至雲安，次年春，自雲安至夔州。據末章云「巫峽清秋」，當是大曆元年秋在夔州作。其前二章乃追論去年事也。

漢朝音潮**陵墓對南山**㊀，**胡虜千秋尚入關**㊁。**昨日玉魚蒙葬地，早時金碗出人間**㊂。**見**音現**愁汗馬西戎逼，曾**音層**閃朱旗北斗殷**音烟。諸本作閒，《正異》作殷㊃。**多少材官守涇渭**㊄，**將軍且莫破愁顏**㊅。首章爲吐蕃内侵，責諸將不能禦寇。上四嘆往事，下四慮將來。顧注：陵墓對南山，見其近在内地，而吐蕃入關發塚，其禍烈矣。不忍斥言，故借漢爲比。廣德元年，柳伉上疏，謂犬戎犯關度隴，不血刃而入京師，劫宮闕，焚陵寢，即其事也。此於禄山無涉。張遠注：帝王曰陵，公卿曰墓。玉魚，應陵；金碗，應墓。錢箋：昨日早時，言變亂倏忽。愁汗馬，指吐蕃入寇。閃朱旗，謂焚宮烟焰。蒙，是覆地，對出字爲工。汗馬赤血，對朱旗自稱。顧注：末句緊接上二，言前日之愁現在目中，豈可玩寇而遽破愁顔乎？　兩愁字，丁寧致戒，不嫌重複。　盧注：永泰元年九月，郭子儀請遣諸道節度，各出兵屯要害。　諸將猶擊毬爲樂。　故有末句。

㊀王濬表：傾亂漢朝。　《長安志》：終南山，連亘藍田諸縣，西漢諸陵及大臣墓多與之相對。

㊁鼂錯書：漢興以來，胡虜數入邊地。

㊂後漢赤眉發掘諸陵，取其寶貨，此西京事。　董卓使呂布發諸帝陵及公卿以下冢墓，收其珍寶，此東京事。　詩言「陵墓對南山」，指西京也。　黄生曰：三四，叙陵墓發掘之慘。　本惡境而出以雅語，若張載《七哀》詩「便房啟幽户，珠柙離玉體」，便覺出言直致矣。　《兩京新記》：宣政門内，曰宣政殿。　初成，每見數十騎馳突出，高宗使巫祝劉明奴問其所由。　鬼曰：「我漢楚王戊太子，死葬於此。」奴曰：「《漢書》，戊與七國反，誅死無後，焉得葬此？」鬼曰：「我當時入朝，以道遠不從坐，後病死，天子於此葬我。　《漢書》自遺誤耳。」明奴因宣詔，欲爲改葬。　鬼曰：「出入誠不安，改葬幸甚。　天子斂我玉魚一雙，今猶未朽，勿見奪也。」明奴以事奏聞。　及發掘，玉魚宛然，棺柩略盡。　《漢武帝故事》：鄠縣有一人，於市貨玉杯，吏疑其御物，欲捕之，因忽不見。　縣送其器，推問，乃茂陵中物也。　霍光自呼吏問之，説市人形貌如先帝。　朱注：《南史》：沈炯，爲魏所虜。　嘗獨行，經漢武通天臺，爲表奏之。　其略曰：「甲帳珠簾，一朝零落；茂陵玉碗，遂出人間。」即此事也。　《搜神記》：盧充家西有崔少府墓。　充一日入一府舍，見少府。　少府以小女與充爲婚。　三日，崔曰：「君可歸，女生男，當以相還。」居四年，三月三日，臨水戲，忽見崔氏抱兒還充，又與

金碗，并贈詩。充取兒、碗及詩，女忽不見。充詣市賣碗，崔女姨母曰：「昔吾妹之女，未嫁而亡，贈一金碗着棺中。」《杜詩博議》：戴叔倫《贈徐山人》詩：「漢陵帝子黄金碗，晉代仙人白玉棺。」可見玉魚、金碗，皆用西京故事，實與漢朝陵墓相應，但漢後稗史自《西京雜記》、《風俗通》、《拾遺記》諸書外，傳者絶少，無從考據耳。盧充幽婚，恐尚非的證。胡應麟曰：早時金碗出人間，説者謂用「茂陵玉碗遂出人間」語，以上有玉魚字，遂易作金碗。或謂盧充幽婚，自有金碗事，杜不應竄易原文。然單主盧充，又落汗漫。二説迄今分拏。不知杜蓋以金碗字入玉碗語，一句中事詞串用，兩無痕跡，如《伯夷傳》雜取經子，鎔液成文。正此老爐錘妙處，而注家並失之。淮陰侯云：「此自兵法，顧諸君不省耳。」余於注杜者亦云。

㊃按：趙次公曰：閃朱旗於北斗城中，閒暇自若。此以閒對逼，似爲工稱。但汗馬西戎四字，既屬連用，則朱旗斗城不應凑用。朱注指爲旗上斗星，則殷字正與閃字相應。周必大曰：《漢書》有朱旗絳天，此云朱旗北斗殷，見斗亦赤矣。殷，紅色也，修書時避唐宣宗諱，故改作閒耳。考《左傳》：三辰旗旂。疏云：畫北斗七星。《漢書》：招摇靈旗，九夷賓將。注：畫招摇於旗，以征伐。招摇，北斗第七星也。《東觀漢紀》：段熲徵還京師，鼓吹曲蓋朱旗騎馬，殷天蔽日。《左傳》：左輪朱殷。張希良曰：注家以少陵父名閑，因改閒爲殷，非也。上云「西戎逼」，下云「北斗閒」，二字反對，言戎馬之急如此，而我軍旗幟高並北斗者，悠颺閃爍，如此閒暇，則其逗留玩寇可知矣。當從趙次公之説。且閑字從木，閒字從月，義同而點畫各别，何嫌名之可諱乎？又如「娟娟

戲蝶過閒幔」，正與急湍相反對，若改作開幔，意致索然。

㈤《杜臆》：《唐志》：李林甫請停上下魚書，自是徒有兵額官吏，而戎器、駝馬、鍋幕、糗糧俱廢矣。時府人目番上宿衛者曰侍官，而六軍宿衛皆市人矣。今吐蕃爲寇，當拒之於疆埸，而第守涇渭，已在畿輔之内，況材官不知其多少，大抵皆侍官輩耳。《通鑑》：永泰元年九月，回紇、吐蕃合兵圍涇陽，及暮，二虜退屯北原。《越絶書》：多少爲備。《前漢書》：材官蹶張。注：材官，武技之臣。又，發巴蜀材官。應劭曰：材官，有材力者。

㈥王勃詩：賴此釋愁顔。宋之問詩：破顔看鵲喜。

其二

韓公本意築三城㈠，擬絶天驕拔漢旌㈡。豈謂盡煩回紇馬，翻然遠救朔方兵㈢。胡來不覺潼關隘，龍起猶聞晉水清㈣。獨使至尊憂社稷，諸君何以答升平㈤？

次章，爲回紇入境，責諸將不能分憂。在四句分截。築城本以禦戎，豈料國家多難，反借之以平寇亂。如至德二載，香積新店之捷，以回紇復兩京。永泰元年，涇陽輕騎之盟，以回紇退吐蕃。子儀前後用兵，皆藉其助討之力。所謂「盡煩回紇馬」、「遠救朔方兵」也。曰「豈謂」，見事出意外；曰「翻然」，見彼有悔心。當時潼關破後，廣平出師。是秋，合關河清，此真主龍興之象也。今雜虜侵境，憂在至尊，諸將何不思奮身報國，以致升平乎？四句，作抑揚詰問語，其意自明。按《册府元龜》：高祖師次龍門縣，代水清。趙次公云：至德二年七月，嵐州合關河清三十里。此龍起晉水清之一證也。詩蓋以祖宗之起兵晉陽，比廣平之興復京師，廣平王即代宗，故下文接以至尊。《博議》解胡來句，謂回紇自西北而來，不由潼關。果如其説，何不云蕭關、散關乎？ 其解龍起句，謂太宗龍興晉陽，請兵突厥。 却輾轉牽合，文氣不順矣。

㊀《世説》：山濤與諸尚書言孫吴用兵本意。

㊁《舊唐書·張仁愿傳》：景龍二年，拜左衛大將軍，同中書門下三品，封韓國公。 神龍三年，仁愿於河北築三受降城。 先是朔方與突厥以河爲界，河北岸有拂雲祠，突厥每入寇，必禱祠，候冰合而入。 時默啜西擊娑葛，仁愿乘虚奪漠南之北，築三城，首尾相應。 以拂雲祠爲中城，東西相去各四百里，皆據津濟，遥相接應。 北拓三百餘里，於牛頭朝那山北置烽燧一千八百所。 自是突厥不得度山放牧，朔方無復侵掠。《新書》：中城南直朔方，西城南直靈武，東城南直榆林。 《史記·淮陰侯傳》：馳入趙壁，拔趙旗，立漢赤幟。 按：天驕拔漢旌，五字連讀。 言回紇本欲拔去漢旌，自三城既築，則絶其拔旌之路矣。

㊂《蜀志·吕凱傳》：翻然改圖。

㊃一行《并州起義堂頌》：我高祖龍躍晉水，鳳翔太原。

㊄《梅福傳》：升平可致。

其三

洛陽宫殿化爲烽㊀，**休道**去聲**秦關百二重**平聲㊁。 **滄海未全歸禹貢**㊂，**薊門何處盡**一作覓**堯封**㊃。 **朝**音潮**廷衮職誰争補**一作雖多預㊄？ **天下軍儲不自供**㊅。 **稍喜臨邊王相**去聲

國㈦，肯銷金甲事春農㈧。此章爲亂後民困，責諸將不行屯田。在四句分截。洛陽潼關，憶安史陷京。滄海薊門，傷河北餘孽。顧注：衮職誰補，言相皆出將。儲不自供，言兵弗知農。王相國，此相而出將者。事春農，則兵亦知農矣。稍喜有二義：諸鎮不知屯種，而縉獨舉行之，是爲稍喜。縉素黨附元載，此事在所節取，亦足稍喜也。當時李抱真爲潞澤節度使，籍民，免其租税，給弓矢，使農隙習武。既不廢朝廷廩給，而府庫亦充實。郭子儀以河中乏食，自耕百畝，將士效之，皆不勸而耕。此即軍儲之能自供者。詩但舉王縉而不及李、郭，時縉爲河南副元帥，特就河北諸帥而較論之耳。玩臨邊二字可見。

㈠《後漢·董卓傳》：李傕放火燒宫殿官府，居人悉盡。曹植詩「洛陽何寂寞，宫殿盡燒焚」，正指此也。《通鑑》：天寶十四載十二月，安禄山陷東京。十五載六月，破潼關。

㈡《漢紀》：秦得百二焉。注：秦地險固，二萬人足當諸侯百萬人。

㈢滄海，指《禹貢》青州之域。《十洲記》：滄海，在北海中，水皆蒼色，神仙謂之滄海。

㈣庾信詩：薊門還北望。朱注：盡堯封，如《王制》「北不盡恒山，南不盡衡山」之盡。俗本作覓，非。《史記》：周封堯後於薊，故曰堯封。王胄詩：比屋降堯封。

㈤朱注：此用衮職，與《毛詩》不同。《後漢·法真傳》：臣願聖朝，就加衮職。注：衮職，三公也。

㈥焦竑曰：唐府兵之制，寓農於兵，軍糧皆所自給。今府兵法壞，而兵餉多取之餽饟，故云「軍儲不自供」。《西都賦》：儲不改供。漢樂府：蒼梧多腐粟，無益諸軍儲。

㈦《舊唐書》：廣德二年，王縉拜同平章事，其年八月，代李光弼都統河南、淮西、山南東道諸節度行營事，兼領東京留守，歲餘，遷河南副元帥，請減軍資錢四十萬貫，修東都殿宇。　謝朓啟：臨邊三事，既謝張温。

㈧蔡文姬詩：金甲耀日光。　漢元帝詔：方春農桑興。

其四

迴首扶桑銅柱標㈠，**冥冥氛祲未**一作不**全銷**㈡。**越裳翡翠無消息**㈢，**南海明珠久寂寥**㈣。**殊錫曾**音層**爲大司馬**㈤，**總戎皆插侍中貂**㈥。**炎風朔雪天王地**㈦，**只在忠臣**一作良**翊聖朝**音潮㈧。　此章爲貢賦不修，責諸將不能懷遠。在四句分截。　嶺南未靖，貢獻久稀，由諸將膺異寵，擁高官，而不盡撫綏之道，故思忠臣恤民，以輔翼朝廷。　黃生注：前三首道兩京之事，皆翹首北顧，此則道南中之事，故以迴首發端。　顧注：嶺南自明皇南詔之敗，繼以中原多故，其地未平。　越裳國，在交趾南。　南海郡，即廣州府。　炎風朔雪，以極南極北之地言。　《杜臆》：殊錫而爲大司馬，則兵權在握，總戎而兼侍中銜，則事無中制，何以不能收復舊疆耶。

㈠《十洲記》：扶桑，在碧海之卯地，一面萬里。　《南史》：林邑國，漢日南郡象林縣，古越裳界也。北接九真郡南界。　水步道二百餘里有西屠夷，亦稱王。　馬援所植兩銅柱，表漢界處也。　《新唐書》：環王，本林邑，其南浦有五銅柱山，形若倚蓋，西重巖，東涯海。　明皇令特進何履光以兵定南詔，復立馬援銅柱，乃還。　宋之問詩：銅柱海南標。

㈡王僧達詩：遠山斂氛祲。

㈢《周外紀》：成王六年，交趾南有越裳氏，重譯來朝，獻白雉。《唐書·志》：驩州日南郡有越裳縣。《周書》：成王時，蒼梧獻翡翠。《說文》：翡，赤雀。翠，青雀也。虞羲詩：君去無消息。

㈣《後漢書》：南海郡，武帝時置。《唐志》：嶺南道有南海縣。《漢·西域傳贊》：孝武之世，睹犀布玳瑁，則建朱崖七郡。自是之後，明珠、文甲、通犀、翠羽之珍，盈於後宫。《嶺表録異》：廉州有大池，謂之珠池，每年刺史修貢。《子虛賦》：寂寥無聲。

㈤傅亮《進宋元帝詔》：敬授殊錫，光啟疆宇。

㈥《唐書》：門下省，侍中二人，正二品，掌出納帝命，相禮儀。與左右常侍、中書令，並金蟬珥貂。

㈦《管子》：南至委火炎風之野。張正見賦：朔雪映夜舟。《記》：臨諸侯曰天王。邵注：天王，用《春秋》例，大一統也。

㈧陸機《豪士賦》：忠臣所爲慷慨。《左傳》：叔向語宣子曰：「文公之霸也，翼戴天子。」後漢馮衍書：聖朝享堯舜之榮。

錢謙益曰：此深戒朝廷不當使中官爲將也。楊思勗討安南五溪，殘酷好殺，故越裳不貢。呂太一收珠南海，阻兵作亂，故南海不靖。李輔國以中官拜大司馬，所謂殊錫也。魚朝恩以中官爲觀軍容使，所謂總戎也。澤州陳冢宰力辯其非。其一謂安南五溪之變，在思勗未至之先，有本傳可證，不當以越裳不貢責之思勗。其一謂呂太一既平後，曾收珠千餘日，有杜詩可證，不當以南海久寂責之太一。其一謂漢武帝置大司馬，爲武官極品。唐之兵部尚書不可稱大司馬，唐兵部尚書乃正三品。輔國進封司空，兼中書令，進封博陸郡王，三品之官，何足異乎？若唐之諸帥，其下各有行軍司馬及軍司馬，所謂大司馬者，應指副元帥、都統、節度使、都督府、都護府等官，專征伐之柄者言。且安南常設大都護以掌統諸番，此亦可證。所謂殊錫，大約非常寵錫，爲朝廷親信重臣耳。其一謂總戎之名，節度使皆可稱，如杜詩，「總戎楚蜀」以贈高適，「聞道總戎」以贈嚴武，何必觀軍容使始云總戎耶？《唐・百官志》：門下省，侍中二人，正二品。左散騎，常侍二人，正三品。注云：左散騎與侍中爲左貂，右散騎與中書令爲右貂。考馬燧、渾瑊，皆拜侍中，初非中人也。《百官志》中人有內侍省監、內常侍諸稱，而無侍中。《宦者傳》諸宦官有封爲王公，進爲中書令者，亦無侍中。今以魚朝恩當之，誤矣。所謂「總戎皆插侍中貂」，當指節度使而帶宰相之銜者。

其五

錦江春色逐人來㊀**，巫峽清秋萬壑哀**㊁**。正憶往時嚴僕射**從本音㊂**，共迎中使**去聲**望鄉臺**㊃**。主恩前後三持節**㊄**，軍令分明數**音朔**舉杯**㊅**。西蜀地形天下險**㊆**，安危須仗出群材**㊇**。**

此章爲鎮蜀失人，而思嚴武之將略。通首逐句遞下，此流水格也。細玩文氣，望鄉臺與錦江相應，出群材與軍令相應。仍於四句作截。大曆元年，公自雲安下夔州。其云錦江春色者，從上流而言，正想到臺前迎使也，觸景生哀，傷及嚴公。僕射，乃卒後贈官。迎使，是幕僚同事。三持節，言朝廷倚重。數舉杯，言軍中整暇。地險易亂，故須異才出鎮，惜乎繼起無人耳。《舊唐書》：武初以御史中丞出爲綿州刺史，遷東川節度使，再拜成都尹，仍爲劍南節度使。所謂先後三持節也。顧注：只軍令分明一句，便見折衝樽俎中，具有多少韜略。頻數舉杯，如《嚴公廳宴》及《晚秋摩訶池》之類是也。或因《八哀》詩有「憂國只細傾」句，遂云但數次舉杯，失其旨矣。細傾，言飲不至醉耳，非謂停止宴會也。設三鎮蜀中，只幾次舉酒，反覺倉皇窘迫，不似雅歌投壺氣象。西蜀地險，外則吐蕃見侵，内則奸雄竊據也。安危須仗，所謂「公來雪山重，公去雪山輕」也。

㈠陰鏗詩：上林春色滿。

㈡殷仲文詩：獨有清秋日。又：哀壑叩虚牝。

㈢《後漢·王常傳》：光武曰：「每念往時共更艱厄，何日忘之。」僕射，秦官名。《漢官儀注》：師古曰：射，本如字讀。古重射，每官必有主射課督之，故名。今射音夜，泥。

㈣《漢書·田横傳》：中使還報。又《宦者傳》：凡詔所徵求，皆令西園騶密約勑，號曰中使。《文選注》：天子私使曰中使。《成都記》：望鄉臺，與昇仙橋相去一里，管華陽縣。

㈤王褒《四子講德論》：皇澤豐沛，主恩滿溢。《漢書·馮奉世傳》：輒持節將兵追擊。

㈥《管子》：作内政而寄軍令。諸葛孔明《劾廖立表》：部伍分明。周明帝詩：舉杯延故老。

㈦《李斯傳》：西蜀丹青不爲采。陳琳書：漢中地形，實有險固。

㈧鎮蜀得人，安則可以銷萌，危則可以戡亂。不必引《荀子》「安國之危」解。《世説》：殷中軍曰：「韓康伯居然是出群器。」

錢謙益曰：是時，崔旰、柏茂林等交攻，杜鴻漸唯事姑息，奏以節度讓旰、茂林等各爲本州刺史。上不得已，從之。鴻漸以三川副元帥兼節度，主恩尤重，然軍令分明，有愧嚴武多矣。故感今思昔，必如嚴武出群之才，斯可當安危重寄。而慨鴻漸之非其人也。又曰：鴻漸入蜀，以軍政委崔旰，日與僚屬縱酒高會，追思嚴武之軍令，實暗譏鴻漸之日飲不事事，有負主恩耳。

舊解謂此詩「春」「秋」，就永泰元年說，非也。是秋，公在雲安，不當云巫峽，且前章云「南海明珠久寂寥」，亦不在永泰間也。按公詩有云：「自平中官吕太一，收珠南海千餘日。近供生犀翡翠稀，復恐征戍干戈密。」太一之叛，在廣德元年十一月，隨即削平。自廣德二年、永泰元年至大曆元年秋，中經閏月，約計千餘日矣。彼云近供稀，猶此言久寂寥也。想南海既平而復梗，又在是年深秋，彼此互證，斷知其作於大曆元年秋日矣。

郝敬曰：此以詩當紀傳，議論時事，非吟風弄月，登眺遊覽，可任興漫作也。必有子美憂時之真心，又有其識學筆力，乃能斟酌裁補，合度如律。其各首縱横開合，宛是一章奏議、一篇訓誥，與三百篇並存可也。又曰：五首，慷慨藴藉，反覆唱嘆，憂君愛國，綢繆之意，殷懃篤至。至末及蜀事，深屬意於嚴武，蓋已嘗與共事，而勳業未竟，特致惋惜，亦有感於國士之遇耳。

陸時雍曰：《諸將》數首，皆以議論行詩。

黄生曰：《有感》五首與《諸將》相爲表裏，大旨在於忠君報國，休兵恤民，安邊而弭亂。其老謀碩畫，款款披陳，純是至誠血性語。

王嗣奭曰：五章結語，皆含蓄可思。西戎見逼，諸將之罪，第云「且莫破愁顏」。社稷方憂，諸將之罪，第云「何以答升平」。屯田不舉，此當事者失策，第稱王相國以相形。廣南未靖，此撫綏者失宜，第舉忠臣翊聖以相勸。崔旰之亂，杜鴻漸不能會討，獨稱嚴武出群，以見繼起者之失人。皆得詩人温柔敦厚之旨，故言之者無罪，而聞之者可以戒。

澤州陳冢宰廷敬曰：五首，合而觀之，漢朝陵墓、韓公三城、洛陽宫殿、扶桑銅柱、錦江春色，皆從地名叙起。分而觀之，一二章言吐蕃、回紇，其事對，其詩章句法亦相似；三四章言河北、廣南，其事對，其詩章句法又相似；末則收到蜀中，另爲一體。杜詩無論其他，即如此類，亦可想見當日鑪錘之法，所謂「晚節漸於詩律細」也。與《秋興》詩並觀，愈見。

八哀詩

鶴注：八詩非一時所作，如李光弼詩「灑淚巴東峽」，嚴武詩「悵望龍驤塋」，則二詩在夔州作無疑。如李邕詩「君臣尚論兵，將帥接燕薊」，則是史朝義未平，正經營河北之日，當在廣德之前，蓋自寶應、廣德至大曆初，有此作也。　今按：詩序所云，乃一時追思之作。觀哀鄭虔詩云「秋色餘魍魎」，當是大曆元年之秋。其云：「君臣尚論兵，將帥接燕薊。」因此時吐蕃未靖，河北降將陽奉陰違，故有此語，非爲史朝義而發也。　葛常之曰：曹子建、王仲宣、張孟陽，有《七哀》

詩，釋者謂病而哀，義而哀，感而哀，悲而哀，耳目聞見而哀，口歎而哀，鼻酸而哀也。子建之哀，在於獨棲而思婦；仲宣之哀，在於棄子之婦人；張孟陽之哀，在於已毁之園寢：是皆一哀而七者具也。老杜之《八哀》，則所哀者八人也。

傷時盜賊未息，興起王公、李公，嘆舊懷賢，終於張相去聲**國。八公前後存殁，遂不銓次焉。**《杜臆》：此八公傳也，而以韻記之，乃公創格。蓋法《詩》之《頌》，而詩史非虚稱矣。王、李名將，因盜賊未息，故興起二公，此爲國家哀耳。繼以嚴武、汝陽、李、蘇、鄭，皆素交，則嘆舊。九齡名相，則懷賢。序簡而該，亦非後人所及。朱注：詩序末句，言不以存殁之前後爲次第也。陶詩序：詞無銓次。

贈司空王公思禮

八章之中，題首言贈者四，乃稱死後贈官也。盧注：哀司空者，哀其功名未就，而天促之也。《唐書》：王思禮，高麗人。

司空出東夷㈠**，童稚刷勁翮**㈡**。追隨幽**一作燕**薊兒，穎鋭**一作脱**物不隔**㈢**。**首叙少年奮起之跡。勁翮，比其勇力。穎鋭，比其英鋒。

㊀《唐書》：思禮父虔威，爲朔方軍將。思禮少習戎旅，入居營州。

㊁蔡邕《袁滿來碑》：雖則童稚，令聞芬芳。　劉楨詩：勁翮正敷張。

㊂脱穎而出，用毛遂語。　任昉表：不隔微物。

服事哥舒翰㊀，意一作氣無流沙磧。未甚拔行平聲間㊁，犬戎大充斥㊂。短小精悍姿㊃，屹然强寇敵㊄。貫穿去聲百萬衆㊅，出入由古與猶通咫尺。馬鞍懸將去聲首㊆，甲外控鳴鏑㊇。洗劍青海水㊈，刻銘天山石㊉。九曲非外蕃⑪，其王轉深壁⑫。飛兔不近駕⑬，鷙鳥資遠擊⑭。　此記隴右立功之事。　遠注：意無沙磧，猶云談笑無河北。　貫穿，謂連絡部伍。　出入，謂衝突賊營。　懸將首，能戰勝。　控鳴鏑，能禦虜，所謂「屹然强寇敵」也。　自此九曲盡復，則其地非外蕃，而其王已遁迹矣。　飛兔二句，言足以長驅遠馭。　流沙磧石、青海天山，皆在西極之地。

㊀《周禮》：大司徒頒職事十有二，曰服事。　鄭司農注：服事，爲公家服事也。　《唐書》：思禮從王忠嗣，至河西，與哥舒翰同籍麾下。　及翰爲隴右節度使，思禮與中郎將周泌爲翰押衙。

㊁《衛青傳》：臣幸得待罪行間。

㊂《周語》：穆王將征犬戎。　《左傳》：敝邑以政刑不修，寇盗充斥。

㊃《前漢書》：嚴延年爲人短小精悍。

㊄《靈光殿賦》：屹然特立。　《辯亡論》：强寇敗績。

㊅《後漢·隗囂傳》：百萬之衆方至。

㈦夢弼曰：馬鞍懸將首，暗用彭寵事。蔡琰詩：馬鞍懸其頭。

㈧鮮于注：甲外，軍陣之外，即遊騎掠軍，離什伍者。曹植詩：攬弓捷鳴鏑。邵注：鳴鏑，髐箭也。

㈨青海，即西海。

㈩伊州、西州，並有天山。刻銘，猶竇憲勒功燕然之意。《哥舒翰傳》：翰築神威軍青海上，吐蕃攻破之，更築於龍駒島。由是吐蕃不敢近青海。

⑪唐景龍四年，贊普請昏。唐以左衛大將軍楊矩送金城公主使吐蕃。因請河西九曲之地爲公主湯沐邑，矩奏與之。吐蕃既得九曲，自是復叛。《舊唐書》：天寶十二載，翰征九曲。思禮後期，欲引斬之，續命使釋之。思禮徐言曰：「斬則斬，却唤作何物？」諸將以是壯之。十二載，翰進封涼國公，加河西節度使，攻破吐蕃洪濟、大漠門等城，悉收九曲，以其地置洮陽郡，築神策、宛秀二軍。

⑫《枚乘傳》：深壁高壘。

⑬《吕氏春秋》：飛兔、騕褭，古之駿馬。《瑞應圖》：飛兔，神馬，行三萬里，明君有德則至。

⑭《易通卦驗》：秋分鷙鳥擊。張率詩：雖憂鷙鳥擊，長懷沸鼎虞。

曉達兵家流㈠，**飽聞《春秋》癖**㈡。**胸襟日沉静，肅肅**晉作蕭蕭**自有適**㈢。此乃重叙將略，爲下文張本。王公才識意度如此，則知潼關之敗，非其僨軍，而武功之師，由其底定也。

㈠《漢·藝文志》：兵家者，蓋出於古司馬之職，王官之武備也。

㊁《晉書》：杜預爲征南將軍，有《春秋左傳》癖。

㊂《杜臆》：胸襟沉静二句，夫子所云懼而好謀，可於氣象得之。劉伶論：聞此消胸襟。常景詩：嚴君性沉静，立志明霜雪。《詩》：肅肅在廟。《莊子》：是適人之適，而非自適之適也。

潼關初潰散㊀，萬乘去聲**猶辟**皮亦切**易㊁。偏裨無所施㊂，元帥見手格㊃。太子入朔方，至尊狩梁益㊄。胡馬纏伊洛㊅，中原氣甚逆㊆。肅宗登寶位㊇，塞**所則切**望勢敦迫**一作逼**㊈。公時徒步至⑩，請罪將厚責。際會清河公，間**去聲**道傳玉册⑪。天王拜跪畢⑫，讜**音黨**論一**作議**果冰釋⑬。**此記潼關敗績之事。辟易，言出奔。偏裨，謂思禮。元帥，謂哥舒。梁益，謂蜀中。伊洛，謂河南。至尊，即明皇。太子，即肅宗。當時靈武即位，迫於群臣勸進，故勉從以塞衆望。上皇傳位於太子，房琯奉册至靈武。受命以後，因納讜言，故思禮得釋放也。

㊀《唐書》：哥舒翰守潼關，思禮充元帥府馬軍都將。翰軍既敗，至潼關收散卒，復守關。賊將崔乾祐進攻之，於是火拔歸仁等紿翰出關，執以降賊。

㊁《項羽傳》：「人馬辟易。」謂辟開而移易其處。

㊂《漢·馮奉世傳》：大將軍出，必有偏裨。

㊃張華《凱歌》：元帥統方夏。《東方朔傳》：手格熊羆。

㊄《春秋》：天王狩於河陽。梁、益二州，即西蜀地。

㊅《後漢·史論》：兵纏魏闕。

㈦《樂記》：逆氣成象。

㈧《易》：聖人之大寶曰位。

㈨王褒《四子講德論》：不足以塞厚望，應明旨。 羊祜表：何以塞天下之望。 《世說》：昔安石在東山，縉紳敦迫。

⑩范蔚宗論：或起徒步，而仕執珪。

⑪《唐書》：翰敗潼關，思禮走行在，肅宗責不堅守，將斬之。 會房琯自蜀奉上皇册命至，諫以爲可收後效，遂見赦。 錢箋：新舊二書記思禮槖下被釋在靈武，與公詩合。 而《通鑑》載思禮自潼關至，在次馬嵬驛之前。 又云，即授河西隴右節度使，令赴鎮，恐當有誤。 清河，乃房姓郡名。 玉册，册立肅宗之詔。 《山海經》：黄帝取密山之玉策，而投之鍾山之陽。 《穆天子傳》：天子於是得玉策枝斯之英。

⑫《記》：天子曰天王。 古詩：伸腰再拜跪。

⑬《前漢書》：成帝曰：「久不見班生，今日復聞讜言。」 《左傳序》：涣然冰釋。

翠華卷飛雪一云飛雪中㈠，熊虎亘阡陌㈡。 屯音迍兵鳳凰山㈢，帳殿涇渭闢㈣。 金城賊咽喉，詔鎮雄所搤㈤。 禁暴靖一作静，一作清無雙㈥，爽氣春淅瀝㈦。 巷有從公歌㈧，野多青青麥㈨。 此憶其守武功而興復也。 帝自靈武至鳳翔，自鳳翔臨涇渭，已漸逼京都矣。 翠華，天子之旗。 時在二月，故有飛雪。 熊虎，將士之旗。 統率六軍，故亘阡陌。 詔鎮，謂奉詔以鎮武功。 所搤，扼敵衝也。無雙，言勇略特出。淅瀝，言軍令肅清。王師至，故巷有歌。寇不侵，故野多麥。

㈠《上林賦》：建翠華之旂。

㈡《周禮·春官》：司常，熊虎爲旗，鳥隼爲旟。

㈢圖經：岐山，一名天柱山。文王時，鳳鳴岐山，人亦呼爲鳳凰堆，在鳳翔府。

㈣帳殿，天子所在以帳爲殿，詳二卷。

㈤金城縣，屬京兆府，至德二年，改爲興平。時思禮爲關内節度使，鎮此。黄鶴以爲河西之金城，誤矣。《唐書》：思禮除關内節度，使守武功。賊將安守忠來戰，思禮退守扶風。賊分兵略太和關，去鳳翔五十里，上命郭子儀擊之而退。

㈥漢武帝詔：禁暴止邪，養育群生。《史記》：蕭何曰：「如信，國士無雙。」《馬援傳》：搤其咽喉。

㈦《世説》：桓宣武素有雄情爽氣。《王彬別傳》：爽氣出儕類。謝惠連賦：霰淅瀝而先集。

㈧《詩》：無小無大，從公於邁。

㈨後漢成帝時童謡：小麥青青大麥枯，誰省穫者婦與姑，丈夫何在西擊胡。《莊子》：青青之麥，生於陵陂。

及夫音扶哭廟後，復扶又切領太原役㈠。恐懼祿位高㈡，悵望王土窄㈢。不得見清時㈣，嗚呼就窀穸㈤。永一作空繫音計五湖舟㈥，悲甚田横客㈦。千秋汾晉間㈧，事與雲水白㈨。此惜其守太原而身没也。肅宗哭廟，在至德二年。思禮復鎮，在乾元二年。其卒軍中，在上元二年。

禄位高，難報稱。王土窄，未恢復。二句推原其心。窀穸已歸，公方繫舟，不得赴哭，故作歌以悲，甚於田横之客。舊注引范蠡乘舟泛五湖，謂思禮有功成身退之志，非也。洙曰：思禮兩鎮太原，撫御功深，故想見千秋之後，當與雲水長留。

㊀《舊唐書》：長安平，思禮先入清宫，遷兵部尚書，封霍國公。光弼徙河陽，代爲太原尹、北京留守、河東節度使，尋加司空。

㊁《前漢・刑法志》：制爲禄位，以勸其從。

㊂《詩》：莫非王土。

㊃曹植詩：清時難屢得。

㊄《左傳》：惟是春秋窀穸之事。注：窀，厚也。穸，夜也。厚夜，猶長夜。《舊唐書》：上元二年四月，以疾薨。輟朝一日，贈太尉，謚武烈。

㊅《史記》：范蠡乘扁舟，浮於五湖。

㊆《古今注》：薤露、蒿里，並喪歌也。田横自殺，門人傷之，爲作悲歌。

㊇汾水，出太原晉陽山上。

㊈徐彦伯詩：楚山雲水白。

昔觀文苑傳去聲㊀，**豈述廉頗績**《英華》作頗跡，别作藺績。**嗟嗟**晉作嗟嗟，音社**鄧大夫**㊁，**士卒終倒戟**㊂。將客意作結，歎繼起無人也。將略不須文藝，故廉頗制勝，而景山喪身。此章首尾中腰各四句，前兩段各十六句，後兩段各十句。

㈠《後漢書》有《文苑傳》。

㈡《楚辭》：增歔欷之嗟嗟兮。《唐書》：思禮薨，管崇嗣代爲太原尹。數月，召鄧景山代崇嗣，景山以文吏見稱，至太原檢覆軍吏隱没者，軍衆憤怨，遂殺景山。

㈢《韓非子》：聚士卒，養從徒。《左傳》：趙宣子舍於翳桑，見靈輒餓，食之，既而與公介，倒戟以禦公徒而免之。

故司徒李公光弼

盧注：哀司徒者，哀其匡復大功，受謗未明而没也。《唐書》：光弼，營州人。朱注：司徒已封王，贈太保。止稱司徒者，其功名著於司徒時，蓋從時人所稱耳。

司徒天寶末，北收晉陽甲㈠。胡一作獷**騎**去聲**攻吾城，愁寂意不愜。人安若泰山㈡，薊北斷右脅㈢。朔方氣乃**一作多**蘇，黎首見帝業㈣。**首記守太原之事。當時安史稱亂，禄山從河北而向潼關，思明從山右以瞰秦隴。自光弼西扼賊衝，故朔方無虞，而肅宗得起業靈武。此至德元年事也。城，指太原。意不愜，賊失意也。

㈠《舊唐書》：太原，漢晉陽縣，天授元年置北都，兼都督府。《公羊傳》：晉趙鞅，取晉陽之甲以逐荀寅，君側之惡人也。

㈡《枚乘傳》：安於太山，易於反掌。

㈢《國語》：斷趙之右臂。《西域傳》：開玉門關，通西域，以斷匈奴右臂。朱注：太原在幽薊之西，故曰右脅。

㈣《舊書》：郭子儀爲朔方節度，薦光弼爲雲中太守，充河東節度副使。潼關失守，授户部尚書，兼太原尹、北京留守。至德二年，史思明等四僞帥率衆十餘萬攻太原，拒守五十餘日，伺其怠，出擊，大破之，斬首七萬餘級。加檢校司徒，尋遷司空。《漢·高帝紀》：五年而成帝業。

二官泣西郊㈠**，九廟起頹壓**㈡**。未散河陽卒，思明僞臣妾。復**扶又切**自碣石來，火焚乾坤獮**㈢**。高視笑禄山**㈣**，公又大獻**《英華》作獻大**捷**㈤。次記破思明之功。兩京克復，思明僞降，既而賊勢復熾，公又獻俘奏捷，此至德二年事也。二宮泣，玄、肅還京。河陽卒，子儀舊營。碣石來，思明再叛。乾坤獮，如縱火大獮。笑禄山，思明自矜其勇。

㈠沈約《安陸昭王碑》：二宮升降，令績斯俟。西郊，自蜀至京之郊。

㈡周制：后稷爲太祖，廟百世不遷，左爲文世室，右爲武世室，居三昭三穆之上，共爲九廟。《史記》：勾踐身稱爲臣，妻稱爲妾。

㈢《詩·叔于田》章：叔在藪，火烈具舉。前漢長沙定王以獮縱火坐罪，此火獮所自出也。

㊃《盧思道集》：抵掌揚眉，高視闊步。

㊄《左傳》：凡諸侯有四夷之事，則獻捷於王。又：擊之必大捷焉。《唐書》：思明來援慶緒，光弼拒戰尤力。思明即僞位，縱兵河南，光弼代子儀爲朔方節度、天下兵馬副元帥，與思明戰中潭西，大破之。又收懷州，擒安太清，獻俘太廟。

異王册崇勳㊀，**小敵信所怯**㊁。**擁兵鎮汴河**一作河汴㊂，**千里初妥貼**㊃。**青蠅紛**一作徒**營營**㊄，**風雨秋一葉**。**内省**悉井切**未入朝**音潮，**死淚終映睫**㊅。此傷其封王未久，憂讒以卒也。光弼出鎮臨淮，在肅宗之末；其封臨淮郡王，在代宗初年，越二歲，而竟憂憤隕身矣。怯小敵，雖指北邙之敗，亦見其勇於大敵也。青蠅，指中官之讒。秋一葉，李薨在七月也。當日畏禍，不敢入朝，内省慚恨，故臨死而淚猶在睫。

㊀《漢書》贊：功臣異姓而王者八國。《舊書》：寶應元年五月，光弼進封臨淮郡王。杜篤誄吴漢：勳業既崇。

㊁《光武紀》：劉將軍生平見小敵怯，今見大敵勇，甚可怪也。

㊂《通鑑》：上元二年五月，復以光弼爲河南副元帥，統八道行營節度，出鎮臨淮。

㊃王逸《楚辭序》：事不妥貼。張遜《上隋文帝表》：幅員暫寧，千里妥貼。

㊄《詩》：營營青蠅，止於樊，豈弟君子，無信讒言。

㊅《唐書》：北邙之敗，魚朝恩羞其策謬，深忌光弼，程元振尤嫉之。及來瑱爲元振讒死，光弼愈恐。

吐蕃寇京師，代宗詔入援，光弼畏禍，遷延不敢行。廣德二年七月，薨於徐州，年五十七，贈太保，謚武穆。朱注：《譚賓録》：光弼懼朝恩之害，不敢入朝，田神功等不受其制，愧耻成疾，薨。《淮南子》：一葉落而知秋。王濬表：内省慚懼。張率詩：獨向長夜淚承睫。桓譚《新論》：孟嘗君喟然嘆息，淚下承睫。

大屋去高棟㊀，長城掃遺堞㊁。平生白羽扇㊂，零落蛟龍匣㊃。雅望與英姿㊄，悽愴一作惻**槐里接㊅。三軍晦光彩㊆，烈士痛稠疊㊇。**此誌其身殁之後，人心追悼也。去棟掃堞，朝無倚毗。槐里相接，死猶近君。烈士增痛，同懷忠憤也。初，光弼至河陽，壁壘旌旗，精彩皆變，今則光彩已晦矣。當時朔方軍士，樂郭之寬，畏李之嚴，今則稠疊悲痛矣。此皆實事也。

㊀去高棟，即梁木其壞意。《史記·孟軻傳》：高門大屋。朱超詩：高棟響行雷。

㊁《宋書》：檀道濟被收，脱幘投地曰：「壞汝萬里長城。」沈佺期詩：遺堞尚雲屯，堞城上箭垛。

㊂裴啟《語林》：諸葛武侯以白羽扇指麾三軍。《杜臆》：羽扇零落，惜不盡其用也。

㊃《西京雜記》：漢帝及諸王送死，皆珠襦玉匣，匣形爲鎧甲，連以金縷，皆鏤爲蛟龍、鸞鳳、龜麟之象，世謂蛟龍玉匣。朱注：《霍光傳》：賜璧珠璣玉衣，梓宫。則人臣亦可稱蛟龍匣也。

㊄《世説》：崔琰代操見匈奴使。曰：「魏主何如？」使曰：「魏王雅望非常，然牀頭捉刀人乃英雄也。」《後漢·二十八將論》：英姿茂績，委而不用。

㊅曹植詩：悽愴内傷心。《長安志》：槐里故城，即犬戎城，在興平縣東南一十里。錢箋：《神道

碑》：窆公於富平縣先塋之東，銘曰：渭水川上，檀山路旁。檀山，在縣西北四十里，本非槐里，昔漢武帝葬槐里之茂陵。衛青、霍去病墓，去茂陵不三里。光弼葬在馮翊，猶衛霍之接近槐里，故曰「惻愴槐里接」。朱注云：《舊書》本傳：光弼葬於三原，詔百官祖送延平門外。碑又云：窆於富平縣考三原，與富平接壤，在京師東北。槐里，則《漢志》屬右扶風，非光弼葬地也。《唐書》：高祖獻陵在三原，中宗定陵在富平，故以槐里比之。舊注直云光弼葬槐里，則失實矣。

㈦《西京雜記》：開匣拔鞘，光彩射人。曹植詩：光彩曄若神。

㈧曹操樂府：烈士暮年，壯心不已。

直筆在史臣㈠，將來洗筐篋㈡。吾思哭孤冢，南紀阻歸楫。扶顛永蕭條㈢，未濟失利涉㈣。疲苶乃結切。刊作薾，非**竟何人㈤？灑涙巴東峽㈥。**末爲司徒表心，而深致哀思也。李公扶帝業，奏大捷，此功烈之昭著天壤者。若其死涙承睫，而烈士痛心，將來直筆史臣必能爲之洗雪。特恨身滯峽中，不能臨冢悲哭，爲可歎耳。此章五段，各八句分截。

㈠《晉紀·總論》：長虞數直筆而不能糾。庾信詩：唯當一史臣。

㈡《史記·甘茂傳》：文侯示之謗書一篋。《杜臆》：筐篋，似用樂羊謗書盈篋事。《賈誼傳》：俗吏所務，在於刀筆筐篋。

㈢漢章帝《賜東平王書》：可以持危扶顛。

㈣《易》：故受之以未濟終焉。又：利涉大川。

㊄《莊子》：茶然疲役而不知所歸。

㊅曹植詩：灑淚滿禕抱。

劉克莊曰：此詩「平生白羽扇，零落蛟龍匣」，語極悲壯。又云：「青蠅紛營營，風雨秋一葉。内省未入朝，死淚終映睫。」其形容臨淮憂讒畏譏，不敢入朝之意，獨見分曉。今按：當時李、郭，功存社稷，而被讒中官。子儀聞命即赴，不顧其身，終以至誠感物；光弼怵於禍患，畏縮不行，竟至悔恨而亡。詩云「直筆在史臣」，此微顯闡幽，欲爲纯臣表心也，一語有關大節。《唐書》本傳：史官力爲暴白。皆公時有以發之矣。

贈左僕射鄭國公嚴公武

盧注：哀僕射者，哀其功名未盡展而卒也。《新書》：武，字季鷹，華州華陰人，挺之之子。

鄭公瑚璉器㊀，華去聲岳金天晶㊁。昔在童子日，已聞老成名㊂。嶷魚力切然大賢後，復扶又切見秀骨清㊃。開口取將相並去聲㊄，小心事友生㊅。閲書百氏一作紙盡㊆，落筆四座驚㊇。歷職匪父任㊈，嫉邪嘗力争㊉。首叙生質才品。上六，言令器夙成。七八，言意度過人。九十，言文學出衆。匪父任，見不藉門蔭。嘗力争，能不負言責。

㈠任昉序：希世之儁民，瑚璉之弘器。

㈡《後漢·楊賜傳》：華嶽所挺，九德純備。《思玄賦》：顧金天而嘆息，吾欲往乎西嬉。玄宗先天二年，封華嶽神爲金天王。華嶽，即西安府太華山，上有少昊金天氏，後世以爲西方司秋之神。邵注：此言其鍾山嶽之精秀。《説文》：晶，精光也。

㈢蔡琰《與周俊書》：吴平聖王之老成，明時之儁乂。

㈣《詩注》：岐嶷，峻茂之狀。《晉書·江統傳》：嶷然稀言江應元。大賢，指嚴挺之。趙注：《新史》挺之傳：姿質軒秀。《舊史》武傳云：神氣儁爽，故有「復見秀骨」之句。周穎文《祭梁鴻文》：秀骨風霜。

㈤《史記·魏公子傳》：公子誠一開口。劉向疏：據將相之位。

㈥《杜臆》：觀「小心事友生」句，知武無欲殺公事。《霍光傳》：小心謹慎。《詩》：矧伊人兮，不求友生。

㈦魏文帝《與吴質書》：妙思六經，逍遥百氏。

㈧孔融詩：高談滿四座。

㈨《後漢·陳蕃傳》：前後歷職，無他異能。《前漢·汲黯傳》：以父任爲太子洗馬。孟康注：大臣任舉其子弟。《舊書》：武弱冠以門蔭策名，哥舒翰奏充判官，遷殿中侍御史。

㈩漢趙壹著《嫉邪賦》。《後漢·公孫述傳》：不可力争。

漢儀尚整肅㈠，胡騎去聲忽縱平聲橫㈡。飛傳張戀切自河隴㈢，逢人問公卿。不知萬乘去聲。一作乘輿出，雪涕風悲鳴㈣。受辭劍閣道，謁帝蕭關城㈤。寂寞雲臺仗㈥，飄飖沙塞旌㈦。江山少使去聲者㈧，笳鼓凝去聲皇情㈨。此記扈從兩宮之事。河隴無恙，故見飛傳而問信。明皇幸蜀，故追乘輿而悲涕。受辭，承命上皇。謁帝，趨赴靈武。寂寞江山，劍閣音阻。塞旌笳鼓，蕭關起事也。

㈠《新書》：武從玄宗入蜀，擢諫議大夫。至德初，赴肅宗行在，房琯薦爲給事中。《光武紀》：不圖今日復見漢官威儀。

㈡《漢書》：盜賊縱橫。

㈢盧照鄰詩：拂曙驅飛傳。飛傳，急遞也。河隴，河西、隴右也。

㈣《通鑑》：天寶十五載秋七月，太子至平涼，杜鴻漸、魏少游等迎至靈武，謀發河隴勁騎，南向以定中原。雪涕，謂拭淚。《列子》：景公雪涕而顧晏子。《吴越春秋》：長吟悲鳴。

㈤《前漢·終軍傳》：受辭造命。邵注：劍閣，在今四川保寧府。蕭關城，在今陝西平涼府鎮原縣。顔延之詩：謁帝蒼山蹊。

㈥張載《叙行賦》：嗟寂寞而愁予。庾信《哀江南賦》：猶有雲臺之仗。《魏志注》：《魏氏春秋》：帝下雲臺鎧仗授兵。

㈦曹植詩：飄飖周八極。丘遲《與陳伯之書》：倔强沙塞之間。

⑧陶潛詩：形迹滯江山。

⑨《世説》：桓玄西下，笳鼓並作。　顔延之詩：皇情爰眷眷。　又：途窮凝聖情。　楊慎曰：《詩》「膚如凝脂」，顔延之詩「空城凝寒雲」，俱音去聲。

壯士血相視一作見①**，忠臣氣不**一作未**平**②**。密論**平聲**貞觀**去聲**體，揮發岐陽征**③**。感激動四極**④**，聯翩收二京**⑤**。西郊牛酒再**一作至⑥**，原廟丹青明**⑦**。**此述其協贊恢復。　血相視，戰傷者衆。氣不平，敵愾者多。論貞觀，治倣太宗。發岐陽，師出鳳翔。感激，人戮力。聯翩，頻奏捷。牛酒，迎官軍。丹青，修祖廟也。

①《吴越春秋》：椒丘訢曰：「此天下壯士。」　《别賦》：刎血相視。

②《忠經》：君德聖明，忠臣以榮。　《孫寶傳》：心内不平。

③《易》：六爻發揮。

④《荀子》：施及四極。

⑤曹植詩：聯翩歷五山。　唐太宗詔：二京之盛，其來自昔。

⑥《易》：自我西郊。　《韓信傳》：廣武君曰：「當今之計，不如按甲休兵。百里之内，牛酒日至，壺漿塞陌。」

⑦《漢書》：叔孫通請立原廟。注：原，重也。先有廟，今更立之。　《晉陽秋》：武帝改營太廟，填以丹青，綴以珠玉。

匡汲俄寵辱㈠，衛霍竟哀榮㈡。四登會府地㈢，三掌華去聲陽兵㈣。京兆空柳色一作市㈤，尚書無履聲㈥。群烏自朝夕㈦，白馬休橫去聲行㈧。此叙其歷任始終。俄寵辱，除罷不常。竟哀榮，存殁可慨。四登府，屢居京尹。三掌兵，頻授節度。空柳色，京尹身殂。無履聲，尚書迹杳。烏自朝夕，中丞虚位。白馬休行，諫諍不聞矣。朱注：武初爲京兆少尹，再爲京兆尹，兩鎮劍南，皆兼成都尹，故曰「四登會府地」。初以御史中丞出爲東川節度使，後又兩充劍南節度使，故曰「三掌華陽兵」。

㈠《新書》：已收長安，武拜京兆少尹。坐琯事，貶巴州刺史。久之，遷東川節度使。上皇合劍南爲一道，擢武成都尹、劍南節度使。還京，拜京兆尹，爲二聖山陵橋道使，封鄭國公，遷黄門侍郎。與元載厚相結，求宰相不遂，復節度劍南，破吐蕃七萬衆於當狗城，遂收鹽川，加檢校吏部尚書。　《匡衡傳》：建昭三年，代韋玄成爲丞相，封樂安侯。後有司奏衡專地盗土，竟坐免。《汲黯傳》：召爲中大夫，以數切諫不得久留内，爲東海太守。　《老子》：寵辱若驚。

㈡《衛青傳》：天子使使者持大將軍印即軍中，拜青爲大將軍。後尚平陽公主，與主合葬，起冢象廬山云。　《霍去病傳》：以功封驃騎將軍，秩與大將軍等。元狩六年薨，上悼之，發屬國玄甲軍，陳自長安至茂陵，爲冢，象祁連山。　傅亮表：榮哀既備，寵靈已忝。

㈢《通鑑注》：唐時巡屬諸州，以節度使爲大府，亦謂之會府。

㈣《禹貢》：華陽黑水惟梁州。

㊄《漢・張敞傳》：敞爲京兆尹時，罷朝會，走馬章臺街。唐人詩有「章臺柳」。
㊅漢哀帝時，尚書鄭崇，常曳革履諫諍。帝曰：「我識鄭尚書履。」
㊆《朱博傳》：御史府中列柏樹，常有野烏數千棲集其上，晨去暮來，號曰朝夕烏。
㊇後漢張湛爲光禄大夫，常乘白馬。光武每有異政，輒曰：「白馬生且復諫矣。」《上林賦》：扈從横行。　按：朱注引侯景乘白馬渡江爲證，謂蜀中寇息也。但下文自有「四郊失壁壘」句，不應預侵。

諸葛蜀人愛㊀，文翁儒化成㊁。公來雪山重，公去雪山輕㊂。記室得何遜㊃，韜鈐延子荆㊄。四郊失壁壘㊅，虚館開一作間**逢迎㊆。堂上指圖畫**胡化切**㊇，軍中吹玉笙㊈。豈無成都酒⑩，憂國只細傾⑪。時觀錦水釣⑫，問俗終相并**平聲**⑬。**此因治蜀有功，而追憶生前也。

諸葛文翁，見功德在人。雪山輕重，言身係安危。何遜、孫楚，比參謀之士。失壁壘，邊境肅清。開逢迎，賢士交集。指圖畫，險要熟知。吹玉笙，軍政暇裕。酒只細傾，志在經國。觀釣問俗，留心民瘼也。

㊀《蜀志・諸葛亮傳》：梁益之民，咨述亮者，雖《甘棠》之咏召公、鄭人之歌子産，未足爲過也。
㊁文翁，注見前。
㊂公三鎮蜀中，故有去來之語。
㊃《梁書》：何遜爲建安王記室，王愛文學之士，日與游宴。

㊄張説詩：禮樂逢明主，韜鈐用老臣。注：太公兵法有《玄女六韜》及《玉鈐篇》。《晉書》：孫楚，字子荆，參石苞驃騎軍事。

㊅《記》：四郊多壘，卿大夫之辱。隨何説黥布：深溝壁壘。

㊆《漢·獻帝紀》：公孫度虛館候邴原。漢章帝詔：遣吏逢迎。

㊇公有《奉觀嚴鄭公廳事岷山沲江畫圖》詩。

㊈劉孝威詩：浮丘侍玉笙。

㊉蕭子顯詩：朝酤成都酒，暝數河間錢。

⑪《劉向傳》：周堪，信有憂國之心。細傾，與豪飲相反。

⑫觀釣，謂武過草堂，公酬詩云：「幽棲真釣錦江魚。」

⑬《吴志》：陟璆使漢，入國而問俗。

意待犬戎滅，人藏紅粟盈㊀。以兹報主願，庶獲一作或裨世程㊁。炯炯一心在㊂，沉沉二豎嬰㊃。顔回竟短折，賈誼徒忠貞㊄。飛旐出江漢㊅，孤舟轉荆衡㊆。虚横諸本作無馬融笛㊇，悵望龍驤塋㊈。空餘老賓客，身上愧簪纓㊉。此爲籌邊未竟，而痛傷死後也。蜀近吐蕃，民苦饋餉，故滅戎盈粟，爲當時大經畫。惜其早世，而心未遂耳。喪返華陰，路經江、漢、荆、衡也。虚笛，知音已亡。望塋，孤墳遠隔。老賓客，向爲幕僚。愧簪纓，感其薦拔。此章前兩段各十二句，中兩段各八句，後兩段各十四句。

㈠《前漢·賈捐之傳》：太倉之粟，紅腐而不可食。

㈡《賈誼傳》：可以爲萬世法程。

㈢《寡婦賦》：目炯炯而不寐。　《商書》：永肩一心。

㈣庾信詩：幽翳沉沉。　《左傳》：晉侯獳病，求醫於秦，秦伯使醫緩爲之。未至，公夢疾爲二豎子，曰：「彼良醫也，懼傷我焉，逃之。」其一曰：「居肓之上，膏之下，若我何？」醫至，曰：「疾不可爲也，在肓之上，膏之下。攻之不可，達之不及，藥不至焉，不可爲也。」　晉孫和《薦范粲表》：久嬰疾病。　皇甫謐疏：久嬰篤疾。　陸機詩：世網嬰吾身。《正字通》：嬰，繫也，縈也。

㈤顏淵三十二歲，賈誼三十三歲，故舉以相方。　《記》：短折曰不禄。　《左傳》：荀息曰：「繼之以忠貞。」　《唐書》：永泰元年四月，武卒，時年四十，贈尚書左僕射。

㈥潘岳《寡婦賦》：飛旐翩以啟路。　注：旐，喪車之旌。

㈦庾信《竹杖賦》：是乃江漢英靈，荆衡杞梓。

㈧漢馬融精覈術數，性好音律，尤躭於笛，及卒，客有弔者，詣靈横笛。

㈨《晉·王濬傳》：武帝因謡言，拜濬爲龍驤將軍，伐吴。太康六年卒，葬柏谷山。大營塋域，葬垣周四十五里。

㈩謝朓詩：憮然愧簪纓。

考嚴武生平所爲多不法，其在蜀中，用度無藝，峻掊亟斂，閭里爲之一空。唯破吐蕃，收鹽川，爲當時第一功。詩云「公來雪山重，公去雪山輕」，誠實録也。至比之爲諸葛、文翁，不免譽浮其實。噫，唐世人物，如嚴武者何可勝數，而後人至今傳述，公之有功於武多矣。

贈太子太師汝陽郡王璡

《杜臆》汝陽被寵善終，本無可哀，直以下交情厚，傷舊而賦也。　鶴注：汝陽王蒄，在天寶九載。

汝陽讓帝子㈠，眉宇真天人㈡。虬髯似太宗㈢，色映塞外一作寒夜春㈣。往者開元中，主恩視遇頻。出入獨非時㈤，禮異見音現群臣。愛其謹潔極㈥，倍此骨肉親㈦。此叙品貌不群，及平時恩遇。　《杜臆》：贊王用「謹潔極」三字，最得要領。

㈠《唐書》：讓皇帝憲，本名成器，睿宗立爲皇太子，以玄宗有討平韋氏功，懇讓儲位，封寧王，蒄，謚讓皇帝。

㈡《七發》：陽氣見於眉宇之間。　《魏略》：邯鄲淳見曹植才辯，對其所知，歎爲天人。

㈢《酉陽雜俎》：太宗虬髯，常戲張弓掛矢。

㈣武陵王紀詩：塞外無春色。　此翻用其語，乃極狀器宇之温和也。

㈤《楚元王傳》：出入卧内，傳語言。　非時，即常常而見之意。
㈥謹潔，言能謹身潔己。
㈦《記》：骨肉之親，無絶也。　《羯鼓録》：汝陽秀出藩邸，玄宗特鍾愛焉。　又以其聰悟敏慧，妙達音旨，每出游幸，頃刻不舍。

從音聽容聽一作退朝音潮後㈠，或在風雪晨㈡。忽思格猛獸㈢，苑囿騰清塵㈣。羽旗動若一㈤，萬馬肅駪駪㈥。詔王來射音石雁㈦，拜命已挺身㈧。下三段，記當時射獵之事。此言明皇詔獵也。　吴論：動若一，行列整。　肅駪駪，號令嚴。

㈠《書》：從容以和。　《淮南子》：古者天子聽朝，公卿正諫。
㈡江淹詩：幸及風雪霽。
㈢《漢書·武五子傳》：厲王胥力扛鼎，空手搏熊彘猛獸。　又，江都王力格猛獸。
㈣《淮南子》：射沼濱之高鳥，逐苑囿之走獸。　相如《諫獵書》：犯屬車之清塵。
㈤洙曰：《三禮圖》：全羽爲旞，析羽爲旌，所謂注旄於旗竿首也。　《高唐賦》：駕駟馬，建羽旗。
㈥《詩》：駪駪征夫。　《詩注》：駪駪，衆多疾行之貌。
㈦《蘇武傳》：天子射上林中，得雁。
㈧《左傳》：拜命之辱。　《前漢·劉屈氂傳》：屈氂挺身逃。　挺身，奮身而起也。

箭出飛鞚内㈠，上又一作入回翠麟㈡。翻然紫塞翮㈢，下去聲拂明月輪㈣。從去聲人雖獲多㊄，天笑不爲新㊅。王每中去聲一物，手自與金銀。此言汝陽陪獵也。出飛鞚，王飛馬以射。回翠麟，帝回馬而視。紫塞之雁，應手而落，故下拂弓傍。

㈠鮑照詩：飛鞚越平陸。鞚，馬勒也。

㈡翠麟，良馬也。揚雄《河東賦》：乘翠龍而超河兮，陟西岳之嶢崤。

㈢崔豹《古今注》：秦所築長城，土色皆紫，故云紫塞。《蕪城賦》：紫塞雁門。

㈣庾信詩：明月動弓梢。

㈤《長楊賦序》：上將大誇胡人以多禽獸，令從人手搏之，自取其獲，上親臨觀焉。

㈥隋辛德源詩：雲銜天笑明。

袖中諫獵書㈠，扣馬久上上聲陳㈡。竟無銜橜虞㈢，聖聰一作慈矧多仁。官免供給費，水有在藻鱗㈣。匪惟帝老大，皆是王忠勤㈤。此言王能諫獵也。聖聰，謂聽諫。多仁，謂民得休而物不傷。此皆王之忠勤所格，非帝老而倦遊也。趙曰：水有藻鱗，非特不獵，抑且不漁矣。謹潔，以行己言。忠勤，以事君言。

㈠江淹詩：袖中有短書。

㈡《通鑑》：秦王苻堅如鄴，獵於西山，旬餘忘返，伶人王洛叩馬而諫。

㈢相如《諫獵書》：清道而行，中路而馳，猶時有銜橜之變。注：橜，車之鈎心也。馬銜或斷，鈎心或出，則致傾敗以傷人。

㊃《詩》：魚在在藻，有頒其首。王在在鎬，豈樂飲酒。小序曰：《魚藻》：刺幽王也，言萬物失其性，王居鎬京，將不能以自樂，故君子思古之武王焉。

㊄《後漢·劉翊傳》：詔書嘉其忠勤。

晚年務置醴㊀，門引申白賓㊁。道大容無能㊂，水懷侍芳茵㊃。好去聲**學尚貞**一作正**烈㊄，義形必霑巾㊅。揮翰綺繡揚㊆，篇什若有神㊇。**此記其虛懷善學。上文專言射獵事，故此又概舉其生平。置醴，接今人。義形，慕古人。揮翰，工書法。篇什，長詩作也。

㊀《漢書》：楚元王敬禮申公等，穆生不嗜酒，元王每置酒，常爲設醴。

㊁張正見詩：鄒嚴恒接武，申白日相趨。朱注：《舊唐書》：璡與賀知章、褚廷誨等善，爲詩酒之交。

㊂道大，出《老子》。《吕氏春秋》：無智無能。

㊃晉傅亮表：感舊永懷。崔日知詩：窗前窺石鏡，河畔蹈芳茵。

㊄《世説》：羊忱性甚貞烈。

㊅《公羊傳》：仇牧義形於色。曹植詩：歔欷涕霑巾。

㊆沈佺期詩：揮翰初難擬。《北史·文苑傳序》：雅言麗則之奇，綺合繡聯之美。

㊇鍾嶸《詩品》：於時篇什，理過其辭。孔融《薦禰衡表》：升堂睹奧，思若有神。

川廣不可泝㊀，墓久狐兔鄰㊁。宛彼漢中郡一作王**㊂，文雅見天倫㊃。何以慰**一作開**我悲，**

泛舟俱遠津㊄。温温昔風味㊅，少去聲壯已書紳㊆。舊游易音異磨滅㊇，衰謝增一作多酸辛。末因汝陽而及漢中，乃撫今思昔之感。俱遠津，公在夔州，漢中在歸州也。昔風味，憶從前。易磨滅，慮將來。此章首尾各十句，中間皆八句分段。

㊀鮑照詩：川廣每多懼。

㊁桓譚《新論》：雍門周以琴見孟嘗君曰：「臣竊悲千秋萬歲後，墳墓生荆棘，狐兔穴其中，樵兒牧豎躑躅而歌其上。」

㊂漢中王瑀，汝陽王弟也。公昔與漢中王會於梓州。

㊃曹植詩：文雅縱横飛。《穀梁傳》：兄弟，天倫也。

㊄干寶《晉論》：汎舟三峽。

㊅《詩》：温温恭人。晉劉遺民書：企懷風味，鏡心象迹。

㊆江淹詩：感贈還書紳。

㊇何承天詩：願言桑梓思舊遊。司馬遷書：古者富貴而名磨滅，不可勝紀。

前贈汝陽王，本排律也，故叙次莊嚴。此哀汝陽王，乃古詩也，故紀述錯綜。前拈夙德升爲全詩之綱，於奇毛賜鷹，只一語輕點；此拈謹潔極爲通篇之眼，將詔王射雁，用三段詳叙。如《史記·淮陰侯傳》多入蒯通語，《司馬相如傳》備載文君事，皆以旁出見奇，方是善於寫生者。

贈秘書監江夏李公邕

盧注：哀秘書者，哀其文章氣節，遭讒而死，爲可傷也。《唐書・文苑傳》：李邕，廣陵江都人，少知名，在長安，李嶠、張廷珪並薦邕詞高行貞，堪爲諫諍官。張溍曰：李、蘇、鄭三人，皆書地。

長嘯宇宙間㈠，高才日陵一作淪**替㈡。古人不可見，前輩復**扶又切**誰繼㈢？**首嘆才人凋謝。古人，概言。前輩，指李。

㈠左思詩：長嘯激清風。

㈡劉峻《辯命論》：高才而無貴仕。《左傳》：上陵下替。《抱朴子》：陵替之端，所以多有。

㈢孔融書：今之少年，喜謗前輩。

憶昔李公存，詞林有根柢㈠。聲華當健筆㈡，灑落富清製㈢。風流散金石㈣，追琢山岳銳㈤。情窮造化理㈥，學貫天人際㈦。憶昔一提，至竟掩宣尼袂，痛其抱才不遇也。此叙李公文字。根柢，謂學有本源。健筆足副聲名，言書法，起下金石二句。制作恒多灑落，言文章，起下造化二句。散，謂刊布。追琢，謂鐫勒。窮造化，所見者精。貫天人，所包者大。

㊀陸倕《感知己賦》：學窮書府，文究辭林。《漢書・鄒陽傳》：蟠木根柢。
㊁劉峻書：聲華無寂。庾信《宇文順集序》：章表健筆。
㊂郭象《莊子序》：灑落之功未加。
㊃《晉書・樂廣傳》：天下言風流者，以王樂爲首稱。《呂氏春秋》：功績銘乎金石。《秦始皇紀》：刻於金石，以爲表經。
㊄《詩》：追琢其章，金玉其相。山嶽鋭，狀碑勢之巍峨。酈炎詩：功名重山岳。
㊅《莊子》：造化之所始。
㊆《司馬遷傳》：究天人之際，通古今之變，成一家之言。

干謁走其門，碑版照四裔㊀。**各滿深望還**㊁，**森然起凡例**㊂。**蕭蕭白楊路**㊃，**洞徹**晉作泂轍**寶珠惠**㊄。**龍宮塔廟湧**一作踴㊅，**浩劫浮雲**一作空**衛**㊆。**宗儒俎豆事**㊇，**故吏去思計**㊈。**眄睞已皆虚**㊉，**跋涉曾**音層**不泥**去聲㊀。**向來映當時**㊁，**豈獨**一作特**勸後世**。此述其聲價之重。　干謁滿望，言有求必應。森然起例，謂碑文體製。白楊，墓道碑也。龍宮，寺觀碑也。宗儒，學宮碑也。故吏，遺愛碑也。眄睞皆虚，前之看碑者已往；跋涉不泥，後之摩碑者復至，故下接云「映當時」而「勸後世」。若以眄睞跋涉爲索文之人，於上干謁句爲重複矣。趙曰：泉路昏暗，得邕之文，如明珠洞徹，故以爲惠。塔廟之文，神靈呵護，雖亘經浩劫，而浮雲常衛。

㊀謝靈運詩：圖牒復磨滅，碑版誰傳聞。碑乃石碑，版是金版。《東都賦》：瞰四裔而抗稜。

㈡《史記》：陳餘曰：「不意君之望臣深也。」

㈢杜預《左傳序》：發凡以言例。

㈣古詩：白楊何蕭蕭，松柏夾廣路。

㈤《宣室志》：馮翊嚴生，家漢南峴山，得一珠，如彈丸。胡人曰：「此西國清水珠，至濁水，泠然洞徹矣。」《説苑》：寶珠不飾。

㈥仙傳：昆明池龍宮，有仙方三十六首。徐陵寺碑：朝鷲鷲嶺，夜動龍宮。《金剛經》：如佛塔廟。《洛陽伽藍記》：永熙三年，永寧寺浮圖爲火所燒，有人從東萊來，云：見浮圖於海中，光明照耀，儼然如新。此言塔廟如龍宮也。

㈦《度人經》：惟有元始浩劫之家，部制我界，統成玄都也。浩劫，無窮之劫。

㈧《史記》：孔子布衣，傳十餘世，學者宗之。《劉向傳》：仲舒學爲儒宗。《論語》：俎豆之事。

㈨《霍光傳》：問所親故吏。《何武傳》：生前無赫赫名，去後常令人思。

㈩古詩：眄睞以適意。

⑪《詩》：大夫跋涉。

⑫沈約《謝靈運傳論》：標能擅美，獨映當時。

豐屋珊瑚鈎㈠，**麒麟織成罽**居例切㈡。**紫騮隨劍几**㈢，**義取無虚歲**㈣。**分宅脱驂間**㈤，**感激懷未濟**㈥。**衆歸賙給美**㈦，**擺落多藏**晉作贓**穢**㈧。此述其好施之情。珊鈎麟罽、騮馬劍几，皆富家饋以求文者。人多感激，而心如未濟，見其急於爲人。衆美賙給，而志厭多藏，見其胸懷高曠。

㊀《易》：豐其屋，天際翔也。《晉書》：今之百姓，競豐其屋。蕭詮詩：珠簾半上珊瑚鈎。

㊁《天中記》：漢武帝時，日本國貢麒麟錦，金花眩人眼目。《漢書注》：罽，織毛若今氍毹之類。以織成罽，對珊瑚鈎。織成，乃罽名也，公集中有《織成》詩題。梁簡文詩：風吹鳳凰袖，日映織成衣。周王褒詩「銀鏤光明帶，金地織成靴」可證。

㊂《南史》：梁武帝幸樂遊苑，羊侃預宴，賜以河南國紫騮馬。宋之問詩：劍几傳好事。

㊃《論語》：義然後取。《舊唐書》：邕早擅才名，尤長碑頌，雖貶職在外，中朝衣冠及天下寺觀，多齎持金帛往求其文，前後所製，幾數百首。又云：邕受納饋遺，多至鉅萬，時議以爲鬻文獲財，未有如邕者。

㊄《孔叢子》：郈成子聘晉，過衛，右宰穀臣觴之，酣畢而送以璧。成子行，聞衛亂，穀臣死之，於是迎其妻子，還其璧，隔宅而居之。《廣絶交論》：寧慕郈成分宅之德。《吴志》：周瑜推道南大宅，以舍孫策，有無通共。《史記》：越石父賢，在縲絏中。晏子出，遭之途，解左驂贈之，延爲上客。

㊅趙岐《孟子章指》：千載聞之，猶有感激。

㊆劉劭《人物志》：普博周給，弘在覆裕。

㊇陶潛詩：擺落悠悠談。《老子》：多藏必厚亡。《顏氏家訓》：山巨源以蓄積取譏，皆多藏厚亡之文也。《唐書》：讎人告邕贓貨枉法，許昌人孔璋上書救之，曰：「斯人所能者，拯孤卹窮，救乏

賑惠，積而便散，家無私聚。」

獨步四十年㈠**，風聽九皋唳**㈡**。嗚呼江夏姿**㈢**，竟掩宣尼袂**㈣**。**此傷其遭逢不偶。獨步，名振文壇。風聽，聲徹帝庭。宣尼掩袂，道窮可憫矣。此句結前起後。

㈠曹植詩：仲宣獨步於漢南。

㈡《詩》：鶴鳴于九皋，聲聞于天。《唐書》：玄宗東封回，邕獻詞賦，稱旨，後因上計偕，中使臨索其文。故以九皋鶴唳比之。

㈢《漢書》：天下無雙，江夏黄童。《世系表》：後漢會稽太守高陽侯，徙居江夏，遂爲江夏李氏。其後元哲徙居廣陵，元哲生善，善生邕。故題曰「江夏李公」，詩又云「江夏姿」也。

㈣《公羊傳》：西狩獲麟，孔子反袂拭面，涕泣沾袍。劉琨詩：宣尼悲獲麟。

往者武后朝音潮**，引用多寵嬖**㈠**。否臧太常議**㈡**，面折二**一作三**張勢**㈢**。衰俗凜生風**㈣**，排蕩秋旻霽**㈤**。忠貞負冤**一作怨**恨**㈥**，宫闕深旒綴**㈦**。**往者再提，至「易力何深嚌」，痛其直節受枉也。此記其立朝風節。周注：當時振頹俗、霽天顔，其忠貞若此。而爲小人所陷，亦以天子深居九重，耳目易於壅蔽耳。

㈠《左傳》：齊侯好内，多内寵、内嬖。

㈡《西京賦》：彈射臧否。《搜神記》：乞陛下聖造，親試否臧。《舊書·韋巨源傳》：太常博士李處直，議巨源謚曰昭。邕再駁之，文士推重。

㊂《史記》：絳侯謂王陵：「面折廷争，臣不如君。」《唐書》：邕拜左拾遺。中丞宋璟劾張昌宗兄弟反狀，武后不應。邕在階下大言曰：「璟所陳，社稷大計，陛下當聽。」后色解，即可璟奏。

㊃《淮南子》：衰世之俗，以其智巧詐僞。《趙廣漢傳》：見事風生，無所回避。《傅玄傳》：玄除郎中，貴游懾服，臺閣生風。

㊄邵注：秋旻霽，美其皎潔也。《爾雅》：秋日旻天。

㊅《左傳》：荀息曰：「臣竭其股肱之力，繼之以忠貞。」

㊆《前漢·五行志》：君若綴旒，不得舉手。應劭曰：旒，旌旗之旒，隨風動摇也。或曰：旒黈所以蔽耳目，言朝廷之聰明蔽塞。

放逐早聯翩㊀，低垂困炎癘一作厲㊁。日斜鵩鳥入㊂，魂斷蒼梧帝㊃。榮一作策枯走不暇㊄，星駕無安税㊅。幾分漢庭竹㊆，夙擁文侯篲㊇。終悲洛陽獄㊈，事近小臣斃一作潎⑩。禍階初負謗㊀，易音異力何深噬才詣切㊁。此記其被謫致死。聯翩，屢謫貶。炎厲，瘴熱地。邕貶多在南方，故用長沙蒼梧事。趙曰：榮枯無常，故奔走不暇，而無税駕之處。盧注：歷任迭爲刺史，故云幾分竹。所在必親賢士，故云夙擁篲。周甸注：邕名位不爲卑賤，而其死也，竟與小臣無異，且其禍起負謗，非有實事，擠之亦易爲力，何必深噬至此乎。

㊀《史記》：屈原放逐，著《離騷》。

㊁司馬相如賦：黼帳低垂。宋之問詩：自可乘炎癘。

〔三〕《鵩鳥賦》：庚子日斜，鵩集予舍。

〔四〕宋之問詩：百越去魂斷。　吴均詩：依依望九疑，欲謁蒼梧帝。

〔五〕《魏都賦》：英辯榮枯。

〔六〕《詩》：星言夙駕。　《史記·李斯傳》：吾未知所税駕也。注：税駕，猶言解駕。　《唐書》：邕累貶雷州司户、崖州舍城丞，又貶欽州遵化尉。

〔七〕《漢書》：文帝三年，初與郡守爲銅虎符、竹使符。　宇文逌《庾信集序》：寄深分竹。

〔八〕阮籍奏記：子夏處西河之上，而文侯擁篲。　《舊唐書》：邕爲陳州刺史，歷括、淄、滑三州刺史，天寶初，爲汲郡北海太守。　上計京師，皆以邕重義愛士，古信陵之流。

〔九〕《後漢·蔡邕傳》：邕上書自陳下洛陽獄，詔減死一等，與家屬髡鉗，徙朔方。

〔一〇〕《左傳》：與犬，犬斃；與小臣，小臣亦斃。

〔一一〕《周語》：其無乃階禍乎。　《賈誼傳》：適足以負謗於天下耳。

〔一二〕《前漢書》：摧枯朽者易爲力。　宋玉《小言賦》：會九族而同嚌。

伊昔臨淄亭〔一〕，**酒酣託末契**〔二〕。**重**平聲**叙東都别，朝陰改軒砌**初計切〔三〕。　伊昔三提，至「鯤鵬噴迢遞」，追遡交情始末也。　此言其投契甚久。　公與邕初遇於東都，所云「李邕求識面」也。　再遇於臨淄亭，有《陪宴歷下亭》詩。　公爲後輩，故云末契。　久叙闊思，故日陰改移也。

〔一〕謝靈運詩：伊昔家臨淄。　臨淄亭，在今山東濟南府。

㊁左思詩：酒酣氣益震。《尚書孔傳》：樂酒曰酣。　陸機《歎逝賦》：託末契於後生。

㊂潘岳《楊仲武誄》：日仄景西，望子朝陰。　《廣雅》：砌，戺也。《西都賦》：玄墀釦砌。　戺，音啟。釦，音口。

論平聲**文到**一作倒**崔蘇**㊀，**指**一作推**盡流水逝**㊁。**近伏盈川雄，未甘特進麗**㊂。**是非張相國**㊃，**相扼一危脆**㊄。**争名古豈然**㊅，**關鍵**從《英華》，他本作楗，或作揵，其獻切**欸不閉**㊆。**例**一作倒**及吾家詩，曠懷掃氛翳**㊇。**慷慨嗣真作**㊈，**咨嗟玉山桂**㊉。**鐘律儼高懸**⑪，**鯤鯨噴迢遰**⑫。　此記其評論詩文。　論文以下，概論當世之文；例及以下，專論一家之詩。　崔、蘇、楊、李，同時文名最著。　屈指而到崔、蘇，凡已逝者皆如流水矣。　於楊炯則服其雄，於李嶠則嫌其麗，此篇論也。　獨於張相國，不無是非之隙，遂至相扼而幾危，亦由邕之不能忘名而善閉耳。　例及，因類而及也。　曠懷一句，此邕通論審言之詩。　咨嗟三句，又特美所和嗣真一作。　趙注：山桂，比詞之秀拔。　鐘律，比聲之和雅。　鯤鯨，比勢之强壯。

㊀錢箋：崔蘇，崔融、蘇味道也。《唐書》：融爲文華婉，當時未有輩者。　味道，九歲能屬詞，與李嶠俱以文翰顯。　《朝野僉載》：李嶠、崔融、蘇味道、杜審言，爲文章四友，世號崔、李、蘇、杜，故公詩稱之。

㊁指盡，屈指數盡也。　劉楨詩：逝者如流水。

㊂《唐書·楊炯傳》：炯爲梓州司法參軍，遷盈川令，卒。　《李嶠傳》：神龍三年，封趙國公，加特

進，同中書門下三品。嶠富才思，前與王勃、楊盈川接，中與崔融、蘇味道齊名。張説云：楊盈川，文如懸河注水，酌之不竭。李嶠，文如良金美玉，無施不可。

㈣《莊子》：彼亦一是非，此亦一是非。《張説傳》：玄宗誅蕭至忠，召説爲中書令，封燕國公。東封還，爲尚書左丞相。《舊書》：邕素輕張説，説甚惡之。

㈤《史記》：兩賢豈相扼哉。梁簡文書：危脆之質，有險蜉蚍。庾信《崔説碑》：百齡危脆。

㈥《國策》：張儀曰：「争名者於朝。」魏文帝《典論》：文人相輕，自古而然。

㈦《老子》：善閉，無關鍵而不可開。注：横木爲關，竪木爲楗。石崇《思歸引》：欻復見牽羈。

㈧鮑照詩：安知曠士懷。

㈨《漢·高帝紀》：慷慨傷懷。朱注：公祖審言集，有《和李大夫嗣真奉使存撫河東》詩，非指歷下倡和之作。千家本載公自注云「甫有和李太守詩」，此僞託者，善本俱無。

㈩《世説》：范宣看畢咨嗟。《晉書》：郄詵對武帝曰：「臣舉賢良對策，爲天下第一，猶桂林一枝，崑山片玉。」

⑾《史記》：鐘律調自上古。顧野王《虎丘山亭序》：成文暢於鐘律。《景福殿賦》：華鐘杌其高懸。

⑿王嘉《拾遺記》：鯤魚千尺如鯨。《吴都賦》：曠瞻迢遞。注：迢遞，遠貌。

坡陀青州血㈠，蕪没汶陽瘞㈡。哀贈竟一作晚蕭條㈢，恩波延揭巨列切厲㈣。子孫存一作在如綫㈤，舊客舟凝滯㈥。君臣尚論平聲兵㈦，將去聲帥接燕平聲薊㈧。朗詠六公篇㈨，憂來豁蒙蔽㈩。末傷其身後荒涼，撫時而增歎也。血漬青州，骨槀汶陽，其哀贈恩典，尚待將來之揭厲。今子孫微弱，舊交遠遊，亦誰爲謀其昭雪乎？最可傷者，國有外侮，而朝無直臣，今日之痛李公，猶李公之惜六公也。結語無任悲愴。揭厲，謂高揭而揚厲。論典，以吐蕃屢侵。將帥，指河北降將。通論此章，是五段文字。細分之，則四句者三段，八句者三段，十四句者兩段，十句十二句者各一段，十段之中，多寡仍相遥應。

㈠司馬相如《哀二世賦》：登陂陀之長坂。

㈡任昉墓銘：蕪没鄭鄉，寂寥楊冢。《唐書》：武德二年，北海郡置汶陽縣。《舊書》：天寶五載，左驍衛兵曹參軍柳勣有罪下獄，邕嘗遺勣馬，吉温使引邕嘗以休咎相語，陰賂遺。宰相李林甫素忌邕，因傅以罪。詔刑部員外郎祁順之、監察御史羅希奭就郡杖殺之，年七十。客葬於此。

㈢《唐書》：代宗時，贈邕秘書監。

㈣丘遲詩：肅穆恩波被。《劇秦美新論》：侯衛厲揭。周甸引《詩》深厲淺揭以解揭厲，未合，今從朱注。

㈤《越絶書》：中國不絶如線。

㈥舊客，公自謂。《左傳》：禁舊客，勿出於富。《别賦》：舟凝於水濱。

㈦《吴越春秋》：孫子與吴王論兵。

㈧《後漢・吴漢傳》：往來燕薊之間。

㈨《天台賦》：朗詠長川。原注：公有張、桓等五王洎狄相《六公》詩。朱注：五王：張柬之、桓彦範、敬暉、崔玄暐、袁恕己。狄相，則仁傑也。趙明誠《金石録》：唐《六公詩》，李邕撰，胡履靈書。初讀《八哀》詩，恨不見其詩。晚得石本，其文詞高古，真一代佳作也。六公者，五王各爲一章，狄丞相别爲一章。錢箋：董逌《書跋》：李北海《六公詠》，今《太和集》中雖有詩而無其姓名。予見荆州《六公詠》石刻，文既不刓，詩尤奇偉，豪氣激發，如見斷鼇立極，時宜老杜有云。序言邕爲荆州，今新舊書皆不書。

㈩《抱朴子》：訓誨所以移蒙蔽。

王嗣奭曰：李才名甚盛，而其死甚慘，公痛之極，故云「竟掩宣尼袂」，又云「魂斷蒼梧帝」，又曰「事近小臣斃」，末又曰「坡陀青州血」，不覺言之複也。葉石林以爲累句，論詩則是，而非所以論子美。其起語豪宕，亦兼自寓。

各章以序事成文，部署森嚴，純似班史。唯此章，感慨激昂，排蕩變化，直追龍門之筆。細按其前後段落，又未嘗不脈絡整齊也。

郝敬曰：李江夏之文藻，鄭司户之博綜，必有少陵之雋筆，乃能曲盡其妙。

故秘書少去聲監武功蘇公源明

盧注：哀秘書者，哀其忠孝文章，始終遇蹇，爲可惜也。《唐書》：蘇源明，京兆武功人。

武功少去聲也孤㈠，徒步客一作寓徐兗。讀書東嶽中，十載上聲考墳典㈡。時下去聲萊蕪郭㈢，忍饑浮雲巘㈣。負米晚爲去聲身㈤，每食臉力減切必泫叶上聲㈥。夜字照爇薪㈦，垢衣生一作帶碧蘚㈧。庶以勤苦志㈨，報茲劬勞顧叶上聲，吴作顯㈩。　此叙其少而好學。　忍饑垢衣，貧能苦志。臉必泫，傷親歿。報劬勞，念親恩，俱應少孤。

㈠《唐書》：源明，初名預，少孤，寓居徐、兗。

㈡孔安國《書序》：伏羲、神農、黄帝之書，謂之三墳，少昊、顓頊、高辛、唐、虞之書，謂之五典。又曰：孔子討論墳典，斷自唐虞以下。

㈢《舊書》：萊蕪，漢縣，後廢。長安四年，於廢嬴縣置萊蕪縣，屬兗州。

㈣薛君章句云：朝饑最難忍。　《詩》：陟則在巘。巘，山頂也。

㈤《家語》：子路爲親負米百里之外。

㈥《楚辭》：横垂涕兮泫流。

㈦侯瑾，家貧傭賃，暮輒燒柴薪以讀。又，《晉中興書》：范汪，家貧好學，燃薪寫書，既畢，誦讀亦竟。

㈧碧蘚，猶今人言衣服黴斑。

㈨《韓詩外傳》：子路曰：「不能勤苦，焉得行此。」

㈩《詩》：哀哀父母，生我劬勞。

學蔚醇儒姿㈠，文包舊史善㈡。灑落一作淚辭幽人㈢，歸來潛京輦㈣。射音石君東堂策㈤，一作射策君東堂。宗匠集精選㈥。制可題一作題墨未乾居寒切㈦，乙科一作休聲已大闡㈧。文章日自負㈨，掾吏一作吏祿亦累上聲踐。晨趨閶闔内㈩，足踏宿昔趼古典切⑪。　此叙其壯而出仕。　蔚醇儒，其學不雜。包舊史，其文甚博。京輦，輦轂之下。東堂，試策之地。宗匠，指衡文者。　掾吏屢踐，自卑官屢遷也。足蹈昔趼，依然徒步而入也。

㈠《易》：其文蔚也。蔚，文深貌。《漢書》：賈山涉獵書記，不能爲醇儒。

㈡杜預《左傳序》：舊史遺文，略不盡舉。

㈢《易》：幽人貞吉。

㈣袁紹書：公族子弟，生長京輦。吴薛瑩詩：遷入京輦，遂升樞機。

㈤山謙之《丹陽記》：太極殿，周路寢也。東西堂，魏制，周小寢也。《晉書》：摯虞舉賢良，武帝詔諸賢良、方正直言，會東堂策問。

㈥袁宏《三國名臣序贊》：莫不宗匠陶鈞。惠遠詩：時無悟宗匠，誰將握玄契。

㈦蔡邕《獨斷》：群臣有所奏請，尚書令奏下之，有制詔，天子答之曰：可。

㈧《儒林傳》：房鳳，字子元，以射策乙科，爲太史掌故。《唐書》：諸進士試時務策五條，帖一大經。經策全得，爲甲第；策得四、帖過四以上，爲乙第。

㈨又云：源明工文詞，有名天寶間。及進士第，更試集賢院，累遷太子諭德。

㈩《大人賦》：排閶闔而入帝宮。韋昭注：閶闔，天門也。天上有閶闔殿，故人間帝殿亦名閶闔。

⑪《莊子》：百舍重趼。《增韻》：足胝曰趼。

一麾出守去聲**還**㈠**，黄屋朔風卷。不暇陪八駿**㈡**，虜庭悲所遣**㈢**。平生滿樽酒，斷此朋知展**㈣**。憂憤病二秋，有恨石**一作不**可轉**㈤**。肅宗復社稷，得無順逆**一作逆順**辨**㈥**。范曄顧其兒**㈦**，李斯憶黄犬**㈧**。秘書茂松色**一作意㈨**，再扈**王仲正本作再從，一作屢**侍祠壇墠**㈩**。**此敘其陷賊不污。　黄屋風卷，上皇幸蜀矣，源明失於陪從，致爲賊驅遣而悲憤也。朋知斷，故情不展。石可轉，見心不變。　吴論：肅宗復位，順逆既辨，一時受僞命者悉加刑戮，如范曄有顧兒之痛，李斯含黄犬之悲，而秘書獨寒松不改，得與郊祀盛典。

㈠顏延之《咏阮咸》詩：屢薦不入官，一麾乃出守。

㈡《唐書》：源明出爲東平太守，召還爲國子司業。禄山陷京師，以病不受僞署。　八駿，用周穆王巡遊事。

㈢陳琳檄文：並集虜庭。

㈣謝靈運詩：再與朋知辭。

㈤《詩》：我心匪石，不可轉也。

㈥《三都賦序》：既以著逆順，且以爲鑒戒。

㈦《宋書》：范曄臨刑，其子藹取地土及果皮擲曄，曄問曰：「汝嗔我耶？」藹曰：「今日何緣嗔！但父子同死，不能不悲。」

㈧《史記》：二世具李斯五刑，論腰斬咸陽市。顧謂其中子曰：「吾欲與若，復牽黄犬，俱出上蔡東門，逐狡兔，豈可得乎？」

㈨《世説》：張伯威，歲寒之茂松，幽夜之逸光。

㈩《唐書》：肅宗復兩京，擢源明考功郎中、知制誥，後爲秘書少監，卒。扈祠，扈從祠祭也。《書》：爲三壇同墠。

前後百卷文㈠，**枕**去聲**藉皆禁臠**盧演切㈡。**篆刻**一作制作**揚雄流**㈢，**溟漲本末**一作未**淺**㈣。**青熒芙蓉劍**㈤，**犀兕豈獨劓**止兖切㈥。**反爲後輩褻**㈦，**予實苦懷緬**㈧。**煌煌齋房芝**㈨，**事絶**一作終**萬手搴**音蹇。**垂之俟來者，正始徵勸勉**㈩。**不要**一作惡**懸黄金**㈡，**胡爲投乳**一作亂**贙**音畎㈢？此叙其文才直節。禁臠，比文之豐美。才大如揚雄，雖溟漲猶爲淺末。鋒利如寶劍，雖犀兕亦可劓截。有文如此，而人乃褻視，公所以懷思而歎息也。當時齋房瀆祀，蘇能苦口力諍，於萬手欲搴者，竟阻絶而不行，足爲將來勸勉矣。且其意不欲求取金印，何爲觸犯忌諱，如投乳贙乎？此皆發於忠愛之誠耳。

㈠《唐書》：源明又有前集三十卷。

㈡隋辛德源，少有重名，累官考功郎中。劉逖薦之曰：「枕藉六經，漁獵百氏。」《謝混傳》：元帝始鎮建業，每得一豚，以爲珍膳，項下一臠尤美，輒以薦帝，呼爲禁臠。

㊂《法言》：或問吾子好賦？　曰：「然。　童子雕蟲篆刻，壯夫不爲。」

㊃謝靈運詩：溟漲無端倪。　《後漢書》：范升以爲左氏淺末，不宜立。　曹植《責躬表》：詞旨淺末，不足採覽。　此「末淺」二字所出，若作「末淺」，則海深何待言乎？

㊄《羽獵賦》：炫耀青熒。　青熒，劍有光澤貌。　《越絶書·寶劍篇》：揚其華如芙蓉始出。　盧照鄰詩：相邀俠客芙蓉劍。

㊅李尤《劍銘》：陸剸犀兕，水截鯨鯢。

㊆《蔡邕傳》：後輩被遺。

㊇《文選注》：緬，思貌。

㊈《漢書》：武帝大興祠祀，元封中，齋房生芝而作歌。　《通鑑》：乾元二年六月，上從王璵請，立太乙壇於南郊之東，自漢武帝祠太乙，至唐復祠之。《舊唐書·肅宗紀》：上元二年七月，延英殿御座梁上生玉芝，一莖三花，上製玉靈芝之詩。

㊉《唐書》本傳：肅宗時，禁中禱祀窮日夜，中官用事，給養繁靡。　源明數陳政治得失。　及思明陷洛陽，帝將親征。　上疏極諫，帝嘉其切直。　子夏《詩序》：周南、召南，正始之道，王化之基。《晉書·衛玠傳》：不意永嘉之末，復聞正始之音。　李陵書：來相勸勉。

⑪《晉書·周顗傳》：取金印如斗大，繫肘。

⑫《爾雅》：贙有力。　注：出西海大秦國，有養者，似狗，多力獷惡。《炙轂子》載《贙銘》曰：爰有獷

獸，厥形似犬，饑則馴服，飽則反眼，出於西海，名之曰眣。

結交三十載上聲㈠，吾與誰游衍㈡？滎陽復扶又切冥寞，罪罟已横去聲罥吉眣切㈢。嗚呼子逝日，始泰則一作即終蹇㈣。長安米萬錢㈤，凋喪去聲盡餘喘。戰伐何當解，歸帆阻清汭㈥。尚纏漳水疾㈦，永負蒿里餞㈧。末歎蘇公身殁，不及哀奠也。滎陽罹罪而亡，武功凶年而卒，則遊衍無人矣。始泰，遭遇中興。終蹇，身殁荒歲。戰伐，吐蕃未靖。清汭，歸路所經。胡夏客曰：武功少孤忍饑，爲官又以饑終，讀此不禁三歎。此章，前後三段各十二句，中間二段各十四句。

㈠任昉詩：結歡三十載。

㈡《詩》：及爾游衍。《新史》：源明雅善鄭虔、杜甫。

㈢《詩》：罪罟不收。横罥，横罹法網也。劉孝威詩：菱芒乍罥絲。李善《選注》：罥，結也。

㈣泰蹇：用《易》卦名。

㈤《漢·高帝紀》：關中大饑，米斛萬錢。《舊書》：廣德二年，自秋及冬，斗米千文，一斛則萬錢矣。蘇、鄭皆卒於是年，故他詩曰：「穀貴殁潛夫。」又曰：「凶問一年俱。」

㈥《山海經注》：漢水至江夏安陸縣入江，即汭水。

㈦劉楨詩：余嬰沉痼疾，竄身清漳濱。

㈧《杜臆》：蒿里餞，謂致奠也。《古今注》：蒿里，喪歌也。人死，精魂歸於蒿里，使挽者歌以送之。

蒿里，山名。邵注：田横死，門人作挽歌二章，今分爲二：薤露歌，送王公大人；蒿里歌，送士大夫庶人之喪。

《八哀》詩，苦心力索，未免人勝於天。就諸章而論，前五篇精悍蒼古，後三首却繁密不疏，尚須分別而觀。

故著作郎貶台州司户滎陽鄭公虔

盧注：哀滎陽者，哀其生不逢時，至被污貶死，爲可悼也。鄭虔，滎陽人。

鶢居至魯門，不識鐘鼓饗㊀。孔翠望赤霄㊁，愁思去聲。一作入雕籠養㊂。滎陽冠去聲衆儒，早聞名公賞㊃。地崇士大夫㊄，況乃氣精《英華》作氣精，一作精氣，一作氣清爽㊅。首言其人品孤高，而兼得名位。上四比，下四賦。

㊀《莊子》：昔者，海鳥止於魯郊，魯侯御而觴之於廟，奏九韶以爲樂，具太牢以爲饍，鳥乃眩視悲憂，三日而死。江淹《擬古詩》：咸池饗爰居，鐘鼓或愁辛。

㊁張華《鷦鷯賦序》：孔雀翡翠，或陵赤霄之際，或託絶垠之外，然皆負矰嬰繳，羽毛入貢。

㊂禰衡《鸚鵡賦》：閉以雕籠，剪其翅羽。

㊃原注：往者，公在疾，蘇公頲位尊望重，素未相識，早愛才名，躬自撫問，臨以忘年之契，遠邇嘉之。《後漢·張奮傳》：衆儒不達，議多駁異。《蜀志注》：鍾會，名公之子。

㊄地崇，指著作郎。《後漢·來歙傳》：士大夫皆信重之。

㊅《前漢·五行志》：心之精爽，是謂魂魄。

天然生知資㊀，**學立游夏上**㊁。**神農或闕漏，黄石愧師長**丁丈切㊂。**藥纂西極**一作域**名**㊃，**兵流指諸掌**㊄。**貫穿**去聲**無遺恨**㊅，**薈**烏外切**蕞**在最切**何技癢**㊆。此記其長於著述。生知多學，領下兩段。神農，起藥纂。黄石，起兵流。貫穿，謂聞見博。薈蕞，謂雜撰多。

㊀陳琳書：此乃天然異稟，非鑽仰者所庶幾也。庾肩吾《書品》：鍾，天然第一。生知，見《禮記》。

㊁《後漢·李固傳》：通游夏之藝，顔閔之仁。

㊂神農著《本草》，黄石公授張良兵法，此言虔所著之書，古人不逮也。《楚辭·橘頌》：年歲雖少，可師長兮。

㊃《上林賦》：左蒼梧，右西極。

㊄《顔氏家訓》：吾見世文學之士，品藻古今，若指諸掌。《唐書》：虔學長於地理，山川險易，方隅物産，兵戈衆寡，無不詳審。嘗爲《天寶軍防録》，言典事該。諸儒服其善著書。

㊅《司馬遷傳贊》：貫穿經傳，馳騁古今。《文賦》：恒遺恨以終篇。

㊆原注：公著《薈蕞》等諸書之外，又撰《胡本草》七卷。高元之《荼甘録》：薈，草多貌。蕞，小也。

虔自謂：「著書雖多，皆碎小之事。」唐史目其書爲「會稡」，亦承襲之誤。《爾雅序》：會稡，稡音最，聚也。薈蕞與會稡，二説不同。趙次公云：當以公詩爲正。　《射雉賦》：徒心煩而技懩。徐爰注：有技藝欲逞，曰技懩。

圭臬星經奥㈠，蟲篆丹青廣㈡。子雲窺未遍㈢，方朔諧太枉㈣。神翰顧不一，體變鍾兼兩㈤。文傳天下口，大字猶在牓㈥。昔獻書畫圖，新詩亦俱往。滄洲動玉陛一作階，寡《英華》作宫鶴誤一作設一響㈦。三絶自御題㈧，四方尤所仰。此稱其才藝絶人。　圭臬，善地理。星經，識天文。蟲篆，工書法。丹青，能繪畫。朱注：虔之學識，過於子雲之博覽；虔之談論，勝於方朔之詼諧。　顧野王，奇字皆通，有虔而顧不止一矣。鍾繇、鍾會，父子善書，有虔而鍾可兼兩矣。文傳二句，見名重當時。獻書以下，見才動人主。

㈠陸倕《石闕銘》：陳圭置臬。趙注：圭以測日景，臬以度廣狹也。　天官家，有甘石二氏星經。

㈡魚豢《魏略》：邯鄲淳善《蒼》、《雅》蟲篆。　傅咸賦：圖像於丹青。

㈢《揚雄傳》：雄少好學博覽，無所不見。

㈣《東方朔贊》：詼達多端，應諧似優。　《陳書·顧野王傳》：蟲篆奇字，無所不通。　太枉，太迂曲也。

㈤《宋書·謝靈運傳》：體變曹王。　《金壺記》：鍾繇，工三色書，草隸八分最優。　兼兩，本《易·繫辭傳》。

㈥《南史》：劉穆之謂宋武帝曰：「公但縱筆爲大字。」

㈦《三輔黄圖》：玉堂殿，階陛皆玉爲之。　朱注：玉陛之上，展其滄州圖畫，而寡鶴誤爲發響，形容繪事之逼真也。　張協詩：寡鶴空悲鳴。

㈧《唐書》：虔善圖山水，嘗自寫其詩並畫以獻，帝大署其尾曰：「鄭虔三絶。」　《宋書》：謝瞻作喜霽詩，靈運寫之，混詠之。　王弘在坐，以爲三絶。　呂總云：虔書如風送雲收，霞催月上。

嗜酒益疏放㈠，**彈琴視天壤**㈡。**形骸實土木**㈢，**親近惟几杖**。**未曾**音層**寄**魯作記**官曹**㈣，**突兀倚書幌**。**晚就芸香閣**㈤，**胡塵昏坱莽**㈥。**反覆**音福**歸聖朝**音潮，**點染無滌盪**㈦。**老蒙台州掾**，**遐泛**從《英華》，一作泛泛**浙江槳**。**履穿四明雪**㈧，**饑拾楢**以周切**溪橡**㈨。此叙其平生履歷。　疏放二句，動時之興。　土木二句，静中之致。　未寄官曹，初設廣文館也；晚就芸閣，後爲著作郎也。　突兀，端坐之貌。　坱莽，空曠之地。　虔本心歸王室，但一受僞命，無從洗滌，是以有台州之貶。履穿拾橡，貧困不能自給矣。

㈠《晉書·阮籍傳》：嗜酒、能嘯、善彈琴，當其得意，忽忘形骸，時人多謂之癡太尉。　《世説》：袁尹疏放好酒。

㈡《杜臆》：「彈琴視天壤」，寫得疏放有神。　壺子曰：吾示之以天壤，見吾善者，機也。《國策》：魯仲連曰：「名與天壤俱敝。」

㈢《嵇康傳》：土木形骸，不自藻飾。

㈣《唐語林》云：玄宗置廣文館，以虔爲博士。虔聞命，不知廣文曹司何在，訴宰相，宰相曰：「上增國學，置廣文館以居賢者，令後世言廣文博士自君始，不亦美乎？」虔乃就職。錢謙益曰：據廣文館於國子監增置，故云不知曹司何在。《新書》云：「久之，雨壞廡舍，有司不復修完，寓治國子館，自是遂廢。」非實録也。

㈤《陳子昂集》：祖斂仁，檢校秘書郎，持三筆，終入芸香閣。《魏略》：芸香，辟紙蠹，故藏書稱芸臺。

㈥《上林賦》：過於坱莽之野。

㈦《顔氏家訓》：武烈太子，坐上賓客，隨宜點染，即成數人。《抱朴子》：外物棄智，滌蕩機變。

㈧謝靈運《山居賦》注：天台四明相接連。四明，方石四面，自然開窗。《天台賦》：濟楢溪而直進。顧愷之《啟蒙記》注曰：之天台山，去天不遠，路經楢溪，水深險清泠，前有平橋，路徑不盈尺，長數十丈，下臨絶澗，唯忘其身然後能濟。《寰宇記》：楢溪，在臨海縣東三十五里。四明在今寧波府，楢溪在今台州府，俱屬浙東路。《莊子》：衣弊履穿，貧也，非憊也。考《史記》：東郭先生貧困，履行雪中，有上無下，足盡踏地，人皆笑之。

㈨《莊子》：古者晝拾橡栗，暮栖木上，命之曰有巢氏之民。又《徐無鬼》：居山林，食芧栗。芧栗，即橡栗也。

《唐書》：虔遷著作郎。安禄山反，劫百官置東都，僞授虔水部郎中，因稱風緩，求攝市令，潛以密章達靈武。賊平，免死，貶台州司户參軍事。後數年卒。

空聞紫芝歌㈠，不見杏壇丈㈡。天長眺東南㈢，秋色餘魍魎㈣。别離慘至今，斑白徒懷

囊㈤。此憶台州之别。紫芝歌，埋迹深山。杏壇丈，久離博士。東南魍魎，俱指台州。懷囊起下。

㈠紫芝歌，用四皓事。

㈡《莊子》：孔子游乎緇帷之林，坐杏壇之上。《記》：席間函丈。

㈢《老子》：天長地久。

㈣宋王微《詠賦》：秋色陰兮白露商。《天台賦》：始經魑魅之塗。

㈤斑白，見《孟子》。盧諶詩：借曰如昨，忽焉疇囊。

春深秦一作泰**山秀，葉墜清渭朗。劇談王侯門**㈠**，野税林下鞅**㈡**。操紙終夕酣，時物集遐想**㈢**。**此憶長安之事。劇談二句，言隨意宴遊。操紙二句，言醉後吟咏。

㈠《揚雄傳》：口吃不能劇談。

㈡鮑照詩：無由税歸鞅。邵注：税，止也。鞅，馬頸組。

㈢《易》：惟其時物也。袁宏《三國名臣序贊》：遐想管樂，遠明風流。

詞場竟疏闊，平昔濫推從趙本，一作吹，晉作咨**獎。百年見存殁**㈠**，牢落吾安放**一作倣㈡**。蕭條阮咸在**㈢**，出處**上聲**同世網**㈣**。他日訪江樓**㈤**，含悽述飄蕩**上聲㈥**。**此結出殁後哀思。疏闊，承台州，公不見鄭也。推獎，承長安，鄭嘗獎公也。百年存殁，又總承二句。鄭審在江陵，哀死而因念生，與前哀汝陽王同意。張遠注：此即昌黎所云思元賓而不見，見元賓之所友者而如見賓也。

此章，起結三段各八句，中二段各十四句，後二段各六句。

㈠顏延之詩：存殁竟何人。

㈡蔡邕《瞽師賦》：時牢落以失次。　《檀弓》：哲人其萎，則吾將安放。

㈢原注：著作與今秘監鄭君審，篇翰齊價，謫江陵，故有阮咸江樓之句。　黄鶴曰：審，當與虔爲兄弟，故比之阮咸，如杜位乃公從弟，而云阿咸也。

㈣張協詩：出處雖殊途。　陸機詩：世網嬰吾身。

㈤《世説》：桓玄登江陵城南樓，云：「我今欲爲王孝伯作誄。」

㈥謝靈運詩：含悽泛廣川。　鮑泉詩：飄蕩逐風迴。

劉克莊曰：《八哀》詩中，如鄭、蘇二首，非無可説，但每篇多蕪辭累句，或爲韻所拘，殊欠條鬯，不如《飲中八仙》之警策。　蓋《八仙歌》每人只三四句，《八哀》詩，或累押二三十韻，以此知繁不如簡，雖大手筆亦然。

今按：《飲歌》只説一事，《八哀》則概列平生，未可以概論。　盧德水云：《八哀》詩，未免傷煩傷汎，中有數十光潔語，堪與日月並垂者，自不爲浮雲所掩，大概詩家之元氣在焉，杜詩之體統存焉，不可遺，亦不容選也。

故右僕射相去聲國曲江張公九齡

盧注：哀相國者，哀其志存王室，明皇始終不能信用，爲可惜也。　九齡，韶州曲江人。

相去聲國生南紀㊀，金璞無留礦古猛切。與鑛同㊁。仙鶴下去聲人間，獨立霜毛整㊂。矯然江海一作漢思去聲㊃，復扶又切與雲路永㊄。寂寞想土階㊅，未遑一作嘗等箕潁㊆。首稱其品格不凡。　金無留鑛，比才堪用世。鶴下人間，比生質超群。既而飛騰雲路，則想致君唐虞，而不遑等於高隱矣。

㊀《漢書·百官表》：相國、丞相，皆秦官，高帝初，置一丞相，十一年，更名相國。　《唐書》：自上洛南逾江漢，攜武當荆山，至於衡陽，乃東循嶺徼，達東甌，至閩中，是謂南紀。　舊注：江漢之南皆謂之南紀。　紀，綱紀也，謂經帶包絡之也。

㊁郭璞賦：其下則金礦丹礫。　《説文》：礦，銅鐵璞石也。　《唐紀》：太宗謂魏徵曰：「金在鑛，何足貴耶？　冶鍛而爲器，人乃寶之。」　九齡，幼聰敏，善屬文，年十三，以書干廣州刺史王方慶，大嗟賞之曰：「此子必能致遠。」可見其不留於礦也。

㊂鮑照《舞鶴賦》：偉胎化之仙禽。　又：疊霜毛而弄影。　宋之問詩：粉壁圖仙鶴。　錢箋云：《九齡

家傳》：九齡母夢九鶴自天而下，飛集於庭，遂生九齡。

㈣《北史》：劉歊，矯然出塵，如雲中白鶴。鮑照詩：空守江海思。

㈤江總《徐陵墓誌》：鬱轉雲路。

㈥《司馬遷傳》：墨者亦上堯舜，言其堂高三尺，土階三等。

㈦《抱朴子》：堯舜在上，箕潁有巢棲之客。

上上聲君白玉堂，倚君金華省㈠。碣石一作竭力歲峥嶸㈡，天池一作地日蛙黽㈢。退食吟大庭㈣，何心記一作託榛梗㈤。骨驚畏曩哲，鬒音真。一作鬢變負人境㈥。雖蒙換蟬冠㈦，右地恧女六切多幸㈧。敢忘一作志二疏歸㈨，痛迫蘇耽井㈩。紫綬一作紫紱，《英華》作金紫映暮年㈡，荆州謝所領㈢。庾公興去聲不淺㈢，黄霸鎮每静㈣。此叙其仕進履歷。玉堂金華，切近於君。碣石峥嶸，禄山勢張也。天池蛙黽，林甫恣讒也。退食二句，承蛙黽，言不計私忿；骨驚二句，承碣石，言憂在國事。換蟬冠，爲尚書右丞相。恧多幸，言罷政雖慚，而遠害猶幸也。二疏，比其歸養；蘇耽，比其奪情。紫綬，出爲荆州長史。庾亮、黄霸，稱其在任政績。

㈠江淹《金燈草賦》：植君玉臺，生君椒室。徐彦伯詩：巢君碧梧樹，舞君青瑣闈。君字，皆指君王。錢箋：《黄圖》：未央宫有金華殿、大玉堂殿。《漢書》：鄭寬中、張禹，朝夕入説《尚書》、《論語》於金華殿中。《黄圖》：玉堂殿，有十二門。《唐書》：九齡擢進士第，拜校書郎，歷中書舍人、秘書少監、集賢院學士、中書侍郎，此由玉堂金華省出入也。

㊁碣石，范陽地。 峥嵘，高大貌。 禄山所據。 錢箋：禄山在范陽偏裨入奏，九齡見之曰：「亂幽州者，必此胡雛也。」

㊂天池，見《莊子》。 東方朔《七諫》：蛙黽游乎華池。 注：喻讒佞弄口也。 《爾雅》：黽，形似青蛙而腹大，其鳴甚壯。

㊃《詩》：退食自公。 上古有大庭氏，公詩「大庭終返朴」。 或引《韓非子》「議於大庭而後言」，作庭宇解者，非。

㊄郭璞《游仙詩》：戢翼棲榛梗。 榛，小栗，條如荆。 梗，病也。 《本事詩》：曲江與李林甫同列，林甫疾之若仇。 曲江爲《海燕》詩以致意，曰：「無心與物競，鷹隼莫相猜。」亦終退斥。

㊅《别賦》：心折骨驚。 《通鑑》：安禄山討奚契丹，敗績，張守珪奏請斬之，執送京師。 上惜其才，赦之。 張九齡曰：「失律喪師，不可不誅，且其貌有反相，不殺必爲後患。」上曰：「卿勿以王夷甫識石勒，枉害忠良。」竟赦之。 此詩「畏曩哲」指夷甫，「負人境」，恐爲後患也。 謝朓詩：誰能鬒不變。 陶潛詩：結廬在人境。

㊆《舊唐書》：侍中中書令，加貂蟬佩紫綬。 《漢官儀》：武帝大冠加金璫，附蟬爲文，貂尾爲飾，謂之貂蟬。 《本傳》：開元二十二年，九齡爲中書令，二十四年，遷尚書右丞相，罷政事。 所謂「换蟬冠」也。

㈧沈約詩：長驅入右地。《明皇雜録》：張九齡、裴耀卿，詔爲左右僕射，罷參知政事。林甫怒曰：「猶爲左右丞相耶？」二人趣就本班。林甫目送之，公卿不覺股栗。《左傳》：羊舌氏曰：「民之多幸。」

㈨《漢書》：疏廣爲太子太傅，兄子受爲少傅，俱上疏乞骸骨。上以其年篤老，皆許之。

㈩《神仙傳》：蘇耽，郴縣人，少孤，養母至孝，忽辭母云：「受性應仙，當違供養。」母曰：「汝去，使我如何存活？」曰：「明年天下疫疾，庭中井水、簷邊橘樹，可以代養。」至時，病者食橘葉、飲井水而愈。《唐書》：九齡遷工部侍郎，乞歸養，詔不許。及母喪解職，毁不勝哀，有紫芝産坐側，白鳩、白雀巢冢樹。是歲，奪哀拜中書侍郎、同平章事。固辭，不許。

㈡朱注：唐制：大都督府長史，從三品，應紫綬。荆州爲上都督，故時服紫綬也。中山王《文木賦》：青緺紫綬。

㈢九齡嘗薦周子諒爲御史，子諒劾奏牛仙客，語援讖書。帝怒，杖於朝堂，流瀼州道死。九齡坐舉非其人，貶荆州長史。長史之上有都督，是其統領。

㈢《晉書》：庾亮鎮武昌，諸佐吏乘月共登南樓，俄而亮至，諸人將起避之，亮徐曰：「諸君且住，老子於此，興復不淺。」

㈣《曹參傳》：嚴延年之治動，黄次公之治静。《晉書·謝安傳》：每鎮以和静。

賓客引調去聲**同，諷詠在務屏**音丙㈠。**詩罷地有餘**㈡，一云詩地能有餘。**篇終語清省**悉井切㊂。一陽發陰管㊃，淑氣含公鼎㊄。乃知君子心，用才文章境韻重。或作炳㊅。散帙起翠螭㊆，倚薄巫廬並㊇。綺麗玄暉擁，牋誄任平聲昉騁㊈。自我一作成一家則，未闕隻字警㊉。千秋滄海南，名繫朱鳥影⑪。此敘其詩才文學。延客詠詩，見風流韻事。地有餘，力厚也。語清省，詞爽也。趙注：一陽發管，謂其詩可聽，如黃鐘之律。淑氣含鼎，謂其詩可味，如太羹之和。君子二句，惜其抱濟世之才，退而用心於文章也。起翠螭，言文瀾激蕩。並巫廬，言才氣高褰。玄暉、任昉，謂詩文兼擅其勝。趙注：韶州，在滄海之濱。朱鳥，即南方之宿。當時謂九齡爲滄海遺珠，則才名久著南方矣。

㊀《舊書》：孟浩然還襄陽，九齡時鎮荊州，署爲從事，與之倡和。又云：九齡雖以直道黜，不戚戚嬰望，惟文史自娱，朝廷許其勝流。錢箋：中書舍人姚子顔，狀其行曰：「公以風雅之道，興寄爲主，一句一咏，莫非興寄。」《顔氏家訓》：諷詠辭賦。謝朓詩：民淳紛務屏。

㊁陳沈炯詩：丁翼陳詩罷。《莊子》：其游刃必有餘地。

㊂《文心雕龍》：士龍思劣，而雅好清省。

㊃庾信《玉律表》：節移陰管，無勞河内之灰；氣動陽鐘，不待金門之竹。

㊄陸機詩：蕙草饒淑氣。陳子昂詩：如何負公鼎。

㊅《西都賦序》：大漢之文章，炳焉與三代同風。

㊆潘岳誄文：披帙散書，屢覩遺文。《楚辭》：乘玉輿兮駟蒼螭。《廣雅》：龍無角曰螭。

⑧《江賦》：巫廬嵬崫而比嶠。

⑨《詩品》：小謝工爲綺麗歌謡，風人第一。　《南史》：謝玄暉善爲詩，任彦升工於筆。

⑩《史記・自序》：以拾遺補闕，成一家之言。　陸機謝表：片言隻字，不關其間。　又《文賦》：一篇之警策。

⑪《天官書》：南宫朱鳥。《索隱》曰：南宫赤帝，其精爲朱鳥也。

歸老一作歛**守故林**㊀，**戀闕悄**一作嘗**延頸**㊁。**波濤良史筆**㊂，**蕪**一作無非**絶大庾嶺**㊃。**向時禮數隔**㊄，**制作難上**上聲**請**㊅。**再讀徐孺碑**㊆，**猶思理烟艇**。此叙其家居存殁，而終之以哀弔。　趙曰：張公有良史之筆，惜乎其人殁，而蕪絶於嶺外。　向時禮數隔絶，己之制作，不能面質於生前，今讀其徐孺之碑，猶思理艇而往，瞻拜於墓前焉。　此章，首尾各八句，中二段各十六句。

㊀《漢書》：邴漢，以清行徵爲京兆尹，遂歸老於鄉里。　王粲詩：飛鳥翔故林。

㊁崔湜詩：丹心恒戀闕。《西征賦》：猶犬馬之戀主，竊託慕於闕庭。　《蕭望之傳》：天下之士，延頸企踵。

㊂班固《答賓戲》：馳辯如波濤。　《左傳》：董狐，古之良史也。　沈約《郊居賦》：不載於良史之筆。　朱注：《舊書》：九齡遷中書令，嘗監修國史。《唐會要》云：六典，開元二十八年，九齡所上。

㊃《恨賦》：終蕪絶於異域。　《新書》：韶州始興，有大庾嶺新路，開元十七年，詔張九齡開。　鶴

注：《南康記》：漢兵擊吕嘉，衆潰，有神將戍是嶺，以其姓庾，因謂之大庾。又以其上多梅而先發，亦曰梅嶺。

㊄《唐書》：九齡封始興縣伯，請還展墓，病卒，年六十八，謚文獻。公於曲江無交，故有向時禮隔之語。或云九齡謝官後，朝廷禮隔，制作不得上陳。非也。張公殁後，尚賜謚遣祭，何云禮數隔耶？任昉《哭范僕射》詩：平生禮數絶。

㊅《漢·禮樂志》：稍稍制作。

㊆《後漢書》：徐穉，字孺子，豫章南昌人，稱南州高士。錢箋：九齡《徐徵君碣》：有唐開元十五年，忝牧兹邦，風流是仰。在懸榻之後，想見其人；有表墓之儀，豈孤此地。

曲江見禄山有反相，欲因失律誅之，明皇不聽，至幸蜀以後，追思其言，遣使祭贈。此事乃一生大節，關於國家治亂興亡，篇中尚略而未詳，其歷叙官階，詳記文翰，頗失輕重之體，劉須溪嘗議及之。楊升菴因補作一篇云：「相國生南紀，蔚爲曲江彦。山接韶音峰，秀鍾重華甸。風雅既葳蕤，聲名鬱葱倩。登庸伊吕科，敷奏姚宋羨。珠澤隨侯雙，玉林郄詵片。九重集神仙，咫尺生顧盼。陸謝擅緣情，沈范采餘絢。九遷帝獨奇，三臺師錫薦。補衮綴宗彝，用藥必瞑眩。防乎貴未然，介焉斷幾見。狐媚蕩主心，狼子紓皇眷。金鏡倏垢塵，玉奴驚睚眥。萋斐偃月堂，棄捐秋風扇。鼉動漁陽鼙，蝱飛太極箭。朱鸞奔咸京，青騾乘蜀傳。棧閣雨淋鈴，宛洛飈迴縣。蜚雁愁仰霄，昆蹄怯升甗。噬臍漫天泣，回腸嶺南奠。精已箕尾騎，魂猶螭頭戀。絶綫國步危，規瑱忠言踐。青史篆峥嶸，翠珉藤跃蔓。誰珍徐孺碑，彫蟲但黄絹。」按：此詩格整辭茂，力摹少陵。　玉奴，楊妃小名。瞎瞖，目睛大也。東坡詩：「潞州别駕眼如電。」次公注：明皇初爲此官，據此，則「瞎瞖」當指明皇，驚者不欲令帝見此書也。别傳謂九齡進《金鏡録》，爲貴妃所毁。瞎，音性。瞖，音限。跃，音襖。左思《吴都賦》：卉木跃蔓。

劉克莊後村曰：杜公《八哀》詩，崔德符謂可以表裏《雅》《頌》，中古作者莫及。韓子蒼謂其筆力變化，當與太史公諸贊方駕。惟葉石林謂長篇最難，晉魏以前無過十韻，常使人以意逆志，初不以叙事傾倒爲工。此八篇本非集中高作，而世多尊稱，不敢置議。其病蓋傷於多，如李邕、蘇源明，篇中多累句，删去其半，方爲盡善。余謂韓比此詩於太史公紀傳，固不易之論，至於石林之評累句爲長篇者，亦不可不知。

郝敬仲輿曰：《八哀》詩雄富，是傳紀文字之用韻者。文史爲詩，自子美始。

夔府書懷四十韻

鶴注：當是大曆元年秋作。

昔罷河西尉，初興薊北師㈠。不才名位晚，敢恨省郎遲㈡？凬聖崆峒日，端居灩澦時㈢。萍流仍汲引㈣，樗散上聲尚恩慈㈤。遂阻雲一作靈臺宿一作仗㈥，常懷《湛露》詩㈦。翠華森遠矣㊇，白首颯淒其㊈。拙被林泉滯⑩，生逢《酒賦》欺⑪。文園終寂寞⑫，漢閣自磷緇⑬。病隔君臣議一作識，慚紆德澤私⑭。揚鑣驚主辱⑮，拔劍撥年衰所追切⑯。　首敘遭遇偃蹇，乃書懷之故。　上四，爲通節之綱。身受郎官，須驚主辱。名位已晚，故撥年衰。扈聖端居，又作一提。萍流六句，爲郎而思扈聖也。拙被六句，辭官而居灩澦也。主辱年衰，承上起下。　天寶十四年，公授河西尉，不拜。值禄山叛，扈從肅宗於鳳翔，未幾入蜀，以嚴武薦，除工部員外郎。又辭幕府，至夔州。首尾凡十二年。　公未嘗至崆峒，而云扈聖崆峒者，以肅宗自平涼而至，崆峒在其地也。　汲引，指嚴武。恩慈，謂朝命。宿雲臺、宴湛露、望翠華，皆想爲拾遺事。　《杜臆》：放迹林泉，而云酒賦所欺，此公省愆語也。　病卧文園，慚居漢閣，以蜀中馬、揚自方。　《杜臆》：揚鑣拔劍，憤激悲壯之情，形於詞色矣。　朱注：主辱，謂車駕幸陜。

㊀鮑照詩：出自薊北門。

㊁《吴越春秋》：札雖不才。　《鼂錯傳》：名位不失施於後世。　蔡質《漢儀》：尚書郎入直臺中。

㊂牛弘詩：端居留眷想。

㊃《海賦》：萍流而浮轉。　《劉向傳》：轉相汲引。

㊄樗樹散木，出《莊子》。　蕭淵明書：被此恩慈。

㊅雲臺仗，見《八哀》詩。

㊆《詩序》：《湛露》，天子燕諸侯也。

⑧《南都賦》：望翠華之葳蕤。

⑨謝靈運詩：懷賢亦悽其。

⑩《北史》：韋夐淡於榮利，所居之宅，枕帶林泉。

⑪《西京雜記》：梁孝王集諸遊士於兔園，鄒陽作《酒賦》。

⑫《漢書》：司馬相如拜爲文園令，後病免，家居茂陵。

⑬揚雄校書漢閣，此特借比西閣。　磷緇，猶云磨礪。　慚紆德澤，自愧退居，枉沐君恩耳。　或解磷緇爲名玷朝班，不合。　謝靈運詩：磷緇謝清曠。

⑭《忠經》：沐浴德澤。

⑮《舞鶴賦》：龍驤橫舉，揚鑣飛沫。　善曰：鑣，馬勒旁鐵。　《史記》：主辱則臣死。

⑯《漢書·叔孫通傳》：拔劍擊柱。　撥，奮起也。　《淮南子》：年衰志憫。

社稷經綸地，風雲際會期①。**血流紛在眼**②，**涕灑**一作泗，非**亂交頤**③。**四瀆樓船汎**④，**中原鼓角悲**⑤。**賊壕連白翟**⑥，**戰瓦落丹墀**⑦。**先帝嚴靈**一作虛**寢**⑧，**宗臣切受遺**⑨。**恒山猶突騎**去聲⑩，**遼海競張旗**⑪。**田父嗟膠漆**⑫，**行人避蒺藜**⑬。**總戎存大體**⑭，**降**音杭**將**去聲**飾卑詞**⑮。**楚貢何年絶**⑯，**堯封舊俗疑**⑰。**長吁翻北寇**⑱，**一望卷西夷**⑲。　此憶長安時事，承上「揚鑣驚主辱」。　上八句，先叙肅宗之亂。　先帝以下，詳記代宗之亂。　總戎二句，乃追原病根。　社稷風雲，靈武起事。　血流數語，安史猖獗。　自肅宗晏駕，子儀受遺，代宗當有一番振刷，乃亂離如故，則以總戎失策，誤信降將之卑詞耳。在楚薊，則鎮將不恭。在西北，則外夷交訌，皆因總戎失策所致。　四瀆中原，言遍地皆兵。白翟丹墀，言京輔旋破。　朱注：恒山、遼海，皆河北地。《杜臆》：猶突騎，如故也；競張旗，轉甚也。　呂祖謙曰：膠漆所以爲弓，誅求之多，則田父歎焉。鐵蒺藜所以禦馬，所在布地，故行人避之。　朱注：《通鑑》：史朝義死，賊將田承嗣、薛嵩等降，副元帥僕固懷恩，恐賊平寵衰，奏留承嗣等，分帥河北，自爲黨援，由是諸鎮桀驁，遂不可制。公詩「總戎存大體，降將飾卑詞」，正紀其事。曰「存大體」，爲朝廷隱也。　郭知達注：總戎，元帥也，代宗討史朝義，以雍王适爲天下兵馬元帥。　楚貢，如嶺南小梗。堯封，謂燕薊疑貳。北寇，指回紇。西夷，指吐蕃，廣德元年，相繼入寇。　《杜臆》：昔順今逆，故曰翻。傾國而來，故曰卷。

㈠經綸風雲，注別見。

㈡《書》：血流漂杵。

㈢《東方朔傳》：俛而深惟，仰而泣下交頤。

㈣《記》：四瀆視諸侯。　四水獨流，江、淮、河、濟也。　漢有樓船將軍。

㈤鼓角，別見。

㈥《漢・匈奴傳》：晉文公攘戎狄，居西河、圁洛之間，號曰赤翟、白翟。注：圁洛，今上郡寧川地。朱注：《史記索隱》：故西河郡有白部胡，唐鄜、延二州，即春秋白翟地。　禄山反，京畿、鄜坊皆附之，故云「連白翟」。

㈦《光武紀》：大破莽兵於昆陽城西，會大雷風，屋瓦皆飛。《前漢·梅福傳》：登文屏之陛，涉赤墀之塗。注：以丹掩泥，塗殿上也。

㈧梁宗廟登歌：神宮肅肅，靈寢微微。

㈨《唐書》：寶應元年建卯月，上不豫，召子儀入卧内曰：「河東之事，一以委卿。」所謂「切受遺」也。《公孫弘傳》：受遺，則霍光、金日磾。

㈩《周禮》：并州，其鎮曰恒山。《鼂錯傳》：輕車突騎。師古曰：言其驍鋭，可衝突敵也。

⑪《公孫瓚傳》：通遼海。《叔孫通傳》：設兵張旗幟。

⑫潘岳《籍田賦》：邑老田父。《孫武子》：膠漆之材、車甲之奉，日費千金。

⑬柳惲詩：寂寞行人稀。《六韜》：狹路微徑，張鐵蒺藜。《鼂錯傳》：具藺石，布渠答。蘇林曰：渠答，鐵蒺藜也。

⑭《魏志》：詔大將軍親總六戎。薛道衡詩：朝端去總戎。漢明帝詔：明於國家之大體。

⑮《淮南子》：約身卑辭，以求救於諸侯。

⑯《左傳》：管仲責楚曰：「爾貢包茅不入。」

⑰《史記·周紀》：封堯之後於薊。《詩序》：懷其舊俗者也。

⑱鮑照詩：邊城屢翻覆。此「翻」字所本。《語林》：王導曰：「北寇遊魂伺我隙。」

⑲陳後主詩：春江聊一望。《過秦論》：席卷天下。此「卷」字所本。《難蜀父老文》：接之以

西夷。

不必陪玄圃㈠，超然待具茨㈡。凶一作休**兵鑄農器㈢，講殿闢書帷㈣。廟算高難測㈤，天憂實在茲㈥。形容真潦倒㈦，答效莫支持㈧。**此陳救時籌策，承上「拔劍撥年衰」。鑄農器，望息兵端。闢書帷，望開言路。二句皆當時急務。自廟算無聞，恐前亂未靖而後患復生矣。此段乃上下文關捩處。朱注：代宗嘗幸陝州，故用周穆黄帝事，言當此多事之秋，我豈必陪車駕於玄圃乎？但望求賢問道，如黄帝之下訪具茨，則凶兵可銷，講殿可御，治平不難致矣。孰知廟算不然，杞人憂天，實在於此，惜衰老無補，爲足歎耳。次公解，都支離。

㈠玄圃，周穆王西遊事。陸機《豪士賦》：超然自引，高揖而熙。

㈡《莊子》：黄帝將見大隗於具茨之山，至於襄城之野，七聖皆迷，遇牧馬童子問塗焉。《唐書》：許州陽翟縣有具茨山。

㈢《老子》：兵者凶器。《家語》：鑄劍戟以爲農器。

㈣《東方朔傳》：文帝集上書囊爲殿帷。岑文本詩：書帷通竹徑。《杜詩博議》：《通鑑》：永泰元年九月庚寅朔，置百高座於資聖、西明兩寺，講《仁王經》。甲辰，吐蕃十萬衆至奉天，京城戒嚴。丙午，罷百高座講。十月己未，復講經於資聖寺。時羌人外訌，藩鎮内叛，而帝與宰相元載等俱好佛，怠於政事。「講殿闢書帷」，蓋以諷也。

㈤《孫子》：兵未戰而廟算勝者，得算多也。

㈥天憂，用《列子》杞人憂天崩事。

㈦嵇康書：潦倒粗疏。

㈧《魯靈光殿賦》：支持以保漢室。

使去聲者分王命㈠，群公各典司㈡。恐乖均賦斂去聲㈢，不似問瘡痍㈣。萬里煩供給㈤，孤城最怨思㈥。綠林寧小患？雲夢欲難追㈦。即事須嘗膽㈧，蒼生可察眉㈨。議一作義堂猶集鳳㈩，貞觀去聲是元龜⑪。處處喧飛檄⑫，家家急競錐⑬。蕭車安不定⑭，蜀使去聲下去聲何之⑮？　此傷夔州民困，承上「天憂實在茲」。　使者八句，歎凶兵未息，而軍賦日煩。「孤城最怨思」，見民窮可慮。即事八句，歎講帷不開，而舊章難復。「貞觀是元龜」，乃起敝之方。　使者，索餉之官。典司，牧民之吏。瘡痍，蜀有崔旰之亂也。綠林、雲夢，民將爲盜矣。嘗膽，痛懲前失。察眉，深悉民情。　朱注：朝議多人，奈何不法貞觀之治？致盜賊群起，誅求益急，雖蕭車撫之，猶恐不定，彼蜀使頻下，又何爲乎？

㈠《吳越春秋》：王命見符。

㈡《東都賦》：各有典司。

㈢劉安《諫出兵書》：緩刑罰，薄賦斂。

㈣《史記·季布傳》：創痍未瘳。

㈤《魏志·衛顗傳》：若有歸民，以供給之。

㊅謝承《後漢書》：狄恭以甲兵守孤城於絶域。《淮南子》：悲則感怨思之氣。
㊆張詠曰：緑林、雲夢，言荆楚將亂。《後漢・劉玄傳》：諸亡命共攻離鄉聚，藏於緑林中。注：緑林山，在荆州當陽縣東北。盧注：《左傳》：楚昭王涉睢濟江，入雲中，盗攻之。注：雲中，雲夢澤中也。時代宗幸陝，猶昭王出國，故引往事爲鑒。欲難追，追悔無及矣。錢箋泥舊注僞遊雲夢之説，遂云來瑱爲襄陽節度使，入朝賜死，而藩鎮皆貳，所謂雲夢欲難追也。按：此段本言朝廷遣使擾民耳，於來瑱無預。
㊇《吴越春秋》：越王欲報吴怨，懸膽於户，出入嘗之。
㊈《列子》：晋有郄雍者，能視盗，察眉睫之間而得其情。《杜臆》：察眉，恐其蹙額也。
㊉梅福書：廟堂之議，非草茅所當言。《後漢書》：鄧隲等並奉朝請，有大議，詣朝堂，與公卿參謀。賀循詩：集鳳動春枝。
⑪《書》：今我即命於元龜。劉琨《勸進表》：前事之不忘，後代之元龜也。元龜，大龜，卜龜以大者爲靈。張遠注：《褚遂良傳》：太宗曰：「朕行有三監，前代成敗爲元龜。」
⑫何遜詩：處處皆城市。左思詩：邊城苦鳴鏑，羽檄飛京都。
⑬《魏志》：王粲曰：「家家欲爲帝王。」江淹書：競刀錐之利。
⑭《前漢・蕭育傳》：南郡江中多盗賊，拜育爲太守。上以育耆舊名臣，乃以三公使車，載育入殿中受策。注：使車，三公奉使之車。

㈤司馬相如爲郎使蜀，諭巴蜀父老。

釣瀨疏墳籍，耕巖進弈棋㈠。**地蒸餘破扇，冬暖更纖絺**㈡。**豺遘**一作搆**哀登楚**一作粲㈢，**麟傷泣象尼**㈣。**衣冠迷適越**㈤，**藻繪憶遊睢**音雖㈥。**賞月延秋桂**㈦，**傾陽逐露葵**㈧。**大庭終反樸**㈨，**京觀**古玩切**且僵尸**㈩。**高枕虛眠晝，哀歌欲和**去聲**誰**⑪？**南宮載勳業**⑫，**凡百慎交綏**⑬。朱注：末叙客夔情景，而以除亂立功，望之在位者。　釣瀨八句，久客無聊之況，應上「形容真潦倒」。賞月八句，深期濟世之人，應上「答效莫支持」。前曰「總戎存大體」，惜其遺患於諸鎮；此曰「凡百慎交綏」，冀其敵愾於外夷。　耕釣資身，蒸暖隨地。哀粲，傷世亂。泣尼，悲道窮。適越遊睢，復想東行也。　延桂對景，逐葵念君，因思大庭之治，以銷京觀。奈伏枕夔江，惟哀歌獨歎而已。南宮事業，望之當事大臣，勿謂交綏而退可也。當時吐蕃陷京，諸將袖手坐觀，故有交綏之歎。　此章，前兩段各二十句，後兩段各十六句，中間八句，作上下過峽。

㈠釣瀨，用嚴子陵事。耕巖，用鄭子真事。《南史·劉穆之傳》：尋覽篇章，校定墳籍。《西京雜記》：杜陵杜夫子，善弈棋，爲天下第一。

㈡《秋興賦》：屏輕箑，釋纖絺。

㈢王粲《七哀》詩：西京亂無象，豺虎方遘患。登楚，指粲登荊州城樓作賦。

㈣麟傷，用西狩獲麟。《孔子世家》：叔梁紇，禱尼丘，生孔子。孔子生而首上圩頂，故名丘，字仲尼。趙曰：傳記又載，孔子之首象尼山。

㊄《莊子》：宋人資章甫而適越，越人斷髮文身，無所用之。

㊅陳琳《爲曹洪與魏文帝書》：遊睢渙者，學藻繢之彩。《陳留風俗傳》：襄邑縣南有睢水、渙水，睢渙之水出文章，故有黼黻藻錦、日月華蟲，以奉天子宗廟御服焉。公少時，常遊吴、越、梁、宋。

㊆李德林詩：月桂近將攀。沈約詩：秋風生桂枝。

㊇曹植表：若葵藿之傾太陽。又《七啟》：霜蓄露葵。

㊈大庭，古至德之世，注見前。《淮南子》：已雕已琢，還返於樸。

㊉《左傳》：古者，明王伐不敬，取其鯨鯢而封之，以爲大戮，於是乎有京觀。注：積尸封土其上，謂之京觀。《前漢·伍被傳》：僵尸滿野，流血千里。

⑪左思詩：哀歌和漸離。《杜臆》：欲和誰，言欲和者誰人乎？

⑫《後漢書》：永平中，圖畫中興二十八將於南宫雲臺。

⑬《詩》：凡百君子。應瑒詩：凡百謦爾位。《左傳》：晉人秦人，出戰交綏。注：古名退軍爲綏。李衛公曰：綏，六轡總也，謂軍不戰。但交綏而退，猶云交馬而還。

杜詩長篇，鑄格整嚴，如金科玉律，用思精細，若繭絲牛毛。此章分枝分節，相生相應之法，必寧心静氣，從容玩味，方有端緒可尋。但止流目泛觀，涉獵大概，亦何由窺見作者深意哉？

往在

鶴注：此當是大曆元年作。

往在西京日一作時㈠，胡來滿彤一作丹宫㈡。中宵焚九廟㈢，雲漢爲之紅㈣。解瓦飛十里㈤，繐須兑切帷紛一作粉曾同層空㈥。疚心惜木主㈦，一一灰悲風㈧。合昏排鐵騎去聲㈨，清曉一作旭散錦幪吴作驝，《正異》定作幪㈩。賊臣表逆節晉作帥⑪，相賀以成功。是時妃嬪戮，連爲糞土叢⑫。當宁陷玉座⑬，白間剥畫胡化切蟲⑭。不知二聖處⑮，私泣百歲翁⑯。

此詩歷叙三朝治亂也。首紀天寶末，禄山陷京之事。上八，毁及宗廟。次八，傷及宫禁。下二，言玄肅出奔，父老悲涕也。　賊徒肆行逆節，則上表禄山以稱賀，如下文殺妃主、毁御座是也。

㈠張協詩：昔在西京時。

㈡《書》：王徂彤宫，攸居。

㈢古制天子七廟，王莽增爲九廟。《舊唐書》：中宗已祔太廟，開元四年，出置别廟。至十年，置九廟，而中宗神主復祔太廟。

㈣《詩》：倬彼雲漢，昭回于天。

㊄漢徐樂上書：臣聞天下之患，在於土崩，不在瓦解。　屋瓦皆飛，出《光武紀》，詳見上章。

㊅謝朓詩：繐帷飄井幹。此言廟中神帷也。　《詩》：憂心孔疚。

㊆《史記》：武王伐紂，載木主而行。《舊唐書》：天寶末，兩都傾陷，神主亡失。肅宗既復舊物，建主作廟於上都。其東都神主，大曆中始於人間得之。

㊇《孔叢子》：衛出公曰：「寡人之任臣無大小，一一自觀察之。」　曹植詩：悲風來入懷。

㊈合昏，本是草名，至夜則合。陸倕銘：合昏夜捲，蓂莢朝開。此處借用作黄昏。沈佺期詩：合昏玄菟郡，中夜白登圍。《魏志注》：曹公列鐵騎五千，爲十里障。

㊉《江賦》：𩭽霧祲於清旭。𩭽，音隸，視也。　《廣韻》：驢子曰驝。錢箋：禄山陷兩京，以槖駞運御府珍寶於范陽。故曰「散錦驝」。郭知達本注：徐陵詩：「金鞍覆錦驝。」幪，鞍帕也，公詩屢用錦幪，以幪爲正。

⑪《魏志》：張超曰：「王師將危，賊臣未梟。」　《國語》：逆節萌生。

⑫《幸蜀記》：天寶十五年七月，禄山令張通儒，害霍國公主、永王妃、侯莫陳氏、駙馬楊朏等八十餘人，又害皇孫、郡縣主、諸妃等三十六人。　干寶《晉紀》：后嬪妃主，虜辱於戎卒。　《王昭君辭》：昔爲匣中玉，今爲糞上英。

⑬《記》：天子當宁而立。　謝朓詩：玉座猶寂寞。

⑭師氏注：白間，黼衣也，畫蟲畫雉以飾之。《景福殿賦》：皎皎白間，離離列錢。李善曰：白間，青

瑣之側以白塗之，今猶謂之白間。《吴越春秋》：蟲鏤之刻畫。

⑮又：二聖兩君。

⑯《世説》：殷仲堪曰：「百歲老翁攀枯枝。」

車駕既云還㈠，楹桷歘穹崇㈡。故老復扶又切涕泗㈢，祠官樹椅桐㈣。宏壯不如初㈤，已見帝力雄㈥。前春禮郊廟㈦，祀事親聖躬㈧。微軀忝近臣㈨，景讀爲影從去聲陪群公㈩。登階捧玉册⑪，峩冕聆一作耿，非金鐘⑫。侍祠恧女六切先路舊作露，一作霑⑬，掖垣邇濯龍⑭。天子惟孝孫，五雲起九重平聲⑮。鏡奩換粉黛⑯，翠羽猶葱朧一作曨⑰。次記至德初，肅宗收京之事。上八，記新廟之祭。微軀六句，記陪祀之事。天子四句，乃陪祀所見景物。此叙廟祀特詳者，萃涣莫大於享帝立廟也。車駕初還，故父老流涕。楹桷重新，故廟樹椅桐。唐史：肅宗還京，在至德二年十月。其親享九廟及祀圜丘，在乾元元年四月。鶴注謂前春，疑誤。玉册，册文也。峩冕，法服也。金鐘，駕至鳴鐘也。恧先路，慚列輦輅之傍。邇濯龍，密邇宫禁之地。孝孫，指肅宗。五雲，謂瑞氣。鏡奩，后廟神御之物。翠羽，廟中神御之飾。

㈠《光武紀》：車駕入洛陽。

㈡《左傳》：丹楹刻桷。《長門賦》：鬱並起而穹崇。

㈢《詩》：涕泗滂沱。

㈣《史記・武帝紀》：令祠宫領之，如其方。《詩》：樹之榛栗，椅桐梓漆。

㈤《西征賦》：豁爽塏以弘壯。

㈥《莊子》：帝力於我何有哉。

㈦《前漢·禮樂志》：薦之郊廟，則鬼神享。

㈧《詩》：祀事孔明。

㈨曹植《叙愁賦》：委微軀於帝室。

㈩《東都賦》：天官景從。

㈡玉册，注别見。

㈢張華詩：軒冕峩峩，冠蓋習習。《韓詩外傳》：古者，天子左右五鐘。將出，則撞黄鐘之鐘，右五鐘皆應。入，則撞蕤賓之鐘，左五鐘皆應。

㈢《漢·禮樂志》：百官侍祠者數百人。《封禪文》：群臣恧焉。《爾雅》：恧，小慚也。南齊何從事聯句「芸黄先露早」，與此先露不合，此當是先路之訛。《記·郊特牲》：大路繁纓一就，先路三就。注：大路，祭天車。先路，祭廟車。《東京賦》：奉引既畢，先輅乃發。則先輅爲君車矣。又，王公詩有「起草鳴先路」句。《楚辭》：來吾道兮先路。《舞鶴賦》：翔翥先路。則先路乃前導也。王洙謂齋廊未備，猶恧霑露。朱注謂新進侍祠，先蒙恩露。張注謂春日侍祠，因動先人雨露之感。語皆迂曲。

㈣劉楨詩：隔此西掖垣。杜田注：《後漢·桓帝紀》：祠老子於濯龍宫。《馬后紀》：帝幸濯龍中。

《續漢志》：濯龍園，名濯龍宮。《百官志》有濯龍監一人。《東京賦》：濯龍芳林，九谷八溪。薛綜注：《洛陽圖經》曰：濯龍，池名。《赭白馬賦》：處以濯龍之奧。注：濯龍，内廄名。《盧植集》：詔給濯龍廄馬三百匹。諸書稱濯龍不同，大抵以宮得名，而置監園廄，皆因之也。

㉕《詩》：工祝致告，徂賚孝孫。沈約《宋書》：慶雲五色者，太平之應。董仲舒《雨雹對》：雲五色而爲慶，三色而爲矞。《楚辭》：天子之門以九重。

㉖《後漢·陰后紀》：帝率百官上后陵，從席前，伏御牀，視太后鏡奩中物，感動悲泣，令易脂澤妝具。樂府：粉黛不假飾。

㉗曹植賦：或拾翠羽。郭璞《江賦》：潛薈葱朧。注：青盛貌。

前者厭羯胡，後來遭犬戎。俎豆腐一作膻**肉，罘罳行角弓**㊀**。安得自西極，申命空山東**㊁**？盡驅詣闕下**㊂**，士庶塞**先則切**關中。**此記廣德初，吐蕃陷京之事。洙注：前者，指祿山。後來，指吐蕃。夢弼注：俎豆句，謂污漫祭器。罘罳句，謂狼籍宮廟。盧注：時藩鎮不能赴援，故言安得自西徂東，布昭王命，使主將率民入關，以敵愾乎？《杜臆》：安得二字，直貫下節，乃臣子期望之詞。西極，指京師之西，與山東相對，或指吐蕃者，非。

㊀薛蒼舒曰：《漢文帝紀》：七年夏六月，未央宮東闕罘罳災。崔豹《古今注》：罘罳，屏也。罘者，復也；罳者，思也。臣朝君至屏外，復思所奏之事於其下。顔師古注：罘罳，謂連闕曲閣也，以覆重刻垣墉之處，其形如罘罳然，一曰屏也。又《禮記疏》：屏，天子之廟飾也。鄭注：屏，謂之樹，今

浮思也。唐蘇鶚《演義》稱：罘罳，織絲爲之，輕疏浮虛，象羅網交文之狀，蓋宮殿簷户之間也。段成式《酉陽雜俎》稱：上林間，多呼殿榱桷護雀網爲罘罳。余謂二説皆通，以罘罳爲網，則結繩爲之，施於宮殿簷楹之間，如蘇鶚之説，是也。以罘罳爲屏，則刻木爲之，施於城隅門闕之上，如成式之言，是也。然就二説之中，段氏之説爲長。《韓安國傳》注：師古曰：以木曰弧，以角曰弓。

㊁《易》：重巽以申命。

㊂曹植詩：盤桓北闕下。

主將去聲**曉逆順**㊀**，元元歸始終**㊁**。一朝自罪己**一云罪己已㊂**，萬里車書通**㊃**。鋒鏑供鋤犁**㊄**，征戍**一作伐**聽所從**㊅**。冗官各復業**㊆**，土著**直略切**還力農**㊇**。君臣節儉足**㊈**，朝**音潮**野歡呼**一作娛**同**㊉**。中**去聲**興似**一作比**國初**⑪**，繼體如太宗**⑫**。端拱納諫諍**⑬**，和風日沖融**⑭**。赤墀櫻桃枝**⑮**，隱映銀絲籠**⑯**。千春薦靈寢**⑰**，永永垂無窮**⑱**。**此論永泰後代宗還京之事。主將四句，言靖亂之由。鋒鏑四句，言初治之象。君臣六句，望其力致太平。赤墀四句，願其無忘孝享。《通鑑》：廣德元年十月，郭子儀使王延昌撫諭諸將，皆大喜聽命。所謂「主將曉順逆」也。鶴注：永泰元年正月，下制，勞還罪己之念。所謂「一朝自罪己」也。《杜臆》：主將脅民，向來叛服不常，當令其改心易慮，而喫緊在罪己一語，此轉亂爲治之機也。鋒鏑二句，言復府兵之制，則兵農可以合一。藩鎮多表授官僚，朝廷雖設官而無事，故欲冗官之復業。各鎮選丁壯爲兵民，皆棄本業而好亂，故欲土著者力農。聽言納諫，又罪己後，改過自新之法。櫻桃薦寢，與上禮郊廟相應，皆回鑾後最急之事，故反覆言之。

㈠《黄石公素書》：主將之法。

㈡《魏志》：傅巽曰：「逆順有大體，强弱有定勢。」《漢・文帝紀》：以全天下元元之民。顏注：元元，善意也。

㈢馬融疏：陛下深惟禹湯罪己之義。

㈣《漢・光武紀》：車書共道。

㈤鋒鏑，刀鋒、箭鏑也。《晉史論》：鋒鏑如雲。曹植詩：相隨把鋤犁。

㈥顏延之詩：憔悴征成勤。

㈦《申屠嘉傳》：冗官居其中。師古曰：冗，散輩也，如今之散官。

㈧《食貨志》：安民之道，土著爲本。《淮南子》：稷辟土墾草，以爲百姓力農。

㈨《漢・宣帝紀》：躬行節儉。

㈩張載詩：朝野多歡娱。

⑾漢明帝詔：先帝受命中興。

⑿章帝詔：繼體守文。

⒀梁簡文書：履璇璣而端拱。漢文帝詔：益建官師爲諫諍。

㉔顏延之詩：昧旦濡和風。《海賦》：冲融滉漾。

㉕丹墀，注見上章。《月令》：仲夏之月，羞以含桃，先薦寢廟。注：櫻桃也。

㉖丘巨源詩：隱映含歌人。《陌上桑》：青絲爲籠繫。

㉗謝朓《酬德賦》：度千春之可並。靈寢，注見上章。

㉘漢景帝詔：祖宗之功德，施於萬世，永永無窮。

京都不再火㊀，涇渭開愁容㊁。歸號平聲故松柏㊂，老去苦飄蓬㊃。末以思鄉之意作結。

《杜臆》：涇渭，乃吐蕃入寇之路。《諸將》詩云：「多少材官守涇渭，將軍且莫破愁顏。」故必吐蕃遠去，而愁容始開。盧注：往在西京，既遭喪亂，老去飄蓬，終遠長安。首尾無限悲酸。此詩前後三段，各十八句。中八句作腰，末四句作結。

㊀左思詩：羽檄飛京都。

㊁鮑照詩：發藻慰愁容。

㊂古詩：古墓犁爲田，松柏摧爲薪。

㊃劉孝綽詩：遊子倦飄蓬。

盧元昌曰：此章歷叙肅、代兩朝，經禄山、吐蕃之亂，以見幸蜀之轍，不鑒於前，奔陝之駕，相尋於後。故於肅宗收復處，略其治具；於代宗收復處，詳陳保安圖治之道，正見肅宗不能自振，沿至代宗，再有吐蕃之禍。乃代宗收京後，又不思省躬罪己，節儉裕民，聽言納諫，且冗官失職，兵不歸農，朝政之闕失多矣。致治無具，禍亂相因，未幾，德宗又有奉天之幸，内寇外夷，竟與唐相終始矣。至篇中血脈，以孝治爲重，故詳言宗廟廢興之由，於肅宗曰「天子唯孝孫」，於代宗曰「繼體如太宗」，因以「歸號故松柏」，自述己意終焉。

昔遊

鶴注：此當是大曆元年夔州作。詩云楚山，夔屬楚地也。

昔者與高李原注：高適、李白，**晚**一作同**登單**仕衍切**父**音甫**臺**㊀。**寒蕪際碣石**㊁，**萬里風雲來**。**桑柘葉如雨**㊂，**飛藿去**一作共**徘徊**㊃。**清霜大澤凍**㊄，**禽獸有餘哀**㊅。首敘昔日東遊之事。公遇高李於齊兖，在天寶四載。寒蕪二句，秋日遠景；桑柘四句，秋日近景。此皆登臺所見者。

㊀《舊唐書》：單父，古邑，貞觀十七年屬宋州。考《寰宇記》，子賤琴臺，在縣北一里高三丈。

㊁顔延之詩：寢興日已寒，白露生庭蕪。此寒蕪二字所本。《齊地記》：渤海東有碣石。

㊂謝朓詩：切切陰風暮，桑柘起寒烟。

㊃阮籍詩：秋風吹飛藿，零落從此始。《廣韻》：藿，大豆葉。又，草名。

㊄湛方生《弔鶴文》：負清霜而夜鳴。

㊅陸機詩：願言有餘哀。

是時倉廩實㊀，**洞達寰區**一作瀛**開**㊁。**猛士思滅胡，將**去聲**帥望三台**㊂。**君王無所惜，駕馭英雄材。**此記當時寵任邊將，因東遊而并及之。將望三台，禄山恃功。君無所惜，明皇濫賞也。

㊀《風俗通》：漢文帝即位十餘年，百姓足，倉廩實。

㊁《東都賦》：平夷洞達，萬方輻湊。《後漢·逸民傳論》：自致寰區之外。寰區開，言道路無梗。

㊂夢弼曰：望三台，禄山領范陽節度，求平章事也。《帝王世紀》：黄帝以風后配上台，天老配中台，五聖配下台。《史記·天官書》：魁下六星，兩兩相比者，名曰三台。孟康注：泰階，三台也，台星凡六。

幽燕平聲**盛用武**㊀，**供給亦勞哉**㊁。**吴門轉粟帛，泛海陵蓬萊**㊂。**肉食三**一作四**十萬**㊃，**獵射起黄**吴作黄，一作塵**埃**㊄。上言將之雄，此見軍之盛，皆寓諷刺於稱揚。泛海輸粟，則民日疲。射獵練軍，則兵日横。欲不亂得乎？

㊀江淹詩：幽燕非我國。《晉書·司馬承傳》：用武之國也。

㊁《漢·郊祀志》：使者存問供給，相屬於道。

㊂吴門，即蘇州。蓬萊，在山東。《魏志》：獻帝策命：穡人昏作，粟帛滯積。《鄱陽傳》：轉輸流粟，千里不絶。《海賦》：泛海淩山。《博議》云：唐運江淮租税，以給幽燕，此天寶間海運也。

㊃《左傳》：肉食者鄙。

㊄賈山《至言》：日日獵射，擊兔伐狐。《蕪城賦》：直視千里外，惟見起黄埃。

隔河憶長眺㊀，青歲已摧頹㊁。不及少去聲年日，無復扶又切故人杯。賦詩獨流涕，亂世想賢才。有一作君，一作若能市去聲駿骨，莫恨少龍媒㊂。此撫舊交而有感也。登臺故人，不可復見矣。欲須賢共濟，當以駿骨引龍媒，乃自負之語。

㊀潘岳《西征賦》：褰微罟以長眺。

㊁青歲，猶云青年。陳子昂《春臺引》：遲美人兮不見，恐青歲之遂遒。

㊂駿骨、龍媒，注皆别見。

商山議得失，蜀主脱嫌猜。吕尚封國邑一作内國，傅説音悦已鹽梅㊀。景晏楚山深，水鶴去低回㊁。龐公任本性㊂，攜子卧蒼苔㊃。此援古人以寄慨也。前人勳業，本可追踪，但遭際非時，亦止爲龐公之遯世而已。結意無限悲涼。此章，前後三段各八句，中間二段各六句。

㊀盧元昌謂：商山四句，因高李而並憶中興往事。「商山議得失」，指李泌周旋太子事。「蜀主脱嫌猜」，指泌易表章請上皇還京。「吕尚封國邑」，指靈武功臣叨封爵邑者。「傅説已鹽梅」，指扈從大臣晉階宰相者。引證亦似有據，但於駿骨、龍媒，意不相接續耳。朱注：《漢書》：上欲使太子將兵擊黥布，四人説建成侯吕澤，夜見吕氏，止其行。故云「議得失」。《蜀志》：先主與亮情好日密，關張不悦，先主解之曰：「孤之有孔明，猶魚之有水。」《史記》：太公封於營丘。《説命》：若作和羹，爾唯鹽梅。

㈡《史記·孔子世家》：低回留之不能去。

㈢陳琳詩：松柏有本性。

㈣《淮南子》：窮谷之汚，生以蒼苔。

公夔州後詩，間有傷於繁絮者，此則長短適中，濃淡合節，整散兼行，而摹情寫景，已覺興會淋漓，此五古之最可法者。

壯遊

鶴曰：當是大曆元年秋作。詩云殊方，指夔州也。上章，「昔者與高李，晚登單父臺」，故拈昔遊爲題。此章，「往者十四五，出遊翰墨場」，當拈往遊爲題。若作壯年之遊，何以首尾兼及老少事耶？壯字疑誤。

往者一作昔十四五㈠，出遊翰墨場㈡。斯文崔魏原注：崔鄭州尚，魏豫州啟心徒㈢，以我似一作比班揚㈣。七齡思即壯，開口詠鳳皇㈤。九齡書大字㈥，有作成一囊㈦。性豪業嗜酒，嫉惡懷剛腸㈧。脱落一作略小時輩㈨，結交皆老蒼㈩。飲酣視八極⑪，俗物多茫茫⑫。先叙少年之遊。公生而穎異，豪邁不羈，於自叙見之。

㊀阮籍詩：昔年十四五，志尚好詩書。
㊁古詩：粲粲翰墨場。
㊂《唐科名記》：崔尚，擢久視二年進士。《會要》：神龍三年，才膺管樂科，魏啟心及第。
㊃班揚，謂班固、揚雄。王僧達《祭顏光禄文》：文蔽班揚。
㊄《南史》：鄭灼夢遇皇侃，侃曰：「鄭郎開口。」侃因吐灼口中，自後義理益進。
㊅又：劉穆之謂宋武帝曰：「公但縱筆爲大字。」
㊆趙壹詩：不如一囊錢。
㊇《絶交書》：剛腸疾惡，輕肆出言。
㊈《語林》：周尚，崇尚老莊，脱落名教。孔融《薦禰衡表》：脱略公卿，跌宕文史。《晉書・周顗傳》：時輩親狎，莫能褻也。
㊉樂毅書：論行而結交者，立名之士。陸機《嘆逝》詩：鴉髮成老蒼。
⑪《列子》：揮斥八極。
⑫俗物，見九卷。

東下去聲姑蘇臺㊀，已具浮海航。到今有遺恨㊁，不得窮扶桑㊂。王謝風流遠㊃，闔閭丘墓荒㊄。劍池石壁仄㊅，長洲芰荷香㊆。嵯峨閶門北㊇，清廟映迴一作池塘㊈。每趨吳太伯，撫事淚浪浪㊉。蒸魚聞匕首⑪，除道哂要《説文》腰本作要章⑫。二句舊在秦皇之下。枕去聲戈憶勾踐㊂，渡浙想秦皇㊃。越女天下白㊄，鑑湖五月涼㊅。剡溪蘊秀異㊆，欲罷不能忘㊇。此叙吴越之遊。要章以上，吴門古蹟。枕戈以下，越中勝境。

㊀《越絶書》：闔閭起姑蘇臺，三年聚材，五年乃成，高見三百里。

㊁《後漢·王常傳》：至死無遺恨。

㊂《山海經》：大荒之中暘谷，上有扶桑。

㊃王戎、謝安輩，乃東晉名族。張注：庾信文：風流則王濛、謝朓。

㊄《越絶書》：闔閭冢在吴縣閶門外，葬以盤郢魚腸之劍。葬三日，白虎踞其上，號曰虎丘。《吴越春秋》：遂保丘墓。

㊅《一統志》：虎丘山，一名海湧峰，上有劍池、千人石、生公説法臺。劍池，在虎丘，池上有石壁，高數丈。

㊆《吴越春秋》：走犬長洲。《吴郡圖經》：長洲苑，在縣西南七十里。《字林》：楚名菱曰芰。《國語》「屈到嗜芰」，是也。《爾雅》釋：河東人呼荷爲芙蓉，北方人便以藕爲荷。

㊇張載詩：嵯峨似荆巫。《吴越春秋》：闔閭欲西破楚，楚在西北，故立閶門以通天氣，復名破楚門。陸機《吴越行》：閶門何峩峩，飛閣跨通波。

㊈《詩》：於穆清廟。《吴郡志》：太伯廟，東漢永興二年，太守糜豹建於閶門外。《史記注》：太伯冢，在吴縣北梅里聚，去城十里，其廟在閶門外，正與冢相近。舊注指孫皓父和之廟，謬甚。《越絶

書》：洋中塘，去縣二十六里。謝朓哀文：迴塘寂其已暮兮。《楚辭》：沾余襟之浪浪。

⑩《杜臆》：泰伯讓而世好争，故撫往事而墮淚。　傅季友表：撫事永念。

⑪《刺客傳》：吴公子光具酒請王僚，使專諸置匕首魚腹中，進之以刺王僚。僚死，光自立，是爲闔閭。

⑫《朱買臣傳》：會稽聞太守至，發民除道。入吴界，見其故妻，妻夫治道，買臣呼到太守舍，置園中給食之。　要章，謂太守章印。《西京雜記》：朱買臣爲會稽太守，懷章綬，還至舍亭。崔湜詩：郡邸忽腰章。

⑬朱注：枕戈待旦，此劉琨語，乃借用之。前秦王永檄文：枕戈待旦，志雪大恥。　鶴曰：《九域志》：蘇州、會稽，俱有勾踐廟。

⑭《秦本紀》：始皇浮江下，觀藉柯，渡海渚，過丹陽，至錢塘，臨浙江，水波惡，乃西百二十里，從狹中渡。

⑮宋之問詩：越女顏如花。李白《越女》詩：玉面邪溪女，青蛾紅粉妝。一雙金齒屐，兩足白如霜。

⑯任昉《述異記》：鏡湖，世傳軒轅氏鑄鏡，湖因得名，今軒轅磨鏡石尚存，石畔常潔，不生蔓草。《會稽記》：漢順帝永和間，立鏡湖，在會稽、山陰兩縣界。

⑰《九域志》：越州東南二百八十里有剡縣，縣有剡溪。《一統志》：剡溪，在嵊縣縣治南。《古今

注》：蓮，花之最秀異者。

㈥陳琳詩：載歡載笑，欲罷不能。

歸帆拂天姥㈠，中歲貢舊鄉。氣劘音摩屈九勿切賈壘，目一作日短曹劉牆㈡。忤下去聲考功第㈢，獨辭京尹堂㈣。放蕩齊趙間㈤，裘馬頗清狂㈥。春歌叢臺上㈦，冬獵青丘旁㈧。呼鷹皂一作紫櫪一作櫟林，逐獸雲雪岡㈨。射音石飛曾音層縱鞚㈩，引一云跋臂落鶖鶬⑪。蘇侯原注：監門冑曹蘇預據鞍喜⑫，忽如攜葛彊⑬。此叙齊趙之遊。　歸帆，自吳越而返河南。放蕩，自長安而往齊趙。　鄉貢上京，在開元二十三年，時公年二十四矣，故云中歲。　舊鄉，指河南，公居河南鞏縣也。　氣摩壘，欲相敵。　目短牆，欲俯視。

㈠謝靈運詩：暝投剡溪宿，明登天姥岑。《吳越郡國志》：天姥峰，與括蒼山相連。　白居易《沃州山記》：東南山水，越爲首，剡爲面，沃州天姥爲眉目。

㈡屈原、賈誼、曹植、劉楨，漢魏才人。　《漢書》贊：賈山自下劘上。《左傳》：致師者，御靡旌摩壘而還。　《杜臆》：短牆，猶云及肩之牆。

㈢試不中式者曰下第。　《唐書》：每歲仲冬，州縣館監舉其成者，送之尚書省。　舉選不由館學者，謂之鄉貢，皆懷牒自列於州縣。既至省，由户部集閲，而關於考功員外郎試之。《唐摭言》：俊秀登科，比皆考功主之。　開元二十四年，廷議省郎位輕，不足以臨多士，乃詔禮部侍郎專之。

㈣張衡《西京賦》：封畿千里，統以京尹。《漢書》：内史，周官，武帝更名京兆尹。　《高士傳》：劉伶肆意放蕩，以宇宙爲狹。

㊄《新書》：甫客遊吳、越、齊、趙間，舉進士不第。

㊅《魏都賦》：儻黨清狂。

㊆《漢·高后傳》：趙王宮叢臺災。顏師古曰：連聚非一，故名叢臺，本六國時趙王故臺，在邯鄲城中。

㊇《子虛賦》：秋田乎青丘。《寰宇記》：青丘，在青州千乘縣，齊景公田於此。

㊈夢弼曰：皂櫪林、雲雪岡，皆齊地。《列子》：孔子曰：「爭魚者濡，逐獸者趨。」

⑩《北史》：侯景好乘小馬，彈射飛鳥。縱鞚，放轡疾馳也。

⑪《南都賦》：仰落雙鶬。

⑫《後漢書》：馬援據鞍顧盼，以示可用。

⑬《晉·山簡傳》：舉鞭問葛彊，何如并州兒。

快意八九年㊀，西歸到咸陽㊁。許與必詞伯㊂，賞一作貴遊實賢王。曳裾置醴地㊃，奏賦入明光㊄。天子廢食召，群公會軒裳㊅。脱身無所愛一作受㊆，痛飲信行藏㊇。黑貂寧一作不免敝㊈，斑鬢兀稱觴⑩。杜曲晚一作挽，一作换耆舊，四郊多白楊。坐深鄉黨敬，日一作自覺死生忙⑪。朱門任一作務傾奪，赤族迭罹殃⑫。國馬竭粟豆⑬，官雞輸稻粱⑭。舉隅見煩費⑮，引古惜興亡⑯。此叙長安之遊。

公遊齊趙，在開元二十五年，其再赴咸京，在天寶五載，時相去九年矣。詞伯，指岑參、鄭虔輩。賢王置醴，指汝陽王璡也。公獻《三大禮賦》在天寶十載，帝奇之，使待詔集賢院，命宰相試文章，擢河西尉，不拜，此見天子群公時也。脱身，言不與仕籍。信行藏，謂得失任之於命。黑貂六句，自歎窮老。朱門六句，有慨朝事。傾奪罹殃，如林甫之誅逐貴臣，國忠之搆陷王鉷是也。夢弼曰：舞馬衣文采，飼以豆粟。五坊有鬬雞，民輸稻粱以供養，此皆明皇侈心自恣也。舉此一隅，則當時煩費可知，故嘗引古傷今，而有興亡之慮焉。

㈠曹植《與吴質書》：貴且快意。建安初荆州童謡：八九年間始欲衰。

㈡《詩》：誰將西歸。

㈢任昉《王儉集序》：弘獎風流，許與氣類。《論衡》：文詞之伯。

㈣《鄒陽傳》：何王之門，不可曳裾。楚元王敬穆生，置醴以代酒。

㈤漢太初四年，起明光殿。

㈥陶潛詩：驅役無停息，軒裳逝東崖。

㈦《史記·項羽紀》：脱身獨騎。

㈧《世説》：王孝伯曰：「但得常無事，痛飲讀《離騷》。」《西征賦》：孔隨時以行藏。

㈨蘇季子黑貂裘敝，注別見。

㈩《秋興賦》：斑鬢髟以承弁。《杜臆》：斑鬢稱觴，知古人亦慶壽矣。張正見詩：稱觴溢綺筵。

⑪杜曲，公故里，耆舊漸已喪亡，則己之坐居上列者，日覺生死路迫矣。從外視内，位上者坐深。陳

師道詩「坐下漸多人」，不如杜句蘊藉。　耆舊名臣，見《漢·蕭育傳》。

〔一二〕《解嘲》：客欲朱丹其轂，不知一跌赤吾之族。　王績詩：朱門雖足悦，赤族亦可傷。　嵇康詩：權智相傾奪。　《北征賦》：我獨罹此百殃。

〔一三〕《考工記》：國馬之輈。注：國馬，謂種馬。

〔一四〕江淹《翡翠賦》：雞鶩以稻粱致憂。

〔一五〕《三都賦序》：聊舉其一隅。　《趙充國傳》：轉運煩費。

〔一六〕《新序》：叔孫通稱説引古。　《書》：與治同道罔不興，與亂同道罔不亡。

河朔風塵起〔一〕，岷山行幸長〔二〕。兩宮各警蹕〔三〕，萬里遥相望叶平聲。崆峒殺氣黑〔四〕，少去聲海旌旗黄〔五〕。禹功亦命子〔六〕，涿鹿親戎行音杭〔七〕。翠華擁吴一作英岳〔八〕，貙春俱切。舊作螭虎噉豺狼〔九〕。爪牙一不中去聲〔一〇〕，胡兵更陸梁〔一一〕。大一作天軍載草草〔一二〕，凋瘵滿膏肓〔一三〕。備員竊補衮〔一四〕，憂憤心飛揚。上感九廟焚一作毁，下憫萬民一作蒼生瘡。斯時伏青蒲〔一五〕，廷諍守御牀〔一六〕。君辱敢愛死〔一七〕，赫怒幸無傷〔一八〕。聖哲體仁恕〔一九〕，宇縣復扶又切小康〔二〇〕。哭廟灰燼中〔二一〕，鼻酸朝音潮未央〔二二〕。　此叙奔赴鳳翔，及扈從還京事。　河朔，謂禄山起兵。　岷山，謂明皇幸蜀。　兩宮相望，玄肅父子異地也。　朱注：崆峒在西，少海在東，言東西皆用兵也。　舊注以太子屬少海星，指廣平俶爲元帥，恐非。　命子，上皇禪位。　戎行，肅宗親征。　翠華，天子葆羽。　螭虎，靈武諸將。盧注：一不中，指陳濤斜之敗。載草草，指清溝之潰。凋瘵，民力困疲也。備員以下，自述拾遺始末。公疏救房琯，帝怒不測，賴張鎬營解，故云「赫怒幸無傷」。哭廟，痛國遭亂。酸鼻，畏己罹罪。

㈠河朔，河北地。《周書》：我卜河朔黎水。《前漢·終軍傳》：邊境時有風塵之警。

㈡《家語》：江始於岷山。《三輔黄圖》：漢修飾長楊宫，以備行幸。

㈢揚雄《酒賦》：出入兩宫。《史·三王傳》：出稱警，入稱蹕。注：警，戒肅也。蹕，止行人也。

㈣古詩：微陰盛殺氣。

㈤《淮南子》：九州之外有八殥，東方曰太渚，曰少海。《唐書·東夷傳》：流鬼，直黑水東北，少海之北，三面皆阻海。

㈥《左傳》：劉子曰：「美哉禹功，明德遠矣。」旌旗黄，僭用天子旗幟也。命子，即傳子也。

㈦《帝王世紀》：黄帝與蚩尤戰於涿鹿之野。《詩》：以啟戎行。

㈧張衡《西京賦》：吴嶽爲之陀堵。《正異》：吴岳在扶風。卞圜云：在隴州。

㈨《史記》：周武王誓衆曰：「如虎如羆，如豺如螭。」後漢杜篤《論都賦》：虓怒之旅，如虎如螭。何晏《刀銘》：用造斯器，螭虎是斬。此螭虎二字所自出。杜預《左傳注》以螭爲山神獸也。今按：蛟螭固不能食豺狼，即螭魅亦豈能吞噬猛獸？據《列子》，黄帝與炎帝戰於阪泉之野，帥熊羆豺豹貙虎爲前驅。陸佃曰：虎五指爲貙。當作貙虎爲是。

⑩《詩》：祈父，予王之爪牙。陳琳檄：鷹犬之才，爪牙可任。

⑪陳子昂詩：胡兵屯塞下。《甘泉賦》：飛蒙茸而走陸梁。《西京賦》：怪獸陸梁。

⑫《詩》：勞人草草。

⑬凋瘵，注別見。膏肓，注見《八哀》詩。

⑭《秦本紀》：博士雖七十人，特備員弗用。

⑮《漢書·史丹傳》：元帝欲易太子，丹聞上獨寢，直入臥內，伏青蒲上泣諫。應劭曰：以青規地曰青蒲，非皇后不得至此。服虔曰：以青緣蒲席也。孟康曰：以蒲青爲席，用蔽地也。

⑯洙曰：王陵面折廷諍。《晉書》：衛瓘託辭坐帝牀前。

⑰《國語》：主辱臣死。《檀弓》：申生不敢愛其死。

⑱《西京賦》：武士赫怒。《孟子》：無傷也。

⑲《左傳》：並建聖哲。《王命論》：寬明而仁恕。

⑳秦之罘山石銘：宇縣之中，承順聖意。《詩》：迄可小康。

㉑曹冏《六代論》：宗廟俱爲灰燼。

㉒《後漢·公孫述傳》：光武曰：「聞之可爲酸鼻。」漢有未央宮。

小臣議論絶㊀，老病客殊方。鬱鬱苦不展，羽翮困低昂㊁。秋風動哀壑，碧蕙捐一作損微芳㊂。之推避賞從去聲㊃，漁父濯滄浪㊄。榮華敵勳業㊅，歲暮有嚴霜㊆。吾觀鴟夷子㊇，才格出尋常⑨。群兇逆未定⑩，側佇英俊翔⑪。此叙貶官以後，久客巴蜀之故。議論絶，不復獻言矣。老客殊方，領起全段。鬱鬱二句，客居之況。秋風二句，客居之景。之推以下，傷己而兼以慨世，乃客居之感。託身世外，等於之推、漁父，彼瞥眼榮華，何足羨乎？必得范蠡其人，始可救亂而濟時也。盧注謂：鴟夷子乃思李泌，時泌歸衡山，猶范蠡之適五湖。此篇短長夾行，起十四句，即以二十句間之。次十六句，即以二十二句間之。後二十六句，又以十四句收之。參錯之中，自成部署。

①枚乘《柳賦》：小臣莫效於鴻毛。

②毌丘儉詩：但當養羽翮。　宋子侯詩：花葉正低昂。

③陸機詩：江籬生幽渚，微芳不足宣。　淑氣與時隕，餘芳隨風捐。

④介之推，注别見。

⑤《屈原傳》：漁父鼓枻而去，歌曰「滄浪之水」云云。　《杜臆》：榮華勝於勳業，鮮能令終，如嚴霜之殺草。

⑥班固《答賓戲》：朝爲榮華，夕爲顦顇。　潘岳誄文：名器雖光，勳業未融。

⑦蘇武詩：晨起踐嚴霜。

⑧《貨殖傳》：范蠡適齊，爲鴟夷子皮。　師古曰：言若盛酒之鴟夷，多所容受，而可卷懷。

⑨才格，謂才能品格。

〔一〇〕孔融上書：王師電掣，群凶破殄。

〔一一〕前漢王褒頌：開寬裕之路，以延天下之英俊。

劉克莊曰：此詩押五十六韻，在五言古風中，尤多悲壯語，雖荆卿之歌，雍門之琴，高漸離之筑，音調節奏不如是之跌宕豪放也。

王嗣奭曰：此乃公自爲傳，其行徑大都似李太白。然李一味豪放，公却豪中有細。又云：觀其吴越齊趙之遊，壯歲詩文，遺逸多矣，豈晚歲詩律轉細，自棄前魚耶。

篇中揚字浪字，韻脚重拈，但字同義異，不妨互見，若字異義同，却不可用矣。

杜集中，叙天寶亂離事凡十數見，而語無重複，其才思能善於變化。

遣懷

鶴注：當是大曆元年作，蓋李白以寶應元年卒，高適以永泰元年卒，詩云「存殁再嗚呼」，又云「繫舟卧荆巫」，故知其爲大曆初夔州作也。

昔我遊宋中，惟梁孝王都〔一〕。名今陳留亞〔二〕，劇則貝魏俱〔三〕。邑中九萬家，高棟照通衢〔四〕。舟車半天下，主客多歡娱〔五〕。白刃讎不義，黄金傾有無〔六〕。殺人紅塵裏〔七〕，報答在斯須。

自叙梁宋之遊。　上四，都會之雄壯。中四，人物之殷盛。下四，風俗之任俠。《杜臆》：名，與劇對，名謂名邦，劇乃煩劇。　邑中以下見其名，白刃以下見其劇。　趙曰：主則土著人，客則寄遊者。

㊀《漢書》：梁孝王城睢陽，北界太山，西至高陽，四十餘城，多大縣。　《唐書》：宋州睢陽郡，屬河南道，本梁郡，天寶元年更名。　《前漢·功臣表》：大臣名都。

㊁《史·酈生傳》：陳留，天下之衝，四通五達之郊也。《唐書》：汴州陳留郡，屬河南道。

㊂《史·文帝紀》：以齊劇郡。　《唐書》：貝州清河郡、魏州武陽郡，俱屬河北道。　貝州，今東昌府恩縣。　魏州，今大名府地。

㊃《東征賦》：尊通衢之大道。

㊄古詩：度阡越陌，互爲主客。

㊅《漢書》：郭解，河内人也，陰賊感慨，以軀藉友報仇。　劇孟，洛陽人也，以俠顯，及死，家無十金之財。　白刃、黄金二句，暗用二人事，於梁宋相合也。《後漢·魏朗傳》：白日操刃，報讎於縣中。

㊆《東都賦》：紅塵四合。

憶與高李輩，論平聲**交入酒壚**㊀。**兩公壯藻思**去聲，**得我色敷腴**㊁。**氣酣登吹**去聲**臺**㊂，**懷古視平蕪**㊃。**芒碭雲一去**㊄，**雁鶩空相呼**。　此叙高李同遊之興。　三人相得，成千古文章知己。芒碭雲去，漢高遺迹難尋也。《杜臆》云：此可見其曠懷。

㊀《世説》：王濬冲，經黄公酒壚，顧謂後車客曰：「吾昔與嵇阮，共酣飲於此壚。」

㈡古樂府：好婦出迎客，顏色正敷腴。敷腴，喜悦之色。

㈢《唐書·本傳》：甫從高適、李白過汴州，登吹臺，慷慨懷古，人莫測也。《水經注》：《陳留風俗傳》曰：縣有蒼頡師曠城，上有列仙之吹臺，梁王增築以爲吹臺，城隍夷滅，略存故址，其臺方一百許步。楊慎曰：吹臺，即繁臺，本師曠吹臺，梁孝王增築。班史稱平臺，唐稱吹臺，又因謝惠連嘗爲《雪賦》，又名雪臺。《東都賦》：慨長思而懷古。

㈣江淹詩：青滿平地蕪。又：平蕪帶天。

㈤《漢書》：高祖隱於芒碭山，所居上常有雲氣。應劭曰：芒，屬沛國。碭，屬梁國。

先帝正好去聲**武**㈠**，寰海未凋枯**㈡**。猛將**去聲**收西域**㈢**，長戟破林胡**㈣**。百萬攻一城，獻捷不云輸**㈤**。組練去如泥**㈥**，尺土負**一作勝**百夫**㈦**。**此叙明皇開邊之事。收西域，如王忠嗣、哥舒翰輩。破林胡，如安禄山、張守珪輩。趙曰：攻取豈無勝負，唯獻捷而掩敗，故不云輸。驅百萬之衆以攻一城，是一尺之土，不足償百夫之命矣，故曰「負百夫」。

㈠《通鑑·玄宗紀》：宋璟以天子好武功，恐好事者競生心徼幸。

㈡江淹詩：竊值寰海闢，仄見圭緯昌。虞茂詩：原澤潤凋枯。

㈢《抱朴子》：猛將難禦。《前漢·鄭吉傳》：卒伍從軍，數出西域。

㈣又《晁錯傳》：勁弩長戟，射疏及遠。《通鑑注》：契丹，即戰國林胡地也。《唐會要》：開元二十六年，張守珪大破契丹林胡，遣使獻捷。

㊄《唐韻》：俗謂負爲輸。

㊅《左傳》：組甲三百，被練三百。注：組甲，漆甲成組文。被練，練袍。皆精兵也。

㊆諸葛武侯《新書》：此百夫之將。

拓境功未已㊀，**元和辭大鑪**㊁。**亂離朋友盡，合沓歲月徂**㊂。**吾衰將焉**於虔切。一作安**託？存殁再嗚呼。蕭條益堪愧**一云病益甚，**獨在**一云愧獨**天一隅**㊃。**乘黄已去矣**㊄，**凡馬徒區區**㊅。**不復**扶又切**見顔鮑**㊆，**繫**音計**舟卧荆巫**㊇。**臨餐吐更食，常恐違撫孤**㊈。末叙亂離死生，而深痛高李之亡。　上六，歎亂後朋亡。下八，以衰老自危。　辭大鑪，元氣損傷。再嗚呼，高李俱逝。乘黄，比二子。凡馬，公自喻。末恐客死於夔，不見兩家子孫也。　此章，首段十二句，中間各八句，末段十四句。

㊀庾信碑文：天子拓境，百越來庭。

㊁元和，即太和。郭璞《江賦》：稟元氣之靈和。　《莊子》：以天地爲大鑪，以造化爲大冶。　揚雄《解難》：陶冶大鑪。

㊂《洞簫賦》：薄索合沓。合沓，相繼貌。

㊃古詩：各在天一隅。

㊄洙曰：乘黄，駿馬也。　鶴曰：《詩正義》云：黄騂曰黄，謂黄而騂色。

㊅《抱朴子》：凡馬野鷹，本實一類。　古詩：一心抱區區。

㈦顔延之、鮑照，以比高、李詩才。
㈧張載詩：西瞻岷山嶺，嵯峨似荆巫。自巫山而下，爲荆州也。
㈨何胥《哭陳昭》詩：撫孤空對此，零淚欲何言。

奉漢中王手札報韋侍御蕭尊師亡

鶴注編在大曆元年。

秋日蕭韋逝，淮王報峽中。少上聲。一作小**年疑柱史，多術怪仙公。不但時人惜，祇應**平聲**吾道窮**㈠。此聞報而深痛韋蕭。柱下史得長年，侍御以少年而亡，故疑之。蕭史乘鶴昇仙，尊師以多術而卒，故怪之。兩引古人，一切官，一切姓，存亡關於吾道，見其人足重也。

㈠《公羊傳》：西狩獲麟，孔子曰：「吾道窮矣。」

一哀侵疾病，相識一作見**自兒童。處處鄰家笛**㈠，**飄飄客子蓬**㈡。**强**區兩切**吟《懷舊賦》**㈢，**已作白頭翁**㈣。此悼友而自傷衰老。哀之切，爲交久也。鄰家笛，觸耳生悲。客子蓬，憐己流落。白頭懷舊，恐將繼蕭韋而逝也。《杜臆》：「一哀侵疾病，相見自兒童」，信筆寫去，不對之對，惟杜有之。此章，上下各六句。

㊀向秀《思舊賦》，爲嵇康、吕安而作，其序曰：於時日薄虞淵，寒冰淒然，鄰人有吹笛者，發聲寥亮，追想曩昔遊讌之好，感音而嘆，故作賦云。
㊁曹植詩：轉蓬離本根，飄飄隨長風。類此遊客子，捐軀遠從戎。
㊂潘岳《懷舊賦》，爲楊暨、楊潭而作。
㊃魏文帝曰：已成老翁，但未白頭耳。

存殁口號二首

鶴注：據鄭虔死於廣德二年，則梁氏編在大曆元年爲是。

席謙不見近彈棊一作碁㊀，**畢耀**一作曜**仍傳舊小詩**㊁。**玉局他年無限事**一作笑㊂，**白楊今日幾人悲**㊃？原注：道士席謙，吴人，善彈棊。畢耀，善爲小詩。此謂席存而畢殁也。近不見，言人存地隔。舊仍傳，言詩在人亡。席尚存，故望其玉局降仙。畢已殁，故傷其白楊拱墓。兩句分頂，下章亦然。畢曜僅傳小詩，而前此稱爲「才大今詩伯」，《杜臆》譏其不相蒙，良是。大約贈人之詞，不無過譽，殁後乃用直筆耳。

㊀《西京雜記》：劉向作彈棋以獻。《梁冀傳》：冀善彈棋、格五。注：《藝經》：舊彈棋兩人對局，白黑

棋各六枚，先列棋相當，下呼上更相彈也，其局以石爲之。《古今詩話》：彈棋有譜一卷，唐賢所爲，其局方五尺，中心高如蓋，其顛爲小壺，四角微起。李義山詩：「莫近彈棋局，中心最不平。」謂其中尊也。白樂天詩：「彈棋局上事，最妙是長斜。」謂持角長斜，一發過半局，譜中具有此法。柳子厚亦用二十四棋者，即此戲也，今人罕爲之矣。

㊁乾元間，畢曜除監察御史，未幾以酷毒流貶黔中，其歿當在此時。姜宸英曰：《酷吏敬羽傳》：羽與毛若虛、裴昇、畢曜同時，皆暴忍，時稱毛、敬、裴、畢。未幾，昇、曜流黔中。曜，正肅宗時人。又《喬琳傳》：曜曾爲郭子儀書記。

㊂黄希曰：張道陵修道既成，老子降於成都，地湧出一玉局，高丈餘，老君昇座授道畢，老君已回，玉局消散。

㊃古詩：蕭蕭白楊樹，松柏夾廣路。陶潛《挽歌》：荒草何茫茫，白楊亦蕭蕭。

吴論據「不見」、「仍傳」四字，遂云席殁、畢存。今按：《梓州》詩云「高門薊子過」，是與席相見時；此云「不見近彈棋」，公獨往夔州矣。向在長安，贈畢曜詩云「流傳江鮑體」，是平日作詩；此云「仍傳舊小詩」，是死後詩傳也。若云畢尚存，則當云新詩，不當云舊矣。或據《搜神記》「南谷山中，有白玉棋局」，引以證彈棋，非也。若依此，則下句白楊，何獨不承小詩乎？又盧注引《隋書》白楊何妥，以證畢曜未亡，使事隱僻。「蕭蕭白楊樹」，自當以古詩爲據耳。

其二

鄭公粉繪隨長夜㊀，曹霸丹青已白頭㊁。天下何曾音層有山水，人間不解重驊騮。原注：高士滎陽鄭虔，善畫山水。曹霸，善畫馬。此謂鄭殁而曹存也。鄭虔既亡，世更無山水之奇。曹霸雖存，人誰識驊騮之價乎？一傷之，一惜之也。或云：得虔之圖，幾令天下山水無色。得霸之馬，能使人間驊騮減價。乃極贊其筆墨之神妙，亦通。又一説：何曾有，謂世不收藏。不解重，謂人弗珍惜。意義似淺。

㊀《抱朴子》：粉繪表形著圖。李陵詩：嚴父辭長夜，慈母去中堂。

㊁左思《吴都賦》：丹青圖其珍瑋。

《容齋續筆》：子美存殁絶句，每篇一存一殁，蓋席謙、曹霸存，畢曜、鄭虔殁也。魯直《荆江亭即事二首》，其一云：「閉門覓句陳無己，對客揮毫秦少游，正字不知温飽味，西風吹淚古藤州。」乃用此體，時少游殁，而無已存也。

錢塘瞿佑《歸田詩話》云：山谷此詩，喻二人才思遲速之異也。後山詩，如「壞牆得雨蝸成字，古屋無人燕作家」，寥落之狀可想。淮海詩，如「翡翠側身窺緑酒，蜻蜓偷眼避紅妝」，艷冶之情可見。二人他作，亦多類此。後山爲秘書正字，宿齋宫，驟寒，或送綿半臂，却之不服，竟感疾而終。淮海謫藤州，以玉盂汲水，笑視而卒。二人於臨終，屯泰不同又如此，信乎各有造物也。